U0497355

苏顺儿

祖发厚 著

山东友谊出版社·济南

图书在版编目（CIP）数据

苏顺儿 / 祖发厚著. -- 济南：山东友谊出版社，
2024.8. -- ISBN 978-7-5516-3011-5

Ⅰ.Ⅰ247.5

中国国家版本馆CIP数据核字第2024DS1902号

苏顺儿
SU SHUNR

责任编辑：陈非非
装帧设计：刘一凡
封面创意：郑洪江

主管单位：山东出版传媒股份有限公司
出版发行：山东友谊出版社
　　地　址：济南市英雄山路189号　邮政编码：250002
　　电　话：出版管理部（0531）82098756
　　　　　　发行综合部（0531）82705187
　　网　址：www.sdyouyi.com.cn
印　　刷：济南益新印务有限公司

开本：710 mm×1000 mm　1/16
印张：21　　　　　　　　字数：200千字
版次：2024年8月第1版　　印次：2024年8月第1次印刷
定价：96.00元

这是一部关于二十世纪六十年代初期,一位山东沂蒙青年农民到东北打工的情感故事小说。

这是一个虚构的故事。

目 录

第一章 / 1

第二章 / 11

第三章 / 25

第四章 / 43

第五章 / 62

第六章 / 70

第七章 / 82

第八章 / 104

第九章 / 125

第十章 / 138

第十一章 / 155

第十二章 / 175

第十三章　/　197

第十四章　/　213

第十五章　/　227

第十六章　/　235

第十七章　/　244

第十八章　/　254

第十九章　/　258

第二十章　/　267

第二十一章　/　272

第二十二章　/　282

第二十三章　/　286

第二十四章　/　290

第二十五章　/　302

第二十六章　/　308

第二十七章　/　313

第二十八章　/　320

后　记　/　325

第一章

一

苏顺儿，小名叫顺子。他的大名和小名都是他爹苏福祥给起的，为的是图个吉利，好让他以后顺顺利利地过上好日子。

到二十世纪六十年代初，苏顺儿十六七岁时，正巧遇上三年严重困难时期，全家一贫如洗，以糠菜度日。顺子到十八岁时，算是长大懂事了。一天，苏顺儿对他爹说："爹，咱们全家不能这样穷死，俺要上东北去。'树挪死，人挪活'嘛，别人都能到东北当工人，俺为什么不能去？"

苏福祥对苏顺儿说："孩子，你认为那工人像你说的就那么好当？东北也不是那么好去的，俺又不是没去过。"说到这里，苏福祥边回忆边说起自己当年去东北的一些往事："那时人们都叫'闯关东'。那是在一九二二年的一个冬天，俺因为赌博输了钱，才离家出走，一路讨饭，到了东北。在东北的十八年，俺给大参户家种过人参，到高丽国给人家种过菜园子，还当过劳工，因为光想着发财，把干活儿挣来的钱又拿去赌博，钱输光了，等到想回老家时，连路费都凑不齐，差一点儿没能回来。俺想起在东北受的那些苦和磨难，夜里都睡不着觉，真是对不起你的爷爷奶奶啊！"

二

"爹，您去东北时那是什么年代呀？现在可和从前不一样了。就在前两年，人家南王庄的王大明表哥和王长贵表叔不都上东北当了林业工人和煤矿工人了吗？听说他们干得还不错，经常往家里寄钱，说是在长白山下的松树县白山河林业局和松树煤矿工作。"苏顺儿抢过话说。

在苏顺儿的一再要求下，苏福祥最终算是同意他去东北了。同意两个字好说，可上哪儿去找路费又成了全家人犯愁的事。那两天，顺子爹把家里仅有的两只公鸡和三只母鸡都去集上换了，又到苏顺儿他舅家和两个姨家借了一点儿，勉强凑够从山东到东北白山河的火车票钱。苏顺儿说："爹，别再借了，现在亲戚家也穷。从咱县到火车站的汽车我就不坐了，我步行到火车站，顶多四天就到了，路上的饭钱也不需要了，您给俺烙上五六斤糠煎饼带上不就好了吗？"

顺子爹难为情地说："孩子，那就苦了你了。"苏顺儿笑笑说："爹！你那当年去东北时还不是要着饭去的？实在不行，路上我也可以找地方要点吃的。"

苏顺儿要去东北的事，让邻居婶子、大娘们知道了，苏顺儿临走时，邻居家王大娘给送来了刚刚烙好的十多张地瓜煎饼，张大婶还给苏顺儿煮了六个鸡蛋，让苏顺儿带在路上吃。张大婶跟顺子爹说："俺家里穷，也没有什么能给顺子带上的，为图个吉利，送来这六个鸡蛋，愿他在路上六六大顺、一路顺利吧！"

三

那是一九六一年秋天的一个早晨，天气虽然有些凉，但天空晴朗，苏顺儿背着行李和干粮包袱，离开了故土——一个两山夹峪的小山村。徒步的路上，他饿了就吃自带的煎饼，渴了就到路边的小店里讨碗凉水喝，夜里尽量赶到县城的汽车站候车室，假装候车的乘客，找个排椅将就一夜，待天一亮时再急忙继续赶路。

到了第三天的下午，天已经擦黑了，苏顺儿才又赶到另一个县的汽车站，到候车室里刚找了一个排椅躺下，就让车站的治安员轰了起来。治安员吼着对苏顺儿说："快起来，起来！到旅店去住。"

苏顺儿说："俺是明天乘车的。"治安员用手指着苏顺儿说："拿车票来看看？"苏顺儿假装没买上汽车票，说："俺来晚了，还没买上汽车票，才在这里候车，准备明天买车票。"说话间，车站治安员一把将苏顺儿拽了起来，"走，快走！没车票怎么能在这里候车？"便把苏顺儿轰出了候车室。临走时丢下一句："你再不赶快离开这候车室，我就把你送到县盲流遣送站去！盲流！知道吗？盲目流动人员！是要被遣送回老家的！"没办法，苏顺儿只好在汽车站候车室外的房檐边上蹲了一夜。秋天的夜里，气温已经很低了，苏顺儿被冻感冒了，但为了赶路，天才蒙蒙亮，苏顺儿就带病又踏上了征途。又经过一天的艰难徒步，第四天的下午五点，苏顺儿终于到了益都火车站。

四

苏顺儿到益都火车站后，赶忙先买好了到中转站沈阳站的火车票，随后便在火车站候车室找了个排椅坐下。刚坐下不一会儿，就见一个妇女抱着一个约莫有一岁多的小孩儿过来。那妇女对苏顺儿说："小兄弟，你向椅子那头靠一靠，俺娘俩也坐一下。"苏顺儿第一次坐火车，第一次遇见这样的事，心想：人出门在外谁还不求谁啊，何况这排椅又不是自家的，都挨着坐呗，就自觉地朝排椅的一头靠了靠，让她们坐下了。再有半个多小时就要检票上火车了，苏顺儿刚起身准备整理行李向前排队检票时，发现那妇女抱的小孩儿拉的屎弄到自己裤子上了，苏顺儿也没嫌脏，心想：这小孩儿又不是故意的，便找了片纸把裤子上的屎擦掉了。当再背起行李准备排队检票时，被那妇女一把拉住了衣服说："你是小偷，你偷我的钱！"接着便把手伸向苏顺儿的衣兜掏他身上的钱，"你把钱还我，要不我就喊警察来！"苏顺儿说："俺没有偷你的钱！俺身上就这七块钱了，是俺爹让俺做路费用的。俺发誓，谁偷你的钱，谁就让火车轧死！"苏顺儿这时激动得都快要哭了。他们跟前瞬间围起了一圈人。

一名中年男子打抱不平说:"这小伙子才不像小偷呢!我看你这个妇女是个骗子吧。"

"你这个人多管闲事!不是他,那是你偷的我的钱?"那妇女指着中年男子说。

"你再乱说偷钱,看我敢揍你不!"中年男子明显气急了。一旁又有些旅客在嚷嚷着议论道:"这妇女可能是个骗子,专骗这没出过门的乡里人。"

说话间,人群后一名警察走了过来,说:"谁喊警察了?我来啦!"这警察走近一看,对着那那妇女说:"原来又是你呀!跟我到车站派出所去!"接着,就把那妇女连同那个孩子都带走了。

候车室又平静下来了,乘客们都按顺序排队,让检票员验票上火车。

五

苏顺儿乘坐的火车,经过几个小时的行驶,驶过济南车站。这时,车厢里的女列车乘务员对乘客们说:"乘客同志们!为了保持本车厢内的长久卫生,使大家在路途中生活得更方便,让乘客平安到达目的地,除我们乘务员努力做好工作外,我建议每个车厢内再推选一名乘客代表,协助我们做好服务工作。"随后又问身边坐着的苏顺儿:"同志,你到哪里下车?"

苏顺儿掏出火车票递给乘务员,乘务员看了眼车票说:"你还远着哩!别忘了到沈阳车站转车。"接着她又指着苏顺儿对乘客们说:"我看就推选这位年轻同志当本车厢的乘客代表好不好？"

大家纷纷说："好！"一致赞成让苏顺儿当这节车厢的乘客代表。苏顺儿顿时感到无比光荣，他在车厢内一会儿扫地，一会儿擦地板，忙个不停，累得满头大汗。当看到乘客们没有水喝时，他又主动去打水给乘客们喝，一路为乘客服务，受到车厢内乘客们的赞扬。

"小伙子，从哪里来？"一位老同志问苏顺儿。

"俺从沂蒙山来，俺家是老沂水的。"苏顺儿爽快地回答。

那位老同志又说："沂蒙人好啊！当年俺就在沂蒙山区战斗过、工作过，沂蒙人憨厚、诚实，有奉献精神啊！"同时他赞扬苏顺儿说："小伙子，你不愧是沂蒙人啊，好样的！"又问："你是去东北吧？"

"嗯！"苏顺儿回答。

六

苏顺儿乘坐的这趟火车，于第二天晚上十一点零五分正点到达沈阳火车站。列车乘务员提前就喊了："乘客同志们！前方到站沈阳车站，有去长春、四平、通化方向的乘客请下车换车。"苏顺儿一听到乘务员的喊声，赶紧下车检票了。进了站，他在车站服务员的指点下，先去了车站问事处。苏顺儿问："同志，去通化方向、到白山河的车是什么时间？"

问事处的工作人员说："你拿车票来我看看？"当苏顺儿伸手向衣兜拿车票时，一摸衣兜发现不但车票丢了，连衣兜里仅有的七块钱也没有了。这时苏顺儿急得快要哭了，他自言自语地说："刚才下车检了票俺把车票揣到衣兜里了，怎么就没有了呢？"于是苏顺儿又赶紧跑到车站检票口找，在检票门口附近找了好几个来回，也没找到自己的车票。

"小伙子，你不赶紧到候车室去候车，在这里来回干什么？小心让公安民警当成盲流抓了你。"车站的一名服务员说。

"俺去白山河的车票检过票后丢了，俺过来找车票，看一看掉没掉在检票口附近。"苏顺儿哭丧着脸对车站服务员说。

"肯定是让小偷给摸了，快到车站售票处再买一张车票吧！去通化方向的客车是明天凌晨三点半发车，现在去买车票还来得及，快去吧！"还是那位车站乘务员说。

此时，苏顺儿无精打采地背着行李走进候车室，他找了一个墙角放下行李，坐在行李上发愁怎么买车票去白山河……想着想着便睡着了。过了一会儿，一公安民警走过来说："喂！醒醒，醒醒！拿出车票看看？"

苏顺儿说："俺是候车的，明天早晨三点半坐车去白山河，车票已经检过了，但是后来掉了。"

"谁证明你的车票掉了？起来，起来！跟我走！"还是那位公安民警说。

当那公安民警带着苏顺儿走时，旁边的一名候车的乘客小声地跟别的乘客说："这小伙子被抓盲流了。"

七

公安民警带着苏顺儿还没走多远,苏顺儿看到候车室一个角落坐着在车上遇见的、曾经夸赞过他的那位老同志。苏顺儿立即停下脚步,对公安民警说:"公安同志,在那边的那位老同志和俺坐一趟车来的,他可以证明俺有车票!"说话间,苏顺儿跑到那位老同志身边,那公安民警也随即跟了过来。

"大爷,您也在这里候车呀?咱们是坐一趟车来的吧?"苏顺儿感到遇到了救星,激动地说。

"是啊!咱们是乘坐一趟车来的,你还是我们车厢的乘客代表呢!"那位老同志说完又接着问,"怎么,小伙子你不是去签字转车了吗?你是明天早晨的火车吧?"

"大爷,俺的车票丢了,签不成字了。不但车票丢了,连身上最后的七块钱也丢了。这不,被公安同志当盲流抓了。"苏顺儿难过地对老同志说。

听罢,老同志转身对公安民警出示了工作证,并说:"同志!这小伙子是沂蒙革命老区的人,俺与他坐同一趟车,他在车上还光做好事呢,他说他是到白山河走亲戚的,我们一同下车时他确实有车票。"

"行啊,有你这位老同志证明他原来有车票,我们就不抓他盲流啦。"那位公安民警说。

那位老同志又从自己身上掏出五块钱,递到苏顺儿手里说:"小伙子,赶紧去买车票吧,多出来的钱留着路上用,抓紧些!别误了钟点。"

苏顺儿接过老同志给的钱，激动得不知说什么感谢的话好，他马上双膝跪地，给两个人各磕了一个头说："谢谢！谢谢恩人！"就起身拿着钱去买车票了。

八

苏顺儿买好火车票后，在候车室等了两个多小时，顺利检票上了通往白山河的列车。火车经过二十多个小时的运行，在第二天凌晨三点钟到达白山河车站。苏顺儿下车后，检票出站，这时天还不大亮，天气又冷，他走进候车室，坐在自己行李上，想着先休息一会儿，待天大亮之后，再去白山河林业局找王大明表哥。

不一会儿，苏顺儿在候车室睡着了，当他被车站服务员喊醒时，已经是早晨七点多了。他背起行李，出了候车室，徒步走在白山河的公路上。他走着走着，回头一看，身后驶来一辆车门印有"白山河林业局"字样的拉木材的汽车。苏顺儿急忙拦车，汽车咔嚓一声停了下来，司机生气地说："车都快到你的跟前了才拦车，你不怕叫汽车把你给轧死啊？"

苏顺儿解释说："对不起，师傅！俺刚从山东来，俺是上白山河林业局找王大明表哥的，请您告诉俺这单位在哪里？往哪个方向走？"

"你找对了，我就是白山河林业局的，我和王大明都是二工区的，你上车吧，我把你捎过去。"汽车司机爽快地说。

苏顺儿赶忙边谢边上了车。驾驶室除了司机外，没有其他乘客，于是苏顺儿就坐进了驾驶室，把行李也放在驾驶室的座位上了。

"把行李拿下去，放到车后边货厢去。"司机师傅说。

"行李放在那儿掉不下去吧？"苏顺儿问。

"没事儿！你把行李拴在车厢边上，再拿块木板压住，不就掉不下去了吗？"司机说。

苏顺儿把行李放置妥当，再次回到驾驶室里。司机师傅边开车边问苏顺儿："你贵姓？是第一次来白山河吧？"

"俺免贵姓苏，大名叫苏顺儿，俺这是第一次来东北，想来找俺大明表哥找点活儿干。"苏顺儿说。

"现在找活儿干很难，局里的各个工区还在减人呢！不管怎么说，你已经来了，见到你王大明表哥再说吧！"司机说。

第二章

一

说话间，汽车已经开进了白山河林业局的二工区。车刚停下，就有三四名工人跑来卸车，其中就有苏顺儿的表哥王大明。王大明看见司机师傅老远就喊话："刘师傅，您这么快就回来啦？"

司机刘师傅说："这不，才刚到，大明，你看我把谁给你捎过来啦？"

还没等王大明反应过来答话，苏顺儿就喊："表哥，俺是苏顺儿啊！"

王大明吃了一惊说："你小子什么时候到的？来之前怎么也没打个招呼？"

"俺今天早上三点钟下的火车，在车站歇了有四个小时，出站后碰巧遇上了司机刘师傅，刘师傅就把俺捎来了。"苏顺儿对王大明回话说。

"还没有吃早晨饭吧?"王大明问苏顺儿。

"嗯!俺在火车上吃了两个煎饼了,现在还不饿。"苏顺儿回答。

这时,王大明对来卸车的张工长和司机刘师傅说:"张工长、刘师傅,你们先在这里卸车,俺请个假,把苏顺儿表弟送回俺家里去。"

"去吧!这小伙子刚到咱这里,你可得给人家做点好吃的呀。"张工长笑着说。

二

不一会儿工夫,王大明就把苏顺儿领到了家。一进门,苏顺儿首先看见了屋里炕上坐着的两个女人,看上去都二十来岁的年纪。苏顺儿猜想:虽然没见过,其中一个肯定是大明家的表嫂子,另一个就不知道是谁了。

苏顺儿正想着,还没来得及坐下,王大明就和那年龄稍大一些的女人介绍说:"张娟,你不认识吧?苏顺儿刚从咱山东老家过来,他是苏家峪村苏福祥表叔家的大表弟。"

"这是表嫂子啊?俺不认识,您别怪俺!"苏顺儿腼腆地挠挠头说。

张娟笑着对苏顺儿说:"快坐下,你还没吃饭吧?俺给你热菜热饭去。"又说:"咱头一回见面,有啥好怪的?"说完,张娟就往灶台走去。

苏顺儿忙说:"表嫂子,您不用忙活了,俺和俺表哥说过了,现在不饿，俺下火车前吃了两个大煎饼了。"

"那行吧，听你的，等中午饭咱再一块儿吃。"说话间，张娟顺便拿过暖水瓶，倒了一碗热水，端给苏顺儿，"给，不吃饭先喝碗热水暖和暖和。"

苏顺儿接过碗，喝了两口，就对王大明和张娟说："表哥、表嫂子，俺这回来东北，是要麻烦表哥和表嫂子了！"

"都亲戚连亲戚的，说什么麻烦不麻烦的话，只要俺能办到的，麻烦也是应该的。以后你有什么事，尽管和我和你表嫂子说。"王大明说。

"俺是想到这里找点活儿干，最好是也像表哥你这样当工人。"苏顺儿开门见山地对王大明说。

张娟接过话说："苏顺儿表弟呀，你来得真不是个时候，不信叫你大明表哥说说，他们林业局的各工区都还在减人呢！公安上现在还天天抓盲流呢。"

王大明又对苏顺儿说："你表嫂子刚才说的一点儿都不假，现在各个工区都在减人，都是自然灾害给闹的，来的盲流也抓不完呀！"

"这不，小霞也是前些日子从山东过来的，她哥这些天没在家，她怕自己在家被抓了盲流，现在躲在俺家呢。"张娟指了指在屋里坐着的年轻女子说。

苏顺儿说："那俺和小霞不都成了盲流了吗？"

"你说对了！你是男盲流，小霞是女盲流。"张娟开玩笑地说。

"怪羞的，别这么说，盲流盲流的，多难听，人家要是听不明白，那不成了'流氓'了吗？"小霞红着脸小声地对张娟说。

全屋的人都哈哈大笑了起来。

三

下午，他们吃过晚饭后，王大明到工区木材厂加夜班去了，屋里只有张娟、小霞和苏顺儿。晚上都十点多了，苏顺儿问张娟说："表嫂子，俺表哥还回来睡觉吗？给俺找个地方睡觉吧！"

"你表哥回来得都很晚，有时候加班到两三点钟才回家。现在东北这边兴这样，男女都睡一个大通炕上，你就和我们几个睡在一起就是了。"张娟对苏顺儿说。

"那怎么睡啊，表嫂子？俺可不好意思。"苏顺儿难为情地说。

"你靠炕的东边睡，挨着你表哥，你表哥没回家之前，你挨着俺睡。小霞在炕的西边睡，她也挨着俺睡。"张娟对苏顺儿说。

"行，那就这么睡吧。表嫂子，俺实在困了，先睡了。"苏顺儿说。

小霞接过话对苏顺儿说："不这么睡怎么睡呀？你自觉着点儿不就行了吗？"

苏顺儿把自己带的被子拿到炕上，铺在了炕的东边，挨着表嫂子张娟，衣服也没有脱就睡下了。

张娟告诉苏顺儿说："你这样不脱衣服睡，起床时会感冒的。"说话间，张娟从炕的一边又拿出一条被子递给苏顺儿："再给你一床被子，脱了衣服睡。"

苏顺儿听话地脱掉了外衣，身上只穿了个线背心和短裤，赶紧钻进被窝。由于几天来他不是赶路就是坐车，累得不一会儿就睡着了。

四

过了一会儿，张娟和小霞也都睡下了，大伙儿很快便都进入了梦乡，屋内一片寂静。突然张娟咳嗽了两声，在翻身时，把一条大腿压在了苏顺儿的一条腿上。苏顺儿顿时感到身上热乎乎的，一股暖流涌向全身，他下意识地用手一摸，一条胖乎乎、皮肤细滑的女人的腿压在自己的腿上。苏顺儿顿时惊醒了，但没敢出声，他用手轻轻地抬起女人腿，飞快把自己的腿抽了出来，随后把自己的被子裹在身上，又往炕的东边靠了靠，别的什么也不敢想，只想着明天怎么跟表哥好好说说，还能不能在白山河找点活儿干，他想着想着，就又睡着了。

第二天早晨都快八点钟了，苏顺儿才醒。他醒来时，身边睡的人不再是表嫂子张娟，而是表哥王大明。王大明由于上夜班回家晚，这会儿还在呼噜呼噜地睡着。

表嫂子张娟和刘小霞也都醒了，都各自穿好衣服下了炕。

张娟问苏顺儿："昨晚上你睡得好吧？暖和吧？"

"睡得好，睡得好！暖和，很暖和！多亏表嫂子又给我一床被子，俺才没冻着。"苏顺儿对张娟回答说。

他们起床后，张娟一会儿就把早饭做好了。蒸的是高粱米干饭，炒的是莲花白菜。张娟只盛了三碗高粱米干饭,对苏顺儿和小霞说:"咱们三个先吃吧,不等大明了,大明他加夜班回家晚,让他多睡一会儿吧!"

于是张娟、苏顺儿、小霞三个人就先吃早饭了。

五

转眼,苏顺儿来白山河有一个星期了。这期间,王大明多方打听帮苏顺儿找活儿干,但始终没有找到个合适的,于是王大明对苏顺儿说:"苏顺儿表弟呀!我看在白山河很难找到你干活儿的地方了,要不,明天你去松树煤矿王长贵大叔那里看看,看在那儿能不能找到活儿干?"

"你表哥说得对,听说煤矿要人的地方多,早一点儿去兴许还能找到活儿,越早去越对你有利,干脆明天就走吧!"张娟接过大明的话对苏顺儿说。

苏顺儿感到这话里有话,是在撵他走,就答应说:"行啊,俺明天就去松树煤矿王长贵表叔那里。"

"你去松树煤矿后,如果那里的活儿好找,有俺女的能干的活儿,给俺捎个信来,俺去松树煤矿找你。俺来白山河有一个月时间了,俺也不想在这里再耗下去。"刘小霞插话说。

"好的,但愿俺在松树煤矿能找到活儿干。"苏顺儿说。

这天晚饭过后,王大明又到工区木材厂加夜班去了。晚上快十点了，苏顺儿上炕边铺被子边对张娟说："表嫂子，俺先睡觉了，俺明天早上还得坐车去松树煤矿呢！"苏顺儿说完话，刚要准备脱衣服时，突然听到有人敲门，张娟忙去开门。两个胳膊上都戴着"白山河公安治安员"袖章的人进了屋子，其中一个高个子治安员问："谁是这家房主？拿出户口本来看看！"

"俺是这家房主。"张娟回答。

那高个子治安员说："户口本呢？"

张娟说："俺来这里快半年了，户口正在办着呢，现在还没有拿到。俺男人的户口在林业局二工区里，是集体户口。"

另一个公安治安员指着苏顺儿和刘小霞问："你两个的户口呢？"

"他俩虽也没有户口，但他俩明早就走。"张娟急忙回答那公安治安员的话。

那高个子治安员又指着张娟、苏顺儿、刘小霞说："谁知道你们真办户口还是假办户口？你们说明天走，不是在骗我们吧？""不骗你们，真的不骗你们，你们如不信，等俺男人下班回来你们问他！"张娟说。

"我们现在谁也不问，你们仨先带上被子，都跟我们走一趟，到遣送站再说。"还是那高个子治安员说。

张娟不管怎么说，再怎么解释，那两个公安治安员都听不进去，张娟只好锁上门，同邻居李大婶打了个招呼后，他们三人便跟着那两个公安治安员去了白山河外流人员遣送站。

六

"又抓了仨盲流。唉！还有两个女的。"早先被抓来的一个盲流说。

在这个白山河外流人员遣送站里，收容有早先被抓来的盲流二十五六名，其中三个是女人。这些盲流中，除了有五六个安徽、河南、河北人外，绝大部分是山东人。

那两个公安治安员把张娟、刘小霞、苏顺儿带进遣送站后，先把张娟和刘小霞安排进了三名女盲流住的那间屋里，随后又把苏顺儿安排进了一间男盲流宿舍里。

苏顺儿刚把带的被子放到炕上，一个估摸有四十多岁的盲流问苏顺儿："小伙子，你哪里人呀？"

"俺是山东人，沂蒙山区的，家住老沂水。"苏顺儿回答。

接着苏顺儿又回问道："大叔您贵姓？您是哪里人？"

"俺免贵姓王，叫王强，俺也是山东人，是胶县的。"那个四十多岁的盲流说。

接着苏顺儿对王强说："您和这白山河林业局二工区里的俺一个表哥是同姓，俺表哥也姓王。"

第二天早晨，王大明下夜班回家后，纳闷家里的门怎么锁上了，他打开门一看，炕桌上放了一张纸条，看笔迹是张娟的，上面写着："俺和苏顺儿、小霞都被治安员带去盲流遣送站了。"王大明原本想回家赶紧休息一下，但看到了这张纸条，他急得连觉也不想睡了。他倒了一杯水，边喝水边琢磨：怎样才能把张娟和苏顺儿、小霞从遣送站领回来呢？如果不马上把他们领回来，要让遣送站给遣送回老家，那可就麻烦了。想到这里，王大明水也不喝了，忙下炕走出房门。就在锁门时，邻居李大婶走过来报信说："大明，你知道吧？张娟他们被抓盲流了，你得赶紧想办法把他们领回来呀。"

"俺知道啦，大婶！谢谢！"王大明说完，赶紧跑到林业局二工区，先找到张工长，说："俺爱人张娟和前天才从山东来的苏顺儿表弟，还有这几天在俺家住的那刘小刚的妹妹刘小霞也被抓去盲流遣送站了，得求您帮忙想个办法把他们仨领回来。"

"好办！咱们到局里开个证明信，就说我们明天自己送他们回老家，把他们仨领回来。"张工长说。

很快，张工长带着王大明一起，到林业局里找领导帮王大明开好了证明。王大明一刻也不敢停，带着证明信，就来到了白山河外流人员遣送站。

七

当王大明来到白山河外流人员遣送站，已经快中午十二点钟了。他找到遣送站孙武雷站长，首先拿出支香烟递给孙武雷，赔笑道："孙站长，您抽根儿烟。"

孙武雷摆摆手说："我不会吸烟，你是来领人的吧？"

"是！俺是来领俺爱人张娟、我表弟苏顺儿，还有俺们工区刘小刚的妹妹刘小霞的。"

王大明说着便把证明信递给孙站长，说："这是我们局里给开的证明。"

孙武雷看了一眼证明后对王大明说："你爱人张娟你可以领回去，但刘小霞不能领，苏顺儿也不能领。"

"他们两个为什么不能领回去？"王大明问孙站长。

"按我们遣送站的规定，苏顺儿得在这里干上一个多月的活儿，等挣够他回家的路费后，由遣送站集体把他们遣送回山东。刘小霞也得这样遣送。"孙武雷回答王大明说。

"俺自己拿路费，俺保证，明天就把苏顺儿他们送回老家，请孙站长高抬贵手，放他们三人一块儿走吧！"王大明恳求着孙站长。

"不行！我早就说过了，这是遣送站的规定，你可以先领你爱人张娟回去。"孙武雷不耐烦地对王大明说。说完他又对遣送站里的一个值班的治安员说："大李子，你把在那边洗菜的张娟喊过来，她的丈夫来领她啦！"

说话间，那治安员大李子已经把张娟带了过来，孙站长对张娟说："你可以先跟你丈夫回去了，走吧。"

张娟问："小霞妹妹和苏顺儿表弟不和我一起走吗？"

还没等王大明解释，孙武雷抢先对张娟说："你怎么这么啰唆？叫你走，你就赶紧走。让你走是便宜了你！"

张娟一看孙站长是这个态度，也就只好和丈夫一起回宿舍拿了自己的被子准备走。这时刘小霞走了过来，问张娟："嫂子，俺和您一起走吗？"

"这遣送站暂时还不让你和苏顺儿走。"王大明先开口说。

"大明哥，你和俺嫂子回去后，请赶紧给俺哥捎个信，叫他一定想办法把俺领回去啊！"刘小霞央求道。

"小霞，你放心，俺们回去后，一定给你哥捎信，让他抓紧回白山河，俺们再一起想办法，早点儿把你和苏顺儿领回去。"王大明安慰刘小霞说。

就这样，张娟被王大明领回了家，苏顺儿和刘小霞依旧被留在白山河外流人员遣送站。

八

苏顺儿和刘小霞在遣送站的这段时间，天天都要干活儿。站里说是让他们自己挣路费，等路费挣够了才能遣送他们回老家。刘小霞和张娟自打被抓进来那天起，就被安排到站里的外流人员集体食堂干活儿，同另外三名女盲流一起洗菜做饭。苏顺儿则被安排去了石子场砸石头。

这天，苏顺儿从石子场回来，一看原来在食堂里干活儿的张娟不见了，就问刘小霞："张娟表嫂子呢？"

"遣送站只同意放张娟嫂子出去，大明哥把她领回去了。"刘小霞对苏顺儿说。

"那咱们俩呢？为什么不放咱们走？"苏顺儿又问刘小霞。

"听说等咱们自己把路费挣够了,再集体把咱们遣送回山东老家去。"刘小霞回答说。

遣送站食堂门口挂着半截铁轨,有个做饭的女人拿一根铁棍"当!当!当!"敲了三下,边敲边喊:"开饭了!开中午饭了!"

遣送站的院子里,二十多名盲流正按顺序排队领饭。按站里的规定,每人每顿饭只能领一平勺高粱米饭、半勺莲花白菜。轮到苏顺儿领饭时,可就和别人不一样了。刘小霞每次都给苏顺儿盛满满一勺饭,菜也是盛满一勺。这次领饭也是照旧,刘小霞还是给苏顺儿盛得很满。苏顺儿领回饭菜刚吃了几口,有个盲流就喊了起来:"苏顺儿的饭菜为什么比我们打得多?"

苏顺儿听到他这么一喊,饭也没嚼,三五口就把饭菜吞下去一半,他端着饭碗叫大家看,又对那盲流说:"你不要胡说八道,俺的饭菜没比你多多少。"

"你吃不饱不要乱说这个多那个少的,小心人家揍你!"王强警告那个嫌自己饭少的盲流说。

"谁敢揍我?我还要揍他呢!"那盲流生气地说。

"人家苏顺儿这老乡老实,你要是说我,看我敢不敢揍你!"王强说。

"我就说你了!你能把我怎么着?"那个盲流赶到王强身边挑衅说。

还没等众人反应过来,王强一巴掌就把那个盲流打倒在地,说:

"我看你这个人就得挨揍嘴巴才能封住。"

那个盲流自然不服气，正要站起来打王强时，被过来的两个治安员拉住了。治安员把他们两人喊到遣送站办公室，罚每人多砸半立方石子，平息了这次打架风波。

九

一个多月过去了，苏顺儿的表哥王大明和刘小霞的哥哥刘小刚多次到白山河外流人员遣送站找孙武雷站长领人，但始终没能领回他们。

这一天，王大明和刘小刚再次来找孙武雷，孙武雷说："后天下午我们遣送站会先遣送一批回去，这里面就有苏顺儿和刘小霞，以后你们不用再来找了。"

苏顺儿和刘小霞也听说了后天下午要遣送他们回山东老家的消息，苏顺儿想：这好不容易刚从山东来东北，要是叫遣送站给遣送回去，那多没脸面呀？还不叫老家的人笑掉大牙？他越想越不甘心，心想：得想个办法逃出去。这天苏顺儿和王强砸石子时，苏顺儿小声对王强说："听说这批被遣送的盲流人员也有您，您同意回去吗？"

"俺才来东北四十多天，俺不同意回去。这两年老家受旱灾收成不好，没吃的，俺想继续留在东北找活儿干，自己能混口饭吃先不说，主要得挣点儿钱寄回家去，俺老家还有老婆孩子呢。"王强对苏顺儿说。

"那不同意回去咋办？遣送站的人给咱们买了火车票，又不给咱们钱，还派专人送，真是没办法不回去。"苏顺儿感到无奈地说。

"我说苏顺儿啊，你脑子怎么这么笨，有办法呀，咱们可以想办法逃跑呀！"王强压低声音对苏顺儿说。

"遣送站送咱们的人看得很严，咱们怎么能跑得了？"苏顺儿问王强。

"俺想好了，可以从火车上逃跑。等火车走过十多个车站后，天就黑了，咱们事先约好在哪个车站下车，提前一站都去厕所集合，装作解大手，就一直待在厕所里，等车到站后，咱抓紧时间从厕所出来下车。咱手里没车票，肯定出不了车站，下车后可以顺着火车道朝后走一段路，再找落脚的地方。"王强对苏顺儿说。

苏顺儿连连点头说："王强叔，您说的这个办法可行，到时候咱就这么办！"接着又说："俺想咱就到松树车站下车吧，下车后，可以直接去松树煤矿找俺王长贵表叔。"

"那就这么定下来了，到时候可别忘了！"王强说。

第三章

一

那天下午五点钟,白山河外流人员遣送站用卡车拉了十三名盲流去了白山河火车站。这其中,男盲流有苏顺儿和王强,女盲流只有刘小霞自己。

这十三名被遣送的盲流被拉到白山河火车站时,遣送站的大个子治安员早已买好了火车票在等候。盲流们在三名遣送站治安员的带领下等候上火车。在候车的几分钟里,刘小霞赶紧去了厕所。她刚从厕所出来,苏顺儿也过来假装洗手。苏顺儿问刘小霞:"小霞姐,你想不想被遣送回老家?"

"俺才不想呢!你有不回去的办法吗?"

苏顺儿小声地对刘小霞说:"有办法!咱们一起到松树车站下车逃跑!你要在松树车站的前一站先到厕所里假装解手,把行李先放到厕所附近，等火车到松树车站一停，你赶紧拿上行李下车。下车后不要出站，你顺着火车道朝后走一段路，俺和王强叔同你一起去松树煤矿找俺王长贵表叔。"

说话间，遣送站的三名治安员开始招呼十三名盲流检票上车。

这时，苏顺儿的表哥王大明和刘小霞的哥哥刘小刚跑来了车站。但他们迟了一步，刚跑到站台上同苏顺儿和刘小霞摆了摆手，火车就开出了白山河车站。

火车跑过了十多个车站，天已大黑了。列车乘务员喊："前方到站松树站，在松树车站下车的乘客抓紧准备下车。"

听到乘务员的喊站后，苏顺儿和刘小霞赶紧从厕所里出来，躲避开遣送站的三个治安员，马上拿起行李下了火车。另一边，王强准备拿行李下车时被大个子治安员发现了，他一把将王强拽住，喊道："你是不是想逃跑？坐好！"

"俺觉得冷，想拿下行李找件衣服穿，俺哪敢逃跑？"王强紧张又沮丧地说。

当遣送站的三名治安员再次清点人数，发现苏顺儿和刘小霞不见了，这才知道他们俩已经下车逃跑了，这时火车已经开出很远了。

二

苏顺儿和刘小霞下了火车后，按他们原先说好的，不出站，顺着火车道朝后跑，没跑多远，他俩就相遇了。

这时苏顺儿前后看看，没见王强跟来，就对刘小霞说："估计王强被治安员发现了，没能下来，他的运气真不好！"

"咱们可解放了，可算是逃出盲流队伍啦！"刘小霞高兴地说。

"咱们还不能高兴得太早，盲流的名号现在还背在咱们身上哩，等咱们真正当上了工人，人家就再不会喊咱们盲流了。"

他们俩一边说一边走，不一会儿就到了松树煤矿，找到王长贵家时，已经是晚上十点多钟了。在矿上宿舍区，一个巡逻值班的工人告诉苏顺儿和刘小霞说："采煤一队的王长贵队长上夜班去了，明天早晨四点钟才下班。"

初冬季节，这东北更冷，苏顺儿和刘小霞站在王长贵家门口，因穿的衣服单薄，冻得直打哆嗦，他俩只好去敲王长贵的家门。

"喂！有人在家吗？俺是从山东来的，来找俺王长贵表叔的。"苏顺儿边敲门边说。

"长贵上夜班去了，俺睡觉啦，你明天再来吧！"屋内有个女人回话说。

"长贵表叔不在家，长贵家表婶子在吗？"苏顺儿不死心，再次喊话叫门。

过了一会儿，一个三十多岁的女人披着棉袄来打开了门。由于苏顺儿和刘小霞在门外冻得受不了，当门开到一半时，他们俩就挤了进去。刚一进屋，苏顺儿就问那三十多岁的女人："您是王长贵表叔家的表婶子吧？俺老家是山东苏家峪村的，苏福祥是俺爹，俺爹喊王长贵表叔叫表弟，俺叫苏顺儿。"

"咱这拐弯子亲戚俺听长贵说过，那俺就是你的表婶子了，俺姓苗，叫苗凤娇，你叫俺苗婶或凤娇婶都成。"苗凤娇对苏顺儿说完，赶紧提暖水瓶给苏顺儿和刘小霞各倒了一碗热水，先端给苏顺儿说："你先喝碗热水暖和暖和。"接着她又端了一碗给刘小霞，说："你也喝水，都是亲戚家，不要拘束。"

刘小霞忙接过苗凤娇端的水说："谢谢苗婶！天太冷了，喝了这碗热水，俺就不冷了。"

"别客气！这又不是外人。"苗凤娇对小霞说完这话，又指着刘小霞问苏顺儿："她是你对象吧？长得还真俊，叫什么名字呀？"

"她叫刘小霞，现在还不是俺对象，是咱山东老乡。"苏顺儿对苗凤娇说。

"现在不是你的对象，那以后肯定是了？"苗凤娇打趣苏顺儿道。

苏顺儿向苗凤娇讲述了他和刘小霞从山东到白山河，在白山河被抓遣送站，又从遣送的火车上逃出来的经过。苗凤娇连连摇头叹气，接着就去掀锅拿锅里的饭菜，说："俺这锅里还有玉米大饼子和炒白菜，还热着哩，你们快吃饭吧！"

"俺俩上火车前都吃过下午饭了，现在还不太饿，喝了这热水心里热乎乎的不用吃饭了。"苏顺儿对苗凤娇说。

"天不早了，该休息了，你俩今晚都先在俺家这炕上睡吧！"苗凤娇指着炕说："苏顺儿睡炕的南头，刘小霞睡炕的北头。"在王长贵还没下夜班回来睡觉之前，苗凤娇就自然睡在炕的中间了。

三

苏顺儿和刘小霞来煤矿的第二天，王长贵同他们吃过早饭后，也没顾上休息，就领着他俩来到松树煤矿办公室，找到了副矿长刘建。王长贵笑着对刘建说："俺山东老家来了两个亲戚，男的叫苏顺儿，是俺表哥家大表侄，女的跟您一个姓，叫刘小霞，和俺表侄一起来的，他们都是贫农，因老家受旱灾才来东北找活儿干的，请刘矿长帮俺个忙，给他们安排个临时工，能糊口就行。"

"别人的忙我可不帮，你王队长的忙我尽力帮。正巧，前排那栋职工宿舍缺个烧取暖炉的，你看让这小伙子去干这活儿行不行？"刘建对王长贵说。

"那太好了，真得谢谢刘矿长！"王长贵感激地说。

苏顺儿也连忙说："谢谢刘矿长！俺一定好好干！"

刘建想了想，停顿片刻说："至于这女同志嘛，也好安排，矿上的职工食堂也缺少干活儿的，干脆叫她到食堂去帮忙。"

王长贵接着说："我看能行！在食堂干活儿就是择菜做饭，打扫卫生，给矿工们服务。"说完，他又问刘小霞："小霞，你看行不？"刘小霞点点头，表示同意去矿上的职工食堂干活儿。

随后，刘建副矿长叫办公室主任张家庚给苏顺儿和刘小霞每人都发了新棉袄、新棉裤和新棉鞋。接着张家庚又把苏顺儿安排到职工宿舍去，把刘小霞送到矿上的职工食堂去上班。

苏顺儿来东北三个多月了，总算有了个能干活儿的地方，他的工作就是天天给职工宿舍烧取暖炉子、打扫职工宿舍里的卫生，他干得很顺心。苏顺儿是个勤快人，矿工们对他都很满意。

已是严冬时节，苏顺儿在职工宿舍烧炉子，首先冻不着了。二来，到了饭点儿就去矿上的职工食堂打饭，饿不着了。他第一次感到自己是名工人了，心想：还是当工人好！俺一定好好干，保住这个饭碗。

一天，矿上给苏顺儿发工资了，他领到了十五块钱。苏顺儿想着先到邮政局给他父母寄十块钱，他知道老家穷，这十块钱能解决家里的大困难。

苏顺儿高兴地跑到矿邮政局，向营业室工作人员要了一张汇款单，认真填好，递给工作人员。当他准备取钱时，一摸衣兜，里面的十五块钱全没有了。他急得出了一身冷汗，只好从营业室工作人员手里拿回填好的汇款单，并向工作人员解释说："对不起，俺走得急，钱没带上，俺随后再来寄钱。"

在从邮政局返回职工宿舍的路上，苏顺儿边走边寻思："俺把钱揣上衣兜里了，怎么不见了呢？"

苏顺儿无精打采地低着头往回走，走着走着，迎面碰上了两个女人拉着人力排车送菜，其中一个女人说："是你呀苏顺儿，你到哪里去了？"

"啊！小霞姐呀，你去拉菜啦？俺刚才去邮政局给俺老家寄钱呢。"

苏顺儿说。

"那你寄好了吗？"刘小霞问苏顺儿。

"俺才领的工资钱，不知掉到哪里去了，这不，汇款单都填好了，却没寄成，俺得赶紧回职工宿舍找找去。"苏顺儿沮丧地对刘小霞说。

"别提了，俺也是刚领的这月的工钱，要不你从俺这里拿点钱，先给你老家寄去？"刘小霞说着便从自己衣兜里掏出十块钱递给苏顺儿。

"不，不！你也是第一次领工资，俺不能拿！"苏顺儿推让道。

"你先拿去到邮政局寄了，等你有了钱再还俺不就是了吗？"刘小霞说着把十块钱硬塞到了苏顺儿的手里。

四

苏顺儿接过刘小霞的十块钱，又赶紧跑回邮政局营业室，把钱寄回了老家。接着他又气喘吁吁地往回跑，想赶紧跑回去看看是不是把钱掉在了职工宿舍里。当他走到煤矿办公室门口时，看到有些人围站在那里看一张刚贴的"认领告示"，苏顺儿还没走到"认领告示"跟前，就听见有一个妇女在说："这老陈头拾到钱交公，风格真高，真是拾金不昧！"

苏顺儿听到后，赶紧凑到"认领告示"跟前，看到那告示上写着："我矿老矿工陈光汉同志，在矿某职工宿舍门外拾到人民币若干元，请丢失者前来矿办公室认领。"告示下方落款是煤矿办公室。但上面没说老陈头具体拾到多少钱，苏顺儿心想：老陈头到底拾了多少钱？是不是俺那十五块钱呢？不管怎样还是到矿办公室问一问吧。苏顺儿来到矿办公室，向办公室主任张家庚问："张主任，那门口贴的认领告示上拾到的钱是不是十五块呀？"

"怎么？你丢了钱吗？"张家庚问。接着，苏顺儿从头到尾把他掉了十五块钱的经过说了一遍。

"那这就是你掉的钱了，以后要把钱装好，可别再弄丢了。"张家庚说着便把十五块钱交还给了苏顺儿。

"谢谢，谢谢张主任！"苏顺儿感激地说。

"你要感谢老陈头，是他的风格高，拾金不昧！"张家庚对苏顺儿说。

苏顺儿接过这十五块钱，紧紧攥在手里，先到矿职工食堂找到刘小霞，见面就喊："小霞姐，俺掉的钱找回来了，是矿上的陈光汉拾到的，他拾金不昧，交到了矿上。这不，刚刚矿办公室张主任把俺的十五块钱退还给了俺。"说完，苏顺儿从手里拿出十块钱说："给你！你的十块钱。"

"不急，不急！俺又不等钱用，你先拿着用吧！"刘小霞对苏顺儿说。

刘小霞虽不急着要这十块钱，但苏顺儿还是把钱塞到刘小霞手中，刘小霞没再推让，接受了。

"挣个钱不容易，以后可要注意点，别再把钱弄掉了。"刘小霞嘱咐苏顺儿说。随后她又说："苏顺儿，你最初把领的钱放到哪里了，怎么会丢掉了呢？"

苏顺儿这时翻翻自己的上衣兜叫刘小霞看，说："俺就揣进这衣兜了啊！"苏顺儿正说着，发现自己的手指从上衣兜下方漏了出来，"噢！原来是从这里掉出来的！这衣兜俺以后可不敢装东西了。"

"不要紧，俺去拿针线，帮你缝补一下就行了。"刘小霞对苏顺儿说。

刘小霞说着就去找了针线，接着对苏顺儿说："你把上衣掀起来，俺好给你缝补一下。"苏顺儿忙掀起上衣，露出衣兜。刘小霞一会儿工夫就给苏顺儿把上衣兜缝补好了。苏顺儿把剩下的那五块钱装好后，辞别了刘小霞，先去卖香烟的那里买了一包"长白山"。苏顺儿是不吸烟的，这是为了感谢老陈头他们，才第一次买香烟。

苏顺儿找见陈光汉，见面先把一包"长白山"递给了陈光汉，说："陈大爷，您抽烟，谢谢您了！是您拾到了俺的钱，又退还给了俺。"

"谢什么！谁拾到了你的钱也得给你，你挣个钱不容易，以后可要注意别再掉了。"说话间陈光汉接过了苏顺儿递来的香烟。

第二天，不知是谁写了一篇新闻稿，在矿上的广播站里广播了，新闻稿的内容是表扬老矿工陈光汉同志拾金不昧的好品格，号召全矿广大职工群众向他学习，学习他这种拾金不昧的精神。于是这老陈头一下子成了松树煤矿的新闻人物。

五

一天下午，苏顺儿到职工食堂打完饭正要往回走，刚走到食堂门口，刘小霞从食堂里面跑出来喊住苏顺儿："你等等，俺给你说个事情！"

"什么事情？"苏顺儿问刘小霞。

"好事情！俺弄了两张电影票。"说着把其中一张电影票塞到苏顺儿手里，又说："别忘了！晚上八点半到矿电影放映场看电影，到时俺在电影放映场门口等你。"

苏顺儿回到职工宿舍，吃罢晚饭，把职工宿舍里的取暖炉烧好，又认真地把炉子里的火检查了一遍后，他对职工宿舍里的陈光汉说："陈大爷，食堂里的刘小霞给俺弄了一张电影票，俺去看电影了。"

"去吧！我帮你看着炉子。"陈光汉对苏顺儿说。

说话间，已经是晚上八点半多了，电影已开始放映，放的电影片子是《南征北战》。虽然天气很冷，可刘小霞还是站在电影放映场大门外等候苏顺儿。她又冷又着急，在门口来回走动。都快九点了，苏顺儿才赶到电影放映场。刘小霞忍不住埋怨道："电影早就开始了，你怎么才来？"

"俺把职工宿舍里烧的炉子又检查了一遍，又找宿舍里的老陈头帮俺看着炉子，一切落实好后才往这里走，对不起，俺迟到了！"苏顺儿内疚地对刘小霞说。

"没事儿，咱快进去吧！"刘小霞说着便和苏顺儿进了电影放映场。当他们找到自己的座位号时，发现他俩的座位已被别人家带的孩子坐上了。于是刘小霞用手电筒照着自己的电影票，指着两个孩子坐的位子对孩子家长说："您好，这是我俩的座位。"

一个带孩子的妇女边抱孩子边说："是你们的座位，你们坐吧！"另一个男同志也忙抱起了孩子。刘小霞和苏顺儿都坐到了各自的座位上。当电影演到一半时，苏顺儿指着电影银幕上的画面对刘小霞说："小霞姐你看！那电影上打仗的地方就是俺的家乡。"

刘小霞边看电影边小声地问苏顺儿："你往山东老家邮寄的钱收到了吧？"

"前天才来的信，说钱都收到了，家里人一看俺这当盲流的也能挣着钱了，全家人都很高兴，说俺出息了。"苏顺儿小声地对刘小霞说。

"你家大爷大娘也都好吧？"刘小霞又对苏顺儿说。

"信上说了，俺爹俺娘好着哩！还说用俺邮寄回去的钱买了布、买了棉花，给家里做了一床新棉被。"苏顺儿对刘小霞说。

接着刘小霞又对苏顺儿说："白山河林业局的俺小刚哥也给俺来信了，还说如果俺不想在这松树煤矿干，还可再回白山河。现在白山河那边也能找着活儿干，他们工区食堂和木材加工厂都缺人，俺这次要是去他们单位落下，那遣送站的孙站长就不会再抓俺盲流了。"

"你想回白山河吗？"苏顺儿问刘小霞。

"俺也想回又不想回，俺和你认识这长时间了，有你在这里和俺做个伴，俺感到挺好的，不回白山河也可以。"刘小霞一边说着一边不自觉地攥住了苏顺儿的手，身体也倒向苏顺儿身上。

顿时，苏顺儿感到全身温暖，心里热乎乎的。他电影也顾不上看了，对着刘小霞的耳朵小声说："有你在这里，俺也不想回白山河了。前些天，王大明表哥也给俺捎信来说，如果俺在松树煤矿待不住的话，也可再回白山河。"

苏顺儿和刘小霞俩人说着说着，不知不觉中电影已放映完了。俩人走出电影放映场，苏顺儿对刘小霞说："俺送你回你的宿舍。"

"不用送了，俺的宿舍离这里很近，再说，如果叫俺宿舍的女工友们看见了，俺怪不好意思的，你别送俺了。"刘小霞对苏顺儿说。

"好，这样俺就不送你了，你慢走！"苏顺儿说完，两个人各自回了各自的宿舍。

六

第二年春天的一个早晨，苏顺儿就不在矿上的职工宿舍烧取暖炉了，他被安排到煤矿采煤二队上班。到岗后，采煤二队的张进队长先是给苏顺儿讲了安全生产操作规程，给他发了矿灯和安全帽等装备。张进队长了解到苏顺儿以前没有下过矿井，也没有进碛子面挖过煤，于是对苏顺儿说："你进巷道去运煤吧！一定要注意安全。"

进巷道运煤，就是推着轱辘马运煤车来回跑。在巷道线上，同时有好几辆运煤车进出，因苏顺儿第一次推这轱辘马运煤车，张进就挑了一辆最好的车给苏顺儿，说："巷道里运煤的车子多，一辆跟着一辆，你一定要和前后车离开一段距离，推车时既不能慢又不能太快，太慢后面的车会撞上你，太快了刹不住车会撞上前面的车。"

苏顺儿接过张进给他挑选的轱辘马运煤车说："请张队长放心，俺一定记住您说的话，保证安全生产。"

之后的两个多月，苏顺儿每天在巷道里来回推轱辘马运煤车，经常是有惊无险。车虽推的很是吃力，但运煤的任务还是能够完成。

有一天下午，快到下班时间了，苏顺儿推的轱辘马运煤车突然刹车失灵，车像飞一样地朝卸煤场跑去，跟在后面车上的张进大喊："苏顺儿，注意刹车！快刹车！"

苏顺儿尽管采取了紧急刹车，但他那轱辘马运煤车怎么也不听使唤，他看大事不好，急忙从车上跳了下来，车顿时冲出了轨道，冲出了卸煤场，翻倒在了煤山下。苏顺儿只是右脚扭伤了，所幸没出现大的事故。下班时，张进看着右脚受伤的苏顺儿说："苏顺儿你还能自己走不？如不能走，我背你。"

"不用麻烦张队长啦，俺拄着根木棍还可以走。"苏顺儿对张进说着便找了根木棍拄着，一瘸一拐地往回走。回到宿舍时他才发现自己右脚脖子都肿起来了，去食堂打饭都感到吃力了。于是他拿起饭盒和饭票对陈光汉说："俺走路不方便了，陈大爷，给您饭票，麻烦您帮俺把饭菜捎回来吧。"

"行！你脚扭伤了就别去了。"陈光汉边说边从苏顺儿手中接过饭盒和饭票，随手拿过暖水瓶和脸盆，把脸盆里放了一些盐，又说："你先用盐水泡一下这扭伤的脚，可能会好些，我去给你打饭菜去了。"

陈光汉到职工食堂打饭时，盛饭的正巧是刘小霞，陈光汉先打了自己的饭菜，又拿出苏顺儿的饭盒和饭票对刘小霞说："这是俺帮苏顺儿捎的。"

刘小霞从陈光汉手中接过苏顺儿的饭盒和饭票，边往饭盒里打饭菜边问陈光汉说："苏顺儿咋没来打饭？怎么叫您给捎？"

"苏顺儿推轳辘马车运煤时出了点儿小事故，右脚扭伤了，走路不方便，俺才给他捎的。"陈光汉对刘小霞回答说。

"陈大爷，苏顺儿的脚伤不要紧吧？"刘小霞急切地问陈光汉。

"很难说，反正是扭伤了，右脚脖子都肿起来了，现在还没有到矿上的医院去认真检查呢。"陈光汉回答刘小霞。

七

刘小霞和苏顺儿是山东老乡，还是流落他乡的患难之交。刘小霞听陈光汉这么一说，心里自然是放心不下苏顺儿的。刘小霞一卖完饭，连饭也没顾上吃，就和食堂里的领导请了假，跑来看苏顺儿了。

刘小霞看到苏顺儿坐在炕沿上，炕沿跟前还搁着半截木棍，问："你的脚伤不要紧吧？到医院里看了吗？"

"不要紧吧，现在都天黑了，俺明天去矿上医院检查一下。"苏顺儿对刘小霞说。

"有病可不能耽误，干脆今晚上俺扶着你先到矿上医院检查一下，就放心了。"刘小霞边说边走到炕沿跟前去搀扶苏顺儿，苏顺儿也同意当晚去医院检查。

苏顺儿拄着半截木棍，刘小霞搀扶着他，一瘸一拐地来到松树煤矿医院，大夫让苏顺儿先做个检查。大夫庄新边看拍的片子边对刘小霞说："他这是轻微的骨裂，叫你丈夫别上班了，大约休息个二十天左右就能好。"

刘小霞很尴尬地说："大夫，他不是我……"还没等刘小霞解释完，庄新大夫又说："你俩放心，肯定能恢复好，只不过最近得注意些，别再磕着碰着，会好得很快的。"说着拿起笔先给苏顺儿开了些止痛药，又开了些贴在脚上的止痛膏药。拿了药，刘小霞便搀扶着苏顺儿走出了医院。

刘小霞搀扶着苏顺儿一瘸一拐地走着，快到宿舍门口时，迎面碰上了王长贵，苏顺儿看到王长贵说："表叔，您上……"

苏顺儿的话未说完，王长贵先说了："今晚上我刚下班就听采煤二队的张进队长说，你出了点儿事故，脚扭伤了，这不我赶紧跑来看看你。"又问："去矿上医院看了吗？伤的怎么样？不要紧吧？"

刘小霞先接过话说："大夫说苏顺儿的右脚脖子属于轻微骨裂，说得休息二十多天才能好，还给苏顺儿开了些止痛药和止痛膏药。"

刘小霞把苏顺儿送回宿舍，先是给他倒了杯热水，让他吃了止痛药，随后说："你快把鞋子和袜子脱了，俺帮你贴上止痛膏药。"

苏顺儿忙把鞋和袜子脱掉让刘小霞帮他贴好止痛膏药。刘小霞对苏顺儿说:"你这些日子好好养伤,有什么事要俺帮忙的,你让人捎话给俺。"她话音刚落,又转身对陈光汉说:"陈大爷,苏顺儿伤得挺厉害,走路不方便,那就多麻烦您了。"

"不麻烦,不就帮苏顺儿打个饭菜什么的,他如果有啥事找你,俺一定告诉你。"陈光汉对刘小霞说。

"那谢谢陈大爷了!"刘小霞说。接着又对苏顺儿说:"你休息吧,俺回去了。"

苏顺儿拿起拄的木棍想起身去送刘小霞,被刘小霞阻止了。

八

转眼二十几天过去了,苏顺儿的脚伤好得差不多了。这天他正准备去上班,陈光汉从矿上办事回来,看到苏顺儿要出门,就问:"苏顺儿你干什么去?"

"俺的脚伤好了,俺去问问能不能上班去!"苏顺儿对陈光汉说。

"俺在矿上听到一个消息,这消息可能对你不利。"陈光汉说。

还没等老陈头把话说完,苏顺儿就急得抢话问:"什么消息?陈大爷您快说给俺听听。"

"听说上边儿要咱们矿上精简人员,清退临时工,你和刘小霞,还有李刚、方建平、王吉升……三十多人吧,可能都得被清退。"陈光汉告诉苏顺儿。

苏顺儿听老陈头这么一说，头一下子就懵了，不知如何是好。心想：如果被清退掉，那不又得当盲流了吗？想来想去，没办法，还得去找王长贵表叔商量，看他有没有办法。于是苏顺儿来到王长贵家，他还没进屋就喊开了："表叔、表婶在家吗？俺是苏顺儿呀，俺来找您问点儿事。"

给他开门的是王长贵的妻子苗凤娇，"噢，苏顺儿啊，快炕上坐！听你长贵表叔说，你的脚扭伤了，现在好了吗？"

"俺的脚伤好了，还让表婶子您挂在心上。"苏顺儿对苗凤娇说。

还没等苗凤娇问他来由，苏顺儿又说："俺听老陈头说，矿上要清退临时工，可能名单上有俺，俺想来叫俺表叔给矿上说说，看能不能把俺留下来。"

苏顺儿的话刚说完，王长贵便推门而入，他下班回来了。

苏顺儿说："表叔您下班啦！"

"你的脚伤现在咋样了？"王长贵问苏顺儿。

"表叔，俺的脚伤彻底好了。"苏顺儿起身走了几步让他们看："你们看，真的彻底好了！"

"你是为了清退临时工的事来的吧？俺今天已经听说了，咱们矿上要清退三十名临时工，其中有你，还有咱们山东老乡刘小霞。"王长贵对苏顺儿说。

"表叔您能不能和刘建副矿长说说，不清退俺和刘小霞。"苏顺儿说。

"这次精简清退临时工，全国都在搞，是松树煤矿的大事，俺可以给你问问刘建副矿长，但估计希望不大，你得有个思想准备。"王长贵再次对苏顺儿说。

之后的几天，王长贵到矿上找了刘建副矿长几次，想让他尽量留下苏顺儿，但都事与愿违。但是，王长贵也从刘建那里得到了另外一个好消息，就是矿上三十名被清退的临时工中，有二十名被县劳动部门安排到了一个集体单位——县上的房屋建筑工程队，其中就有苏顺儿和刘小霞。

当苏顺儿从王长贵那里得知了他们被重新安排工作的消息，马上跑到刘小霞那里，见面就喊："小霞姐，好消息！长贵表叔说咱们俩又被安排到县城房屋建筑工程队去了。"两个年轻人高兴地跳了起来。

第四章

一

这天，松树县房屋建筑工程队，新增了苏顺儿、刘小霞、李刚、方建平和王吉升等二十名工人，从此，这支房屋建筑队增添了许多生机和活力，建筑工地上出现一片繁忙景象。

新来人中，李刚和方建平被安排到瓦工队当学徒工，刘小霞去了工程队食堂当炊事员，其余人员都在建筑工程队当出力工。

苏顺儿来房屋建筑工程队快半年了，每天不是背砖、抬石头，就是晒沙子、和白灰，累得他胃病都犯了好几次，有时痛得饭都不能吃。

一天早晨，苏顺儿犯胃病勉强起床，去工程队食堂打饭。刘小霞看着苏顺儿那无精打采的样子，边给他盛饭边问："苏顺儿你今天是怎么啦？怎么你一点精神也没有，是病了吗？没去让医生给看一下？"

"俺昨天又犯胃病了，已经拿了治胃病的药吃了。"苏顺儿告诉刘小霞说。

"啊！昨天你没来打饭，原来是犯胃病了呀，你也不捎话来说一声，俺好叫食堂里给你做顿病号饭吃。"刘小霞对苏顺儿说。

"别担心，俺吃了些治胃病的药现在好多了。"苏顺儿说完拿上饭后就回工程队了。

再说白山河王大明的妻子张娟，从山东到白山河也有很长时间了，一直没能找着工作，就在家里当家庭主妇，天天侍候王大明。她感到天天这样过日子太无聊了，还是得找个工作干才行。在白山河是找不到的，因为白山河也一直在精简清退临时工。所以当她听说苏顺儿和刘小霞又重新在县城安排了工作，也想到县城里去找工作。

下午，张娟乘坐白山河林业局二工区刘师傅的汽车来到苏顺儿这里，听说苏顺儿犯了胃病，便借机说是专门来看望苏顺儿的。张娟见到苏顺儿便说："俺听说表弟你老犯胃病，这不你大明表哥叫俺专门来看看你，现在你的病好些了吧？"

"俺昨天又犯了胃病，吃了些治胃病的药，今天好多了，谢谢表嫂子和表哥还挂念着俺，来看俺。"苏顺儿对张娟说。随后又问："大明表哥他现在工作还好吧，很忙吧？'

"你大明表哥现在不但白天闲不着，晚上也常加夜班。他是有活儿干，可俺从山东跟他来这么长时间了，一直在家闲着，无事可干，白天黑夜只有侍候他，真无聊。俺想还是出来找点事干，表弟你听没听说你单位食堂还要人不？俺会蒸馒头、炒菜，食堂的活儿都行。"张娟说。

"工程队食堂里现在缺不缺人,俺也不太清楚,这得问问小霞姐,看她知道不。"苏顺儿对张娟说。

张娟听了这话,没在苏顺儿这里吃饭,便匆匆赶去了刘小霞那里。在刘小霞那里吃罢晚饭后,司机刘师傅已经开车回白山河了,晚上张娟自然就住在刘小霞宿舍了。

二

晚上,张娟和刘小霞睡在一起。两个女人好长时间没见面,在一起唠起嗑来格外亲切,可以说是无话不谈,越唠越兴奋。张娟最关心的话题还是刘小霞她们工程队食堂还要不要人:"小霞妹子呀,咱姊妹俩这么长时间没见了,还真挺想你的,要是咱俩常在一起就好了。"

"那!嫂子您嫁给俺吧,嫁给俺了咱俩不就常在一起了嘛!"刘小霞开玩笑说。

张娟哈哈笑着对刘小霞说:"小霞,为了咱姊妹们能常在一起,俺问你个正经事,现在你们工程队食堂还缺不缺人啊?若缺人手的话,你给俺向你食堂领导说一下,俺也到你们食堂干活儿那多好。"

"嫂子呀,您问的这事儿可真把俺难住了。俺在真人面前不说假话,这工程队食堂里现在人手多,不但不能增加人,食堂领导反而还要精简人呢。既然您有这个想法,俺给您去问问,但总感觉能成的希望不大,恐怕是竹篮打水一场空。"刘小霞对张娟说。

"如果希望不大,那你就别去问了。咱姊妹不能在一起工作,全算咱们是没有缘分。等明天刘师傅来给这里拉木材时，俺再搭他的车回白山河就是了。小霞妹子你千万不要犯难。"张娟对刘小霞说。随后她又说："小霞妹子，俺想再问你个事，不知你愿不愿意？"

"嫂子，你怎么又和俺客气起来了啊？有什么话您就直说，不要掖着藏着的。"刘小霞对张娟说。

"那俺就直说了，你现在找没找着合适的对象啊？"张娟问刘小霞。

"嫂子您别跟俺开玩笑了，俺这当盲流的哪还顾得上谈对象啊？俺和谁谈啊？"刘小霞对张娟说。

"咋会没有对象谈？俺看还是有的。小霞妹子，你干脆和俺表弟苏顺儿谈谈行不行？"张娟继续说。

刘小霞有点儿不好意思，脸都红了，她把头扭向一边小声和张娟说："嫂子你看能行吗？苏顺儿他可是有胃病，这是俺一辈子的大事，再说苏顺儿也比俺小三岁呢！俺若是同意了，他苏顺儿万一再不同意呢？"

"小霞妹子，俺看这门婚事能行。苏顺儿表弟他为人老实、憨厚，俺要是没结婚的话，俺找对象也愿意找他。"张娟对刘小霞笑着说。"嫂子，那您看上他苏顺儿您和他结婚算了，俺不和您争。"刘小霞又对张娟开起了玩笑。

"俺如果和苏顺儿结婚，把你大明哥放哪里啊？可惜咱们国家也不允许一个女人要两个男人呀！"张娟也跟着开玩笑道。

"小霞妹子，关于你谈到的苏顺儿有胃病的事儿，俺看不是事儿。

在外面干活儿的人，饥一顿饱一顿的，大都有胃病，如你俩结了婚，你叫他吃饭多注意些就行了。"张娟对刘小霞说。她又说："你还说苏顺儿比你小三岁，这就更好了，咱山东老家不是有'结婚女大三，黄金柱顶着天'的老话儿吗。"

刘小霞低着头，默许了。她问："嫂子，俺和苏顺儿这婚姻的事，您和他说过没有？苏顺儿同意不？"

"俺在没征求你的意见之前，俺怎么好给苏顺儿说呢？假如俺先给苏顺儿说了，万一你不同意咋办？这样，明天俺回白山河之前，先去苏顺儿那儿，跟他打个招呼，让他再找你谈。但是这婚姻的事儿，你小霞妹子要是认准了，就要主动进攻，千万别错过这时机，让别人捡了去，那你可得后悔一辈子。"张娟对刘小霞说。

三

第二天下午三点多钟，张娟就要搭乘刘师傅的车回白山河了，她临走前，苏顺儿特意请假来送行。这时张娟对苏顺儿说："苏顺儿表弟，俺问你个事，你谈对象了吗？是老家给你介绍的还是现在你自己谈的啊？"

"表嫂子您别跟俺开玩笑了，俺这当盲流的，是'泥菩萨过江自身难保'，自己都养活不了自己，还谈什么对象？俺哪里的也没谈。"苏顺儿对张娟说。

"表弟，你现在身体不好，有胃病，找个对象她也可以照顾你呀！

还是谈个对象好啊！"张娟劝苏顺儿说。

"表嫂子，谈对象是件好事，可谁跟俺谈呀？俺是'瞎子摸象摸不着'啊！"苏顺儿对张娟说。

不远处，刘小霞也跑来给张娟送行。张娟指了指跑过来的刘小霞对苏顺儿说："苏顺儿表弟你就和她谈对象吧，保证能谈成，你跟她谈谈试试，谈好了，你俩就对上象了。"

张娟和苏顺儿正说着，刘小霞就来到了跟前。还没等刘小霞和张娟说话，苏顺儿先对刘小霞说："小霞姐，你也来送表嫂子啊？"

"是啊！俺来送嫂子晚了一步，总算赶上了，嫂子还没走。"刘小霞边说边把带来的大包子送到张娟手上说："给您带几个大包子在路上吃。"

司机刘师傅把汽车发动了，张娟对苏顺儿和刘小霞说："你们俩都回去吧！俺走了，有什么事捎个信来。"接着又对苏顺儿说："俺给你说的话你可别忘了！"

"俺一定忘不了，表嫂子您放心！"苏顺儿对张娟说。苏顺儿的话音刚落，刘小霞急忙对张娟说："嫂子，您回白山河后，和俺小刚哥捎话，就说俺说的，俺在这工程队食堂很好，叫他放心，前些日子，俺又给俺爹寄去十块钱。"

"小霞妹子你放心，俺一定把你的话捎给你小刚哥。俺再重复一遍，俺昨天晚上和你说的话，你可要当事办，别忘了。"张娟又对刘小霞说。

"嫂子，您放心，俺一定照您说的去办。"刘小霞对张娟说。

说话间，汽车已开出去了好远，向着白山河方向驶去。

苏顺儿和刘小霞把张娟送走后，都各自回到了自己的工作岗位上。

这天晚上，刘小霞想着昨天晚上张娟和她说的要她主动进攻，千万别错过机会的话，她想：怎样才叫主动进攻呢？她想得都差点失眠了，俺一个女孩子家总不能主动对苏顺儿投怀送抱吧，想来想去，这也不行，那也不行，就是想不出个好办法。突然，刘小霞想到了一个好主意。

她听说明天晚上县上放映《上甘岭》电影，便决定弄两张电影票约苏顺儿出来看电影，到时再找机会和苏顺儿好好谈谈她俩的事。

到第二天的下午，苏顺儿去工程队食堂打饭时，刘小霞问苏顺儿："今晚上你有空吧？俺弄了两张电影票，咱俩晚上八点去看《上甘岭》吧，咱还从来没到县城看过电影，这是第一次，你一定要去啊。"说完把一张电影票塞到了苏顺儿手里。

苏顺儿接过电影票对刘小霞说："小霞姐，俺晚上一定去。"苏顺儿巴不得有这么个机会，好向刘小霞进攻，于是就爽快地答应了刘小霞的邀请。

四

晚上八点钟开始放映电影，苏顺儿七点多钟就提前到了。因刘小霞要卖完晚饭并干完食堂里的活儿后才能去，眼看快八点了，她三口两口地吃了点饭，就赶紧往电影放映场跑去。当她到电影放映场时，苏顺儿早已在电影放映场门口等候，这时已经八点多钟了。苏顺儿说："小霞姐，你才来呀！电影早就开始了。"

"俺卖完饭，干完食堂里的活儿就赶紧往这儿跑，还是来晚了，让你久等了。"刘小霞感到抱歉，对苏顺儿解释道。

苏顺儿手里拿着电影票对刘小霞说："没事儿，咱们进去看电影吧？"这时，刘小霞一摸自己的兜说："哎呀！俺昨天晚上把电影票从兜里拿出来放在枕头底下了，因走得急忘了回宿舍拿就先跑到电影放映场这里来了。"她想了想说："苏顺儿，你在这里等俺呢还是跟俺一起回宿舍取电影票呢？"

"天都这么晚了，俺跟你一起回去拿吧。"苏顺儿对刘小霞说。

他俩说着就往回走，大约走了二十多分钟才到刘小霞的宿舍。回到宿舍，同刘小霞一起住的三个女工友，一个去老乡家里玩去了，另外两个都去看电影了。现在宿舍里除了刘小霞和苏顺儿外，没有任何人。当刘小霞从枕头底下取出电影票准备返回电影放映场时，苏顺儿说："小霞姐，都这么晚了，恐怕咱们走到电影放映场电影都已经放映完了，干脆咱们别去了，俺在你这里玩一会儿算了，等你的工友回来后俺就走。"

刘小霞心想：时间都这么晚了，苏顺儿说得也对，现在这宿舍里只有俺和苏顺儿，是俺小霞进攻的好时机，这是俺俩谈对象的好地方。于是刘小霞就说："你说得对，俺听你的，你在俺这里玩一会儿吧，等以后再有好电影，俺再弄电影票和你去看，算俺小霞欠你一场电影。"接着又说："苏顺儿，俺想问你个事儿，你老家最近给你来信没有？家里大爷大娘都好吧？家里说没说给你找个对象？"

"前些天，老家才给俺来了信，信上说俺上个月给家里邮寄的钱都收到了，说俺爹俺娘都怪好，不用俺挂念，让俺在这里好好地干。信上倒没有说要给俺找对象。"苏顺儿回答刘小霞说。

"那你想不想找个对象？"刘小霞问苏顺儿。

"哪有不想找对象的啊！除非是傻子才不想找对象，不对，有的傻子见了女人还要喊几声呢！"苏顺儿对刘小霞说。又说："小霞姐，你想不想找个对象？"

"俺想找对象，俺这盲流找谁呀？估计还得找个盲流。"刘小霞开玩笑地说。

"你想找个盲流对象，俺就是盲流，你找不找俺？"苏顺儿对刘小霞一本正经地说。

刘小霞伸出手指向苏顺儿笑嘻嘻地说："咱俩拉钩，你说话可得算数，俺干脆就嫁你这个盲流老乡了。"

"小霞姐，你真想要嫁给俺？不会和俺开玩笑吧？你到时可别后悔。"苏顺儿又向刘小霞确认了一遍。

"俺要是不愿意，开始俺就不会说要嫁给你的话，更不敢和你拉钩。"刘小霞刚对苏顺儿说完，苏顺儿就激动地一下子抱住了刘小霞，把她推倒在了炕上。刘小霞说："你别着急呀！让工友回来看见了多不好？现在还不是时候啊，等俺跟你结了婚，一定给你生几个小苏顺儿。"

刘小霞和苏顺儿正在炕上谈得起劲儿，隐约听到门外有说话的声音，刘小霞急忙用手推了一下苏顺儿说："快起来，工友回来啦！"苏顺儿听到刘小霞这么一说，一个骨碌起身，马上下了炕。接着，两个女工友便进了屋。

刘小霞说："李芳姐，你们回来啦？电影好看吧？"

"你不是也去看电影了吗？怎么早回来啦？"李芳对刘小霞说。

"俺是去了，但没看成，俺走到电影放映场时才发现把电影票忘在家里了，这不，电影票还在这里呢。"刘小霞指着电影票对李芳说。

"时间不早了，俺回去了，你们休息吧！"苏顺儿说着便走出了女工宿舍的屋门。刘小霞也跟了出来，把苏顺儿送了出去，又小声地对苏顺儿说："记住俺今儿晚上和你说的话，到该办手续的时候咱就办。"

苏顺儿说："俺要写封信给俺爹娘，就说在东北有个姑娘看中了俺，想和俺搞对象，俺给老家报个喜。"

"俺也要给俺哥打个招呼，再给山东老家写信说一下。"刘小霞说。

苏顺儿说："小霞姐，你别送了，俺回去了。"

"以后你别叫俺姐了，叫俺小霞就行了。"刘小霞有点儿不好意思地对苏顺儿说。

苏顺儿接过话说："过不了多久可能就得管你叫老婆了。"

"哎呀，叫老婆怪难听的，以后俺给你生了孩子，你就叫俺孩子他妈或是孩子他娘都行。"刘小霞咬着嘴唇害羞地对苏顺儿说。

苏顺儿没再让刘小霞远送，他俩说完，都各自回了自己的宿舍。

刘小霞一回到宿舍，李芳就对她开玩笑说："小霞妹子，刚才走的那个小伙子是你的对象吧？那小伙子看着还挺老实的。"

"他是俺山东老乡，上俺这串门呢，他也是咱房屋建筑工程队的人，怎么还成了俺的对象呢？"刘小霞说这话的时候，感觉自己的脸烫烫的。

五

松树县冬季征兵工作开始了，全县各单位都接到了征兵的通知，县房屋建筑工程队大门口和工程队食堂的墙上，都用大红纸张贴了征兵的消息，动员适龄青年踊跃报名参军。当苏顺儿看到"中国人民解放军征兵"的字样时，心情异常激动，心想：俺得去报名参军，当一名中国人民解放军战士，保卫祖国，打击侵略者。

下午，苏顺儿去食堂打饭时，特意喊刘小霞出来，说有件事要和她说。于是刘小霞和一起当班的李芳打了个招呼，就跟着苏顺儿到了食堂门口。

"什么事儿啊这么急？是不是咱前几天说的事儿你反悔了？"刘小霞问苏顺儿。

"不是，咱俩的事儿俺没有反悔，俺都已经给老家写信了。现在俺又有一个重要的打算，俺想报名参军，去当一名解放军战士。"苏顺儿对刘小霞说。

"那可真是件好事，俺支持你！不过你要是当上兵，以后当了大官，别把俺甩了就行。"刘小霞对苏顺儿说。

"你同意了，太好了！俺明天就去城关武装部报名去。"苏顺儿高兴地对刘小霞说。

这时刘小霞又提醒道："咱可是盲流身份，人家武装部能让你报名吗？"

"那征兵通知上说了，征的是中华人民共和国的适龄青年公民，俺盲流也是中华人民共和国的公民，为什么不能报名参军？"苏顺儿和刘小霞说。

第二天上午，苏顺儿早早来到县房屋建筑工程队，在工程队办公室里，找到张安队长问："张队长，俺想报名当兵，怎么报名呀？"

"报名当兵是好事啊。你如果当上中国人民解放军，不但是你全家的光荣，也是我们工程队的荣耀！这不，咱工程队的王吉升也说要报名当兵，那你俩人一块儿去吧！"张安说完，又转身向工程队办公室王华生主任说："王主任，你给苏顺儿和王吉升开个报名当兵的介绍信，让他俩先去城关武装部报名。"

苏顺儿和王吉升拿上工程队开好的介绍信，到城关武装部报了名。报名后又都回到工程队，等待武装部安排的体检和政审。

十天后，苏顺儿和王吉升都完成了体检，通过了政审。只是在体检时发现，苏顺儿的大牙掉了一颗，还有一颗虫牙，按照征兵体检要求，算不上百分之百合格。

苏顺儿得知了自己体检算不上百分之百合格后，非常担心，他几乎天天找武装部，带兵的同志来了他也去打听，生怕自己当不上兵。为了表决心，他甚至咬破了手指，在手帕上用血写下了"我要参军，保卫祖国"八个字，并落款"苏顺儿"。

县武装部看到苏顺儿要参军当兵的决心，把他定为预备兵。全县共征兵三十名，只安排了两名预备兵，除了苏顺儿，另外一个是县汽车运输队的汽车驾驶员。

刘小霞知道了苏顺儿被定为预备兵，专门到苏顺儿这里安慰苏顺儿说："俺听说你被定为预备兵了，俺心里也很着急，没办法，等着吧！能预备上你就去，预备不上时，也不要难过，接着在工程队干就是了。"

快到过年了，松树县被选送的三十名新兵胸戴红花，应征入伍。县城的群众们敲锣打鼓，扭着秧歌为新兵送行。

苏顺儿这名预备兵最终未能被选上，但在被欢送的三十名新兵中，就有他们工程队的王吉升，还有同为预备兵的县汽车运输队的汽车驾驶学员。

六

这天，白山河的汽车司机刘师傅来县城运送木材，刘小刚顺便搭车来工程队食堂看望妹妹刘小霞。他此行的目的就是阻止小霞和苏顺儿成婚。

刘小霞看到哥哥来了，喜出望外。她让食堂的同事李芳帮忙，专门为她哥哥和刘师傅准备了两个好菜招待他们。因刘师傅被留在卸木材的单位吃饭了，就没来刘小霞这里。

刘小霞说："哥，既然刘师傅不来吃饭了，那俺把咱们老乡苏顺儿喊来陪你吃？"

刘小刚明白妹妹是想借机把苏顺儿的新身份介绍给自己，就说："俺不见他了，你陪哥吃就行了。"

"哥，你还是见一下苏顺儿吧！前些日子俺不是捎话给你说过，也给老家咱爹寄信说了，俺准备和苏顺儿成婚。"刘小霞对刘小刚说。

"哥就是为了这事儿来的，不但咱爹他们不同意这门婚事，俺也坚决不同意你们俩结婚。"刘小刚对刘小霞说。

刘小霞说："哥，为什么呀？苏顺儿老乡他人不错，也挺憨厚老实啊！"

"不为什么，俺和咱爹总感到这门婚事不太合适，咱们先吃饭，不说这事儿了。不同意就是不同意，你要是自作主张和苏顺儿结婚，俺这当哥的就不认你这个妹妹了。"刘小刚坚定地对刘小霞说。

刘小刚正要拿起筷子吃饭，苏顺儿从食堂门外走了进来，刘小霞先说："苏顺儿你吃了没？赶快陪俺小刚哥吃饭！"

苏顺儿来时，没有陪刘小刚吃饭的思想准备，一下子有些措手不及，他只好推托说："俺早上吃得多，还不太饿，你们吃吧！俺陪刘哥坐一会儿就行了。"说完，便拿个板凳坐在了刘小刚的一旁，这让刘小霞大失所望。

刘小刚见到苏顺儿，心里不怎么舒服更不怎么高兴，就闷声吃了几口，便赶紧去找刘师傅搭车回白山河了。

刘小刚走后，刘小霞的心情一落千丈，饭也吃不下几口，就收拾桌上的剩饭剩菜回了食堂。苏顺儿看到刘小霞的心情不好，不明所以，就什么也没多说，只和刘小霞说了句："俺走了，回去上班去了！"

刘小霞边收拾桌上的剩饭边向苏顺儿回了一句："你要走就快走吧！"

苏顺儿觉得很尴尬，想问原因又咽下去了，默默地离开了食堂饭厅。

晚上，刘小霞想着白天她哥刘小刚说的那些话，实在想不明白是为啥，她翻来覆去地怎么也睡不着，便蒙着被子偷偷地哭了一夜。

七

近一个月来，白山河王大明的妻子张娟感到浑身不舒服，吃饭时还经常恶心呕吐，有时甚至吃不下饭，只能吃点酸果子。张娟想：自己是不是怀孕了呢？自己以前没生过孩子，也拿不准，如果不是怀孕，万一身上得了什么病，别耽误了治疗。快过年了，得赶紧上医院检查一下。正巧这个月林业局二工区的刘师傅经常到县城运送木材，听说明天又出车去，干脆搭刘师傅的车，到县医院检查一下身体，顺便再去问一下苏顺儿和刘小霞婚事的进展。下午,王大明下班回家,张娟把明天准备去县城查病的想法说了后,王大明说:"那你明天就去吧!俺吃过晚饭和刘师傅说一下,明天一早你搭他的车,如果驾驶室没其他人,俺也请假和你一起去县城。"

"刘师傅,明天你的车没搭其他人吧?如果坐得下,俺和张娟搭车去趟县城,给张娟检查一下身体。"王大明对刘师傅说。

"明天还没听说有其他人要搭车,那你两口子就一起去吧!"刘师傅回答王大明,又说:"俺明天早上六点半出车,别误了时间就行。"

第二天,张娟和王大明搭乘刘师傅运送木材的车到了松树县县城。刘师傅卸木材去了,王大明先陪张娟到县医院检查身体。经县医院大夫认真检查,确诊不是有病,是有喜。张娟怀孕了,王大明知道后高兴得都快要跳起来:"俺当爹了,俺快要当爹了!"王大明高兴地对张娟说。

王大明陪张娟检查完身体,已是中午十二点多了。王大明说:"咱俩先在这附近饭店吃点饭,随后再去看看苏顺儿和刘小霞好吗?"

"才刚十二点多一点,咱俩还是直接去工程队食堂刘小霞那里吃,俺着急想再问问刘小霞和苏顺儿表弟的婚事,问问他俩谈得怎么样了?"张娟和王大明一起,来到了工程队食堂。

刘小霞看到王大明和张娟来了,惊喜地说:"大明哥,嫂子,什么风把您两位吹到俺这里来了。"说完,便拿了两个板凳放在了一张饭桌跟前:"你们先坐,俺去给你们倒水、准备饭菜去。"

苏顺儿这时也走进了食堂，准备打饭时，忽然听到了刘小霞和王大明、张娟的说话声，苏顺儿循声一看，开心地笑着说："表哥、表嫂子，你们来啦？"

这时，刘小霞已盛了两大碗菜过来：一碗木耳炒鸡蛋、一碗白菜炒豆腐，随后又盛了两碗高粱米干饭。饭菜上桌后，张娟说："你俩都一块儿在这里陪俺俩人吃吧。"

苏顺儿说："好啊！"，就端着自己的饭碗坐在了饭桌跟前。刘小霞去找了李芳，拜托她替一下自己的班，随后也端了碗饭坐下了。

张娟怕问出一些不愉快的事，会影响大伙吃饭，于是她只是吃饭，什么话也没问。

吃了一会儿饭，王大明先开口说："俺这次是陪张娟来看病的。"

还没等王大明说完，刘小霞先抢话问："嫂子得什么病了？不要紧吧？"

"她哪有什么病！是喜病，你嫂子有喜啦！俺快要当爹了！"王大明笑着对刘小霞说。

刘小霞又问张娟："嫂子，几个月了？"

"都一个多月了"张娟回话说。

接着苏顺儿也笑着说："那俺要当表叔了。"

饭后，王大明对张娟说："张娟，你在这里先喝着水等着俺，俺去看一下刘师傅的车卸得怎么样了，看他吃饭了没有，下午咱俩再坐他的车回白山河。"

王大明刚迈出食堂大门，刘小霞就对张娟说："嫂子，你在俺这里住几天再走吧！这样赶路你太累了。"

"才怀上一个月，不要紧，有你大明哥陪着俺，俺还是跟他一块儿回白山河吧！"张娟对刘小霞说。

苏顺儿也对张娟说："表嫂子，小霞姐说得对，您这样当天往返太累了，还是在这里住几天吧！在这里和俺们拉拉呱，唠唠嗑。您让俺大明表哥也留下，俺那里也住得下。"

这时，张娟问刘小霞："小霞妹子，在回白山河之前，俺想问你一下，你和俺苏顺儿表弟的婚事，现在谈得怎么样了？"

刘小霞的脸一下子就红了，低着头小声对张娟说："这不，苏顺儿也在这里，俺俩谈得很好，俺俩本人都没意见。"

刘小霞的话还未说完，张娟就说："你们俩人都没意见，这不怪好嘛，找个时间登记结婚不就行了吗？"

"俺小刚哥前些天来过，他说不但他坚决不同意俺和苏顺儿的这门婚事，连俺爹也不同意。还说，如果俺非要和苏顺儿结婚，他就不认俺这个妹妹。"刘小霞对张娟说。

接着，苏顺儿也从衣兜里掏出一封家信说："俺爹这不也来信了，俺爹俺娘也坚决不让俺在外边找对象，怕俺在外边找对象后不回去了，他们老了后不管他们了。还说，俺要是在外边找了对象，俺爹就不让俺进家门了，还要打断俺的腿。"

"噢，原来你俩人都是这样的情况啊！你们不要难过了，咱们都是老乡，婚事成不了也不要紧，只要人情在，还可以当好朋友嘛！"张娟劝刘小霞和苏顺儿说。

他们说话间，刘师傅开车过来了，于是张娟和王大明坐上刘师傅的车，离开了松树县，汽车直奔白山河方向驶去……

苏顺儿和刘小霞呆呆地看着汽车的远去的背影，不约而同地陷入了沉思，不知道属于他们的路在何方。

第五章

一

又过一个星期,春节马上就要到了。这天,苏顺儿山东老家邮政局的投递员小周到苏家峪村,给苏福祥送了一张十块钱的汇款单,汇款是从东北的松树县邮政局寄来的。投递员小周对苏福祥说:"您把您的手戳拿来给俺盖个章。"

手戳盖上后,苏福祥问:"是东北的俺儿子苏顺儿寄的吧?多少钱啊?"

"就是您儿子寄的,十块钱。"投递员小周说。他临走时又对苏福祥嘱咐了一句:"大爷,您抽空抓紧到俺邮政局来拿钱,来时别忘了带手戳,您要是忘了带那就得白跑一趟。"小周说完后,骑上自行车就走了。

没有多耽搁,苏福祥就带上手戳去了公社邮政局,在邮政局取钱时，正巧碰上了苏顺儿的三舅王继文也在取款。王继文看到苏福祥笑着打招呼："姐夫，您也来取钱啊？谁给您寄的钱？他在哪里工作啊？"

苏福祥对王继文说："没错儿，是你外甥苏顺儿从东北的松树县寄来的，寄了十块钱，虽不太多，也是孩子的一片孝心，快过年了，还没忘了家里。"说完，他也问王继文："三弟，你也来取钱吗，谁给你寄的？"

"您刚才说俺外甥从东北的松树县寄来的钱，他也在松树县工作吗？"王继文没有接苏福祥的话，继续问道。

"是啊，苏顺儿在松树县当工人了。怎么，三弟你知道那个地方？"苏福祥对王继文说。

"俺这取的汇款，也是从东北的松树县寄来的。这不，二哥继武在关东好些年没来信了，马上过年了，二哥还没忘了老家的人，给汇回来了三十块钱。"王继文对苏福祥说。

"那不是就是说，苏顺儿和他二舅王继武都在同一个县工作吗？"苏福祥对王继文说。

"就是同一个县，俺二哥住在松树县城北公社沿江屯村，现在具体干啥呢咱家里人也不知道。早些年打信来说，是在东北抗日联军的队伍里，说是跟着杨靖宇一起打鬼子。"王继文对苏福祥说。

"他三舅，过几天你给他二舅继武打个信，就说你们外甥苏顺儿和他同在一个县工作，他在松树县房屋建筑工程队当工人，叫他们联系一下,这样在东北那里他们也算有个亲人,互相能有个照应。明天俺也给苏顺儿打封信说一下,叫他抽空去看看他继武二舅。"苏福祥对王继文说:"他三舅,你给俺把继武的地址写下来,俺也把苏顺儿的地址告诉你。"

随后,苏福祥和王继文让邮政局的工作人员帮忙,将汇款单上苏顺儿、王继武的地址、姓名各抄了一份,彼此交换。

两人回家后,分别给苏顺儿和王继武写了信,信中告知了他们在东北松树县有亲戚。

春节过后,苏顺儿和王继武相继收到了山东老家寄来的信。按礼俗,苏顺儿是小辈,当然得要先登门拜见舅舅。虽已是春天了,但在东北依然寒冷。这天正赶上下大雪,工地没法干活儿,苏顺儿便和领导打了个招呼,去副食品店买了三斤水果、二斤糖蛋提着,来到了松树县城北公社沿江屯村。王继武家的院子是用木棍子夹的篱笆墙,院门也比较简陋。苏顺儿打听到王继武家时,冒雪站在院门外喊:"王继武二舅在家吗?"

来开门的是王继武的妻子金梅,也就是苏顺儿的二妗子,她问:"你是谁呀?你从哪里来啊?"

"俺叫苏顺儿,是山东苏家峪的!您是俺二妗子吧?"苏顺儿对来开门的金梅说。

金梅一看苏顺儿手里提着东西,又听说是山东来的,心想:这是山东盲流又来躲难来了,便警惕地问:"哦,你来找继武有啥事儿啊？"接着她向屋里喊："继武，你快出来，山东来人了！"

这时，王继武迎了出来，他把苏顺儿接进屋里，说："你是不是叫苏顺儿？在县房屋建筑工程队当工人的？"

"二舅，俺是苏顺儿，在县房屋建筑工程队干活儿？"苏顺儿对王继武说。

"这就对了！金梅，前几天山东老家的三弟继文来信说，俺有个外甥苏顺儿也在松树县工作。"王继武对金梅介绍说。接着他招呼苏顺儿说："外甥你快坐炕上，你看衣服都给打湿了。"

金梅倒了碗热水端给苏顺儿说："苏顺儿外甥你快喝碗热水暖一暖身子！"

他们正聊着，一个十七八岁的大姑娘收起雨伞进了屋，王继武介绍说："苏顺儿外甥，这是你表妹，叫王慧。"

还没等苏顺儿反应过来，王慧热情地打招呼："表哥，你好！"

"苏顺儿是咱老家你姑家的儿子，二十多岁了。"王继武继续介绍。

"二舅、二妗子、表妹，俺来了有一会儿了，这次是先来认个门，俺现在得回单位了。"苏顺儿说完，就起身要走。王继武忙拉住说："你头一次来，怎么也得在这里吃了饭再走啊。"

"是啊，表哥，都快中午了，你还是吃了饭再走吧，再说现在又下着这么大的雪。"王慧也劝留苏顺儿说。

这时，王继武又对金梅说："慧儿她妈，你赶紧去炒个菜，叫外甥留下吃饭，俺得和俺外甥好好喝上两盅。"

金梅应着，忙炒菜去了，苏顺儿盛情难却，只好留了下来。

二

金梅很快就把菜炒好端上了桌：一盘炒酸菜，一盘山木耳炒鸡蛋，还有两盘东北特色咸菜，凑了四个菜。这已经是很高的待客标准了。王继武说："王慧，把俺那瓶'长白山老烧'拿来，俺和你表哥喝上几盅！"

王慧把"长白山老烧"放到炕桌上，又摆上仨酒杯，王继武斟上两杯酒后，说："苏顺儿，你坐炕上来，咱爷俩喝酒！"

"二妗子，表妹，咱都一起喝点吧！"苏顺儿对金梅和王慧说。

"我今天身体不太舒服，不能喝酒，你和你二舅喝吧！"金梅对苏顺儿说。

接着王慧也说："表哥，你和俺参喝就是，俺不会喝酒。"

王继武说："苏顺儿，来来来，别管她们，咱爷俩喝。"于是王继武和苏顺儿就你一杯我一杯地喝了起来。

喝到兴头上，苏顺儿问："二舅，听说您还参加过抗日联军的队伍，当过抗日英雄呢。您给俺讲讲这打鬼子的故事好吗？"

这时，王继武又喝了一口酒，兴奋地说："好！外甥，你想听二舅打鬼子的故事，俺就给你说说，这些事俺可是第一次跟小辈儿讲，连你表妹她都没有听过。"

"爹，您就快讲吧！俺也想听听您以前打日本鬼子的故事！"王慧恳求王继武说。

"有什么好听的，怪吓人的，那时差点儿让日本鬼子把你爹给打死。"金梅对王慧说。

王继武接过话说："我那时要真让日本鬼子给打死了，就和你妈结不成婚了，那也就没有你喽，闺女。"说完，便从炕边的一个木柜里拿出了一枚当年中央政府颁发的纪念勋章。

王继武又喝了一口酒说："这纪念勋章的背后，记满了俺跟着杨靖宇师长一起在长白山打日本鬼子的故事：有一次，我记得快入冬了，在一个深夜里，天很黑，又特别冷，为了阻击逃窜的日本鬼子，杨靖宇师长率领我们来到一个江边上，因没船渡江，我们只好卷起裤涉水过江。那时我们有很多战士还没有棉衣，站在江边上就已经冻得直打寒战，大家试探着往水里走着，行军速度缓慢。杨靖宇将军看到这种情况，不顾自己身体有病，率先跳入齐腰深的江水中。战士们见到杨师长都跳下了江，也就都不顾一切，纷纷跳入江中。由于江水湍急，俺当时年岁小，个子矮，在江中站立不稳，杨师长就拉着俺走在前面，并回头对战士们大声喊道：'同志们，咱们打鬼子，连死都不怕，还怕这江水寒冷吗？只要大家咬牙坚持到对岸，我们就能胜利！'我们过江后，追上了那一小股逃窜的日本鬼子，大家鼓足了士气，时间不长就结束了战斗，取得了胜利。"

王继武讲到这里，发现苏顺儿早已听得入了神，就端起酒杯说："苏顺儿，别光顾着听，咱还得喝酒呀！"

"爹，您再给俺们讲个吧，俺没听够呢。"王慧央求王继武说。

苏顺儿也附和着说："是啊！二舅，您再给俺们讲一个打鬼子的故事呗！"

王继武点点头说："好！那我就再给你们讲一个：那是一九三八年的一个冬天，在这长白山老林里，杨靖宇师长率领我们与金日成的部队会合，联合打击盘踞在碉窝砬子屯的日本鬼子。由于一个叛徒提前向鬼子透露了我们要打碉窝砬子的消息，所以我们与金日成部队刚会和，就遭遇鬼子的埋伏。经过一场激战，我们成功突围了出去，但也伤亡不小，俺就是在这次战斗中负了伤。"

讲到这里，王继武把袖子一挽，指着胳膊上的伤疤说："这就是日本鬼子给俺留下的记号，俺永远不会忘记！"眼里满是愤怒。"好啦，不说啦！总算都过去了，现在的日子真好啊！来，咱喝酒！"王继武感慨道。

苏顺儿摆手说："二舅，俺快醉了，不能再喝了。"

"那行，听俺外甥的，咱今天就喝到这儿。慧儿她妈，你把咱家刚烙的那玉米大饼子拿上来让苏顺儿尝尝。"王继武说完，金梅盛了一大盘子玉米饼子端到了炕桌上。

"快吃点玉米饼子，解解酒！"王继武对苏顺儿说。

"谢谢二舅！二妗子，表妹，咱们一块儿吃！"苏顺儿对金梅和王慧说。

等大家都吃饱了饭，苏顺儿说："俺在二舅这里也喝好了，也吃饱啦，感谢您和俺二妗子的招待！时候不早了，俺得回去了。"苏顺儿说完，起身下了炕。

"那行吧！二舅就不留你了。今天认了门，以后常来玩儿。"王继武拍着苏顺儿的肩膀说。

苏顺儿刚走出门外，王慧拿了自己用的那把雨伞追上来，说："表哥，给你把伞用，免得再让雪淋湿了衣裳。"

"不要紧，现在下得不太大了，不用打伞了！"苏顺儿对王慧推辞说。

"你拿着吧！"王慧还是将那把雨伞塞到了苏顺儿的手里。

苏顺儿不好再推辞，便拿着王慧的伞，离开了二舅家。

第六章

一

长白山区的初春时节，天气还是比较寒冷，建筑工地上还不能正常施工，苏顺儿所在的工程队一直没活儿干。但职工食堂的工作不能停，得照常烧火做饭。烧火做饭用的木柴，烧了一个冬天后已经所剩不多了。这天轮到苏顺儿帮食堂上山拉木柴，他套上牛爬犁，准备出发时，被刘小霞看见了。刘小霞问："苏顺儿，今天轮到你去拉木柴啦？""是啊！小霞姐，你有事吗？"苏顺儿问道。

"俺今天食堂里的活儿不多，想跟你一起上山拉木柴，行吗？"刘小霞对苏顺儿说。

"行！俺还正愁找不着人帮忙的呢！你要是愿意去，咱现在就走。"苏顺儿爽快同意了。

于是刘小霞赶紧跑回食堂，和在值班的李芳打了个招呼。"李芳姐！俺想帮苏顺儿上山拉木柴去，麻烦你帮俺盯一会儿。"刘小霞对李芳说。

"好！反正今天活儿也不多，你快去吧！"李芳笑着应允道。

刘小霞跑出食堂门，坐上了苏顺儿赶的牛爬犁。两个人路上有说有笑，不知不觉中，牛爬犁已经跑了一个多小时，来到山林深处的木柴沟里。苏顺儿停下牛爬犁说："小霞姐，这里的干树枝、木柴多，咱就在这里装吧。"

说着，苏顺儿拿起斧子开始砍干树枝，刘小霞就帮他把砍好的树枝扛到牛爬犁跟前。他们配合得相当默契，没一会儿就砍了一大堆干树枝，足够装满一牛爬犁了。苏顺儿说："差不多够了，咱不砍了，小霞姐，咱们装爬犁吧！"

不一会儿，两个人就把干树枝抬上牛爬犁并捆好了。苏顺儿把牛鞭子一甩，那牛爬犁就上路了。在遇到沟坎时，刘小霞就在爬犁后边帮着推，平路时，刘小霞就坐在爬犁上唱起小曲，虽迎着寒风，但两个人心情舒畅。

由于才是初春，江河上的冰都还没有融化，为抄近路，苏顺儿赶着牛爬犁在江河的冰道上跑。当他们经过石砬子河时，因爬犁上的木柴太重，冰层又比较薄，只听咔吧一声，冰面断裂了，牛爬犁瞬间陷进了河里，一部分木柴散落到了河水中。刘小霞一看不好，急忙从牛爬犁上跳了下来。苏顺儿赶忙卸掉牛套绳，让刘小霞先牵着牛，自己去看看情况。刘小霞感到不知如何是好，说："这木柴还要吗？河水太凉了，可怎么捞起来啊？"

"这一爬犁木柴一点也不能丢，俺要全部把它捞上来。"苏顺儿坚决地说，赶忙脱下衣裤，就跳入冰水中，开始打捞散落四处的木柴，那刺骨的河水冻得他直打寒战！当捞完最后一根木柴时，赶忙套上衣裤，苏顺儿觉得自己的两条腿已经快变成了冰棍。

"咱得赶紧装爬犁往回走，要不，俺的腿就废了！"苏顺儿和刘小霞说。

他俩使出吃奶的劲儿，才把爬犁重新拉上冰道，再次捆结实所有木柴后，抓紧赶着牛爬犁往回赶路。大约下午两点多，才回到工程队食堂。苏顺儿先把牛爬犁赶到柴房，给牛解了绳套，木柴也没顾得上卸，就赶紧回宿舍烧上火，让冻得快没有知觉的双腿逐渐暖和起来。

二

第二天中午，苏顺儿到食堂打饭，刘小霞问他："苏顺儿，你的腿不要紧了吧，没冻出毛病吧？"

"俺的腿没问题了。"苏顺儿指着自己的腿对刘小霞说。

苏顺儿打好饭刚准备走，听到刘小霞的舍友李芳对人说："水缸里的水太少了，下午做饭可能不够用，得安排个人到江边担些水来。"

于是苏顺儿对刘小霞说："小霞姐，你跟李芳姐说一下，反正俺现在也没事干，一会儿吃过饭后，俺帮你们去江边担几担水。"

"那太好了，俺跟李芳姐说一下，就不安排其他人去了。"刘小霞说着，转身对李芳喊："李芳姐，你不用找人了，苏顺儿说要帮咱去担水。"

"那又得感谢苏顺儿了。"李芳在食堂另一边喊道。

"俺赶紧回去吃了饭就过来！"苏顺儿对刘小霞说着，快步走出了食堂。

就在这天，松树煤矿的陈光汉，到他住在县城的二弟陈光友家串门。他们见面后，陈光汉问道："二弟，你腿的风湿性关节炎好些了吧？治得怎么样了？"

"还是老样子，这病啊，俺看这辈子是治不好了。这不，连水也不能挑了，全靠你侄女兰子从医院下班回来担水。"陈光友叹了口气对陈光汉说。

他俩说话间，陈光友的女儿陈晓兰下班回来了。她见到陈光汉坐在屋里，笑着问候道："大爷，您来啦？您身体还好吧？"

"俺这身体不孬，比你爹强些，担个百八十斤的东西不成问题。"陈光汉对陈晓兰说，"我说侄女啊，你是在县医院当医生吧？得给你爹把这个风湿病好好治一治啊。"

"大爷，我去年在县卫校培训班上学的是护士，我不是医生。"陈晓兰对陈光汉说。她说完，又拿起担水的扁担对陈光友说："爹，您跟我大爷先在这喝着茶，我到江边先担挑子水，一会儿就回来。"

"大爷比你们的身体好，俺去帮你们担水。"陈光汉说着就从陈晓兰手里抢过挑水的扁担。

陈光友对陈晓兰说:"兰子,你把扁担和水桶给你大爷,叫你大爷去担水吧!"

接着,陈光友对陈光汉说:"大哥,担水的地方就在西边的江边上,那冰面上有个被砸破的冰窟窿,从冰窟窿里打水就是了。"

陈光汉担上水桶,向江边走去。他在江边上找到打水的那个冰窟窿,把水桶投进冰窟窿里,打出了第一桶水,当往上提第二桶水时,听到身后传来苏顺儿的声音:"陈大爷,您也上这里来打水啊?"

陈光汉嗯了一声,转头的工夫,突然脚滑掉进了打水的冰窟窿里。苏顺儿已顾不上喊,扔掉自己身上的扁担和水桶,跑到冰窟窿口上迅速抓住了陈光汉。接着又抓起一根扁担让陈光汉拉住,把陈光汉拉上了岸。陈光汉得救了,总算是化险为夷,避免了一场人命关天的事故发生。

陈光汉被救上岸后,身上穿的棉裤很快就结冰了。

"陈大爷,您担不成水了,一会儿俺回来帮您担,咱先赶紧回宿舍,俺给您条棉裤换上,要不您的腿就冻坏了!"苏顺儿说完,就赶紧拉着陈光汉跑宿舍,把自己刚烤干的那条棉裤拿出来,让陈光汉穿上。

刘小霞知道了这件事,马上从食堂里提了一暖瓶开水,拿了些生姜和红糖,让陈光汉喝了红糖姜水,帮他驱寒。陈光汉说:"俺这回遭难,多亏苏顺儿救了俺,要不是他,俺早就被喂了江底下的鱼了。"

"陈大爷,这是您命大,大难死不了,您必有后福!"刘小霞对陈光汉说。

"唉，俺这老矿工，受了一辈子累，连个老伴儿都没混上，哪有什么福？"陈光汉叹息着摇头说。

另一边，因陈光汉到江边担水长时间没回去，陈光友不放心地对陈晓兰说："兰子，你去找找你大爷，怎么这么长时间还没回来？"陈晓兰赶忙跑到江边，没找到陈光汉。她向周围人一打听，才知道陈光汉出事了，被工程队的苏顺儿救起后领回宿舍去了。

陈晓兰打听着找到苏顺儿的宿舍，见到陈光汉坐在屋里，赶忙问："大爷，我听说您落水了，不要紧吧？"

"不要紧，滑进江里时把棉裤弄湿了，多亏了苏顺儿把俺救上来，还给俺换上了他的棉裤，没让俺冻着。"陈光汉指着自己身上穿的棉裤对陈晓兰说，"只是掉了一个水桶，掉冰窟窿里让江水冲走了，俺再给你们买一个新水桶配上。"

陈晓兰悬着的心放了下来，对陈光汉说："大爷，走，咱回家去吃饭吧！"

"还是让陈大爷在俺这里吃吧，俺们和陈大爷也好久没在一起吃饭了。"苏顺儿对陈晓兰说。

"俺现在就马上给陈大爷打饭去！陈大爷，您在这里等着，俺一会儿就回来！"刘小霞起身就要去食堂。

"可是俺爹还在家里等着俺大爷呢，他肯定急坏了，还是让俺大爷跟俺回家吃吧！"陈晓兰对刘小霞和苏顺儿说。

"是啊，俺二弟在家里等着俺呢，俺还是得回去给他报个平安！以后有的是时间，俺下次再到你们这里吃。"陈光汉对苏顺儿和刘小霞说完，便告辞和陈晓兰往门外走去。

苏顺儿点头说："好，既然这样，俺就不再留您了。"

苏顺儿和刘小霞把陈光汉和陈晓兰送到门口。苏顺儿又对陈光汉说："您回去时告诉陈二叔，俺一会儿就帮你们担水送去。"

苏顺儿饭也没顾上吃，先到江边去挑了一担水，送到了陈光友家。

三

苏顺儿从冰窟窿里救人的消息，在当天下午两点多钟的时候，被县广播站的记者郑义知道了。他急忙到陈光友家对陈光汉进行了采访。陈光汉对郑义说："俺是个老矿工，一辈子就知道下井挖煤，俺这个大老粗只会出大力，没啥文化，俺不会说，总之感谢苏顺儿救了俺的命！请郑记者赶紧到建筑工程队访一访苏顺儿。"

"事件是怎么发生的，您得先说一说。就照实说，最好是把事情的经过告诉我。"郑义对陈光汉说。

"我说郑记者啊，苏顺儿这个年轻人可是个好青年，您得好好广播广播他，今天要不是他，俺就沉到江底喂了鱼了。俺这个老命是苏顺儿给的，俺得感谢他！当时俺在提水，脚底一滑，就出溜进了冰窟窿里。苏顺儿一个箭步上去就抓住了俺，然后又让俺拉住扁担，使劲儿把俺从冰窟窿里拽了上来。"陈光汉激动地对郑义说。

"陈大爷，您再想想，还有一些什么细节没说。"郑义问道。

"俺真不太会说，就说这些吧！"陈光汉挠着头想了想说。

这时，在一旁的陈晓兰提醒说："大爷，还有一件苏顺儿做的好事您还没说上呢。"

"是吗？兰子，你快帮大爷跟记者同志说说。"陈光汉对陈晓兰说。

"大爷，您当时被苏顺儿救上来时，双腿都冻上了冰，苏顺儿把他自己的棉裤拿给您换上，这也算是做好事吧？"陈晓兰对陈光汉说。

"对对对！这事俺咋给忘了呢！"陈光汉说完，指着他自己身上穿的棉裤对郑义说："这条棉裤就是苏顺儿给俺的。"

郑义说："陈大爷，您谈得很好，对您我就采访到这里，一会儿再去找苏顺儿问问。"

从陈光友家出来后，郑义接着去了建筑工程队，他找到队长张安说："你们工程队有个青年叫苏顺儿，他从冰窟窿里救人的事迹，我们已采访过被救的人了，现在我还想再采访一下他本人，张队长，您看可以吧？请帮忙把苏顺儿喊过来，谢谢了。"

张安队长说："苏顺儿从冰窟窿里救人的事，俺们队上也知道啦，应该好好宣传宣传，这也是俺们工程队的光荣嘛！"说完，又对队办公室主任王华生说："王主任，你把苏顺儿喊到办公室来，接受郑记者的采访。"

不一会儿，苏顺儿就到了队办公室。

张安队长向苏顺儿介绍道："苏顺儿啊，这是咱县广播站的郑记者，他要采访你从冰窟窿里救人的事迹，你要好好地讲给记者同志听啊。"

"苏顺儿同志，你就谈谈救人时的想法吧！你为什么要救人？"郑义对苏顺儿说。

"太突然了，俺当时什么也来不及想，俺就是想救人，也没想过要当英雄。"苏顺儿对郑义说。

"你再想想，不能就这一点儿吧？还有什么想说的，都可以跟我讲。"郑义又对苏顺儿说。

苏顺儿说："俺是名基干民兵，觉得这没啥大不了的，叫谁遇到这样的事，他也得这样做。"

"你这就说到点子上了！基干民兵就应该像部队上的兵一样，遇到危急关头，也不能怕，也得冲上去！你想想，你如果救人不成功，自己也会牺牲的，但你还是想到了自己基干民兵的身份，义无反顾地冲了上去，好样的！我就采访到这里吧，谢谢！"郑义对苏顺儿说。

采访完毕，郑义临走时又对张安队长说："张队长，谢谢您的支持和帮助！"

"都是应该的嘛，也感谢您帮助我们宣传！"张安对郑义说。

郑义回广播站后，马上编好了报道苏顺儿事迹的稿子，晚上八点钟，县广播站就向全县播出了《苏顺儿冰窟窿救人》的新闻特写。这篇新闻特写播出后，引起了县委和县人民武装部领导的高度重视，没过几天，县委和县人民武装部就联合发出了《向基干民兵苏顺儿同志学习的倡议》。在此后的一段时间里，苏顺儿成了县里的新闻人物，是人人学习的榜样。

四

转眼夏天快到了，县房屋建筑工程队早已开始了正常施工。建筑工地上红旗招展，墙壁上到处用大红纸贴着"安全生产质量第一"的标语。工人们头戴安全帽，有往建房搭架板上担砖的，有运白灰的，还有筛沙子、垒墙的，工地上热火朝天，一片繁忙景象。

墙这边的李师傅说："白灰没有啦，快上白灰！"

墙那边的王师傅喊："快上砖，俺这里砖快用完了！"

和白灰的工人说："沙子不够用了，得赶紧筛沙子！"

垒墙的师傅又说："这红砖太干了，还得往砖上多洒水！"

苏顺儿正往搭架板上担砖，刚刚卸下，突然听到旁边的搭架板上"啊！"的一声，苏顺儿和其他几位师傅赶紧放下手里的活儿，跑过去一看，是出事故了！原来是工友张富贵在担砖时，不小心踩漏了搭架上的木板，从搭架板上掉下去了。他摔得浑身是血，已不省人事。

在这紧急情况下，时间就是生命！眼下现找车送医院是肯定来不及了，苏顺儿当机立断，背起张富贵就朝县医院跑去。

正在医院上班的陈晓兰看到苏顺儿背着个浑身是血的人跑了进来，忙问："苏顺儿，你背的人是谁呀？出了什么事？"

"是俺工程队的张富贵，在工地上受伤了，赶紧帮俺找医生抢救！"苏顺儿急促地对陈晓兰说。

陈晓兰立即喊来了医生。医生对张富贵进行了全面检查后，判断他病情危重，决定必须马上进行手术治疗。但县医院血库里的血不够，必须找到足够多的血源才能开始，最快的办法就是找人献血。

医生联系了张富贵的家人和他所在的县房屋建筑工程队。让他们组织献血，同时告知他们必须是AB型血才行。

张富贵家里只有一个妻子蒋丽，通过化验，她是A型血，配不上，只有靠单位和社会上的好心人帮助了。

于是，房屋建筑工程队的张安队长让队办公室主任王华生写了一个告示贴在了工程队大门口，号召广大职工积极为张富贵献血，并在各班组开会时进行了动员。

职工们响应号召，纷纷去县医院化验血型。在这些人中，只有苏顺儿的血型是AB型。苏顺儿拿到自己的血型化验单后，先去找了护士陈晓兰，他对陈晓兰说："俺的血型化验结果出来了，只有俺的血型最合适，俺要给张富贵献血。"

"你可得想好啦！需要500cc呢。"陈晓兰对苏顺儿说。

"俺是个基干民兵，关键时刻就应该冲在前头！"苏顺儿对陈晓兰说。

"行，我这就领着你到血库去！"陈晓兰说。

在血库，苏顺儿毫不犹豫地挽起袖子让医生完成了抽血。

手术用血有了，医生顺利给张富贵完成了手术。

一个月后，张富贵身体痊愈出院了，当他知道他身上淌着的是苏顺儿的血时，感激地拉着苏顺儿的手说："兄弟，感谢你救了俺，俺的命是你苏顺儿给的！"

第七章

一

晚饭后,苏顺儿又来到二舅王继武家。王慧开门把他迎进来说:"表哥来啦?你好长时间没来俺家了。"

"外甥,你吃晚饭了吗?没吃的话让你二妗子再炒个菜在这里吃?"王继武对苏顺儿说。

"俺刚吃过了,今天不忙,就想着来看看您。"苏顺儿对王继武说。

王慧倒了碗热水端給苏顺儿:"表哥您喝水!"

苏顺儿接过碗正喝着,金梅问:"苏顺儿,你找好对象了吗?有合适的话该找了。"

"二妗子,俺现在还没找好呢。"苏顺儿对金梅说。

"我看表哥是眼光高,都没看上呗!"王慧笑着说。

苏顺儿在王继武家,谈老家的事,谈工程队的事,他还跟王继武说了自己从冰窟窿里救人的事、给工友张富贵捐献血的事。

王慧听后忙说:"俺在广播里早就听见俺表哥从冰窟窿里救人的动人事迹了,县上还号召俺们基干民兵向表哥这样的英雄模范学习呢!"

王继武和金梅也连连称赞,让王慧好好跟苏顺儿学习。

他们谈着唠着,已经是晚上九点多了,苏顺儿突然觉得胃很不舒服,越来越痛,知道自己的胃病又犯了,便起身要走,他对王继武说:"二舅,时间不早了,俺的胃有些痛,俺就先回去了。"

"好!你以后有空时常来玩,胃病不是小事,回去快吃点药。"王继武说着送苏顺儿出门。

苏顺儿刚跨出王继武家的大门,突然胃疼加剧,直不起腰来了。他蹲在地上,豆大的汗珠从额头上滚落下来,他对王继武说:"二舅,俺肚子痛得厉害,得上医院了。"

王继武赶紧喊王慧:"小慧,你快把咱家那木板车推过来,俺推你表哥去医院。"

苏顺儿躺在木板车上,王继武跑着就把他拉到了县医院。

到了医院门口,王继武搀扶着苏顺儿下车,刚进了急诊室,苏顺儿就要呕吐,值班护士赶紧拿过一个脸盆,苏顺儿哇的一声连饭带血吐了有半脸盆。

"看这症状,应该是胃溃疡出血,急需转住院部住院治疗。"值班医生给苏顺儿检查后说。

接着,医生给苏顺儿打了一针阿托品和一些止痛药,又给他写了住院单。当天晚上，苏顺儿住进了医院，被安排到住院部内科3号病房的2号床。

当晚恰巧陈晓兰在病房值班，她看到患者住院卡上3号病房2号床是苏顺儿的名字后，心想：这不会就是那位从冰窟窿里救俺大爷的苏顺儿吧？就急忙跑过去一看，果真是他。

陈晓兰站在病床边对苏顺儿说："还记得我不？你救过我大爷。你这是得了胃溃疡了。"又说："不过不要紧，等周大夫他们检查、确诊后，就会马上拿出治疗方案，你有什么事时，就喊我，我来照顾你。"苏顺儿看着陈晓兰，虚弱地点了点头。

苏顺儿的病，经过医生的一系列检查，被确诊为胃十二指肠溃疡，且胃即将穿孔，病情十分危险，多亏了送医院及时，才没有造成更严重的后果。

县医院的多位医生会诊后，拿出了为苏顺儿治病的具体方案。医院先喊来了苏顺儿的二舅王继武和房屋建筑工程队的张安队长，跟他们讲了给苏顺儿治病的两种方案：一是对十二指肠和一部分胃进行手术切除，这样可以彻底斩除后患；二是不做手术，利用药物保守治疗，以后随诊。

王继武和张安队长一时拿不定主意，于是他们去征求苏顺儿的意见。苏顺儿一再请求不要做切除手术，希望用药物保守治疗。

最后，医院还是尊重了苏顺儿本人的意见。

二

当苏顺儿生病住院的消息一传出去,来医院看望他的人络绎不绝。首先赶来的,有被苏顺儿从冰窟窿里救起来的陈光汉,苏顺儿献血救了的张富贵,还有王慧和刘小霞等人。陈晓兰是这医院住院部的值班护士,每天都细心地照顾苏顺儿。陈晓兰也经常来看望苏顺儿,帮他洗洗衣服、整理整理卫生。

"好人有好报,善人有善报,你为别人付出了,人家不会忘了你。"来看望苏顺儿的人都这样说。

这天晚上,陈晓兰给苏顺儿输完液后,对他说:"你有什么事儿就尽管喊我,我来照顾你,这也是我的工作职责。"

陈晓兰话音刚落,刘小霞进来了。苏顺儿对陈晓兰说:"陈护士,已经过了下班时间了,您快回家吧!让小霞姐在这里照顾俺就行了。"

"是啊,陈护士,您都给打完针了,吃药的事,交给俺就行了,您回家照顾陈大爷吧!"刘小霞对陈晓兰说。

说话间,苏顺儿的表妹王慧也提着一暖瓶开水来了,她进门就问苏顺儿,说:"表哥,今天的针都打完了吗?"

"今天的液都输完了,就剩吃药了。"苏顺儿对王慧说。

"俺在这里侍候俺表哥就行了,你们都回去就行!"王慧是对陈晓兰和刘小霞说。

这天晚上,陈晓兰、刘小霞、王慧仨人都想留下来照顾苏顺儿,谁也不肯走,干脆就都在这3号病房里待了一夜,弄得苏顺儿非常尴尬和过意不去。苏顺儿在县医院里住了有一个月时间了，由于被照顾得很好，病恢复得很快，液也不用输了，最近几天就只打几个小针、吃点药。这天，又是陈晓兰值班，她来给苏顺儿打小针。她一来到病房，就对苏顺儿说："快褪下裤子来，打小针。"

于是苏顺儿赶紧把裤子往下退，露出半个屁股。

陈晓兰把针一下扎到苏顺儿的屁股上，苏顺儿"哎哟"一声，药很快就注射完了。

"有这么疼吗？一点儿都不勇敢！"陈晓兰拔出针头，手在苏顺儿的屁股上一拍，"好啦，快把裤子提上吧！"

苏顺儿打完针、吃了药后，觉得自己好得差不多了，就开始闲不着了。他在病房里一会儿拖地板，一会儿又擦门窗的玻璃，到吃饭点儿还帮病房的病友们打饭。同病房的老安对病友们说："苏顺儿真是个热心肠的人，是个好小伙子呀！老天咋会让这么好的人得病呢？要是哪个姑娘跟了他，可就有福享喽！"

老安说的这些话，被刚要进病房的陈晓兰听到了，她说："安大爷，您刚才说的哪个姑娘嫁给了苏顺儿是福气，是真的吗？"

"咋不真呢？你看苏顺儿这小伙子多能干呀！真不愧是山东人，憨厚，朴实，人长得也俊。"老安对陈晓兰说。

"那，肯定会有一些姑娘抢着要嫁给苏顺儿了！"陈晓兰对老安说。

"俺不像安大爷说的这么好，哪有姑娘会愿意嫁给俺这外地跑来的盲流啊。"苏顺儿说。

"'盲流'只是人们给安的一个称呼罢了。农民进城务工，靠出力气吃饭，没什么低人一等的。好盲流我还愿意嫁给他呢！"陈晓兰笑着对病友们说。

"你看，人家陈护士就是觉悟高。"老安对病友们说。

苏顺儿来东北以前，在老家跟当地老师傅学会了用竹板画字画的手艺。来东北的这两年，他从来没向别人显露过。因为第二天就要出院了，为了感谢医院的医生护士们对自己的精心救治和照顾，苏顺儿就在临走前就画了几幅竹板字画送给他们作为礼物。他给王大夫画了"白求恩"三个字，给陈晓兰画了"白衣天使"四个字。病友老安也跟苏顺儿求字画，于是苏顺儿就为老安画下了一幅"健康长寿"的竹板字画，老安喜欢得不得了。

三

这天，白山河林业局采伐队的孙凯，找到白山河外流人员遣送站站长孙武雷说："武雷叔，今天上午您忙不忙？如果有空，俺采伐队的贵子哥请俺喝酒，俺想叫着您一起去。"

"他为啥请你喝酒？"孙武雷问孙凯。

"没啥事儿，就是哥们儿在一起玩玩呗！"孙凯对孙武雷说。

"在哪里喝酒，几点钟去？"孙武雷问孙凯说。

"就在遣送站往东不远的'工友小饭店'里，上午十一点半吧，俺和贵子哥在那里等您！"孙凯对孙武雷说。

"好，俺一定去！"孙武雷说。

中午十一点，孙凯和张贵先来到了"工友小饭店"，他们先让饭店的厨子给炒了四个小菜，其中最贵的一个是山木耳炒鸡蛋，还在桌子放了三瓶"长白山老烧"酒。

十一点半，孙武雷准时到了"工友小饭店"。

"武雷叔，您来啦！"孙凯起身招呼孙武雷，接着对张贵介绍说："贵子哥，这是俺武雷叔，咱白山河盲流遣送站的站长。"

"快请坐孙站长，咱们喝酒！"张贵对孙武雷说。

孙武雷坐下后，他们就你敬我一杯，我敬你一杯地喝起来。过了一会儿，孙凯提议："这样用小杯子喝，太不过瘾了，干脆咱每人一瓶，用碗喝！"

"你知道俺不大能喝，俺还是用小杯子吧，你和孙站长用碗喝。"张贵对孙凯说。

"今天是你请俺和武雷叔喝酒，你不能喝也得坚持喝！"孙凯对张贵说。

"俺请酒归请酒，可确实酒量不行，也请孙站长多包涵。"张贵再次解释说。

孙武雷这时端起酒碗对孙凯说："你贵子哥他不能喝就别为难他了，咱俩喝！"

"行，武雷叔，俺敬您一碗！"孙凯端起酒碗对孙武雷说。

就孙凯和孙武雷喝酒喝到兴头上时，张贵张口对孙武雷说："俺想和孙站长说个事儿，请您帮个忙。"

"什么事儿，你尽管说，俺能帮忙就尽量帮。"孙武雷对张贵说。

"是这么个事，昨天下午，俺小舅子从河北老家来了，现在住俺家里。俺老婆叫俺跟您说一下，别把她弟弟抓了盲流，如果他在这里实在不行，过些日子俺自己把他送回老家去。"张贵对孙武雷说。

"行了，俺了解了，不会再去抓他盲流的，叫你老婆放心！"孙武雷对张贵说。

"那太谢谢孙站长了！"张贵赔笑说。

"这不就解决了！来！武雷叔咱们再喝酒！"孙凯对孙武雷说。

张贵又插话问孙武雷："孙站长，您和孙凯兄弟是亲戚吧？"

"俺俩虽不是亲戚，但按俺老孙家的家谱，俺的辈分要比孙凯高一辈，自然孙凯就应管俺叫叔了。"孙武雷对张贵说。

"俺就把武雷叔当亲叔看待，俺有什么事儿就找武雷叔，从来没有办不成的！"孙凯对张贵炫耀说。

"那当然是了，这回你出面帮俺约了孙站长，这不，孙站长就答应不抓俺小舅子了。"张贵对孙凯说完，接着又对孙武雷说："孙站长，趁着酒劲儿该说不该说的俺可就都开口了。人家都这么说，在家靠父母，在外要靠朋友，孙凯在这里也没什么亲人，他的一些事，您这当叔的多帮帮忙。孙凯都快三十岁了，在这老林子里也找不上对象，以后怎么能给您老孙家传宗接代啊？"

孙武雷这时已经喝醉了,他端起酒碗对孙凯说:"喝,再喝!老侄子,你找媳妇的事就包在叔身上,叔一定帮你找个漂亮的!"

"武雷叔,您可得说话算数!俺先干了这一碗!"孙凯高兴地对孙武雷说。

"俺说话算话,你就放心好了!"孙武雷醉醺醺地说。

四

苏顺儿出院后,遵医嘱再静养一段,一直没去上班。可他觉得自己身体已完全恢复了健康,闲着觉得无聊。他知道陈晓兰她爹陈光友的腿有风湿性关节炎,走路困难,不能担水,每天靠陈晓兰下班回家后才能担水吃。苏顺儿为了感谢住院期间陈晓兰对自己的照顾,就经常到陈光友家帮忙担水。

这天,陈晓兰下班回家后,正准备去担水,一看水缸里的水又是满满的,陈晓兰问陈光友:"爹,这水又是苏顺儿给担的吧?"

"是啊!苏顺儿来给担了水后刚走。"陈光友对陈晓兰说。

早在苏顺儿住院的那段日子里,陈晓兰就对他产生了好感。这阵子,苏顺儿几乎每天都来帮她家担水,这更让陈晓兰彻底地爱上了苏顺儿。

下午,陈晓兰和陈光友吃饭时,陈光友对陈晓兰说:"苏顺儿真是个好小伙子,谁家的姑娘要是能嫁给他,准能过上好日子。"

"爹,您很喜欢苏顺儿啊?"陈晓兰问陈光友说。

"当然，爹喜欢他！"陈光友对陈晓兰说。

"爹，您那么喜欢他，我要是嫁给他您同意不？"陈晓兰问陈光友。

"俺是相中了这个女婿啊，正想问闺女你同不同意呢。"陈光友对陈晓兰说。

"爹，咱想一块儿去了，等他再来给咱家担水时，您问问他。"陈晓兰有些不好意思了，低着头小心翼翼地说。

这天，苏顺儿又来帮陈晓兰家担水了，当他把水倒进水缸里正准备走时，陈光友对他说："苏顺儿，今天你别急着走了，等兰子下班回来，你在这里吃了饭再走。"

"陈二叔，俺不在这里吃饭了，不麻烦您和陈护士了。"苏顺儿对陈光友说。

"你来帮俺干活儿，谈什么麻烦？每次你来担完水，连口热水都不喝！"陈光友说完，倒上一碗热水递给苏顺儿说："你坐下喝碗水，俺问你几句话。苏顺儿你找对象了吗？"

苏顺儿刚喝了一口热水，突然听陈光友问他找没找对象，这一口水差点从嘴里呛了出来，他急忙咽下嘴里的热水，说："俺，俺还没找对象哩。"

"那，你想不想找对象呀？"陈光友问苏顺儿。

"俺这当盲流的，哪个姑娘会愿意嫁给俺？"苏顺儿对陈光友说。

"咋会没有姑娘愿意嫁给你？你等着好啦！"陈光友对苏顺儿说。

苏顺儿喝完一碗热水后，说："陈二叔，不早了，俺该回去了。"说话间就起身走出了门。

苏顺儿走后不一会儿，陈晓兰下班回来了，陈光友对陈晓兰说："苏顺儿刚走一会儿。"

"爹，您没让苏顺儿在这里吃了饭再走？"陈晓兰对陈光友说。

"俺说了，他不在这里吃，喝了碗水就走了，可能单位上还有别的事吧。"陈光友对陈晓兰说。

"爹，您问没问他找对象的事啊？"陈晓兰问陈光友。

"俺问过他了，他对俺说，他是当盲流来的，哪个姑娘会嫁给他。俺就对他说，会有姑娘嫁你的，你等着好啦！"陈光友对陈晓兰说。

"爹，苏顺儿他舅叫王继武，就住在前面的沿江屯，您晚上可去他舅家一趟，让他舅和他说一下，就说您愿意把闺女嫁给他，要他当您的女婿。"陈晓兰对陈光友说。

"噢！俺想起来了，王继武俺认识，他是咱这地方的抗联老战士。俺明天下午去找他，把你和苏顺儿的这门婚事和他舅说一下，让他舅给你俩当个介绍人。"陈光友对陈晓兰说。

陈光友虽然腿痛，走起路来不方便，但为了闺女的婚姻大事，第二天下午还是拄着木棍找到了苏顺儿的二舅王继武家。王继武见陈光友来了，说："光友老弟你来啦？咱好久没见了。"

"俺这腿有风湿性关节炎，走路不太方便，现在很少出门了。"陈光友对王继武说。

"俺听俺外甥苏顺儿说过，他住院治病时，多亏了你闺女陈护士的照顾啊！"王继武对陈光友说。

"俺家兰子当护士，干的就是照顾人的差事，把苏顺儿照顾好是应该的。"陈光友对王继武说。

"光友老弟，你来俺这里肯定有事吧？有事儿就说，俺能帮上忙的一定尽量帮。"王继武对陈光友说。

"俺是有大事要找您，俺想和您攀个亲戚。您外甥苏顺儿住院时，俺家兰子就挺喜欢他，我看苏顺儿好像也爱上俺家兰子了，现在他一有空给俺家担水，俺上哪里去找这样的好女婿呀？"陈光友说完，又说："俺来是想找您当个介绍人，把俩孩子的婚事撮合撮合。"

"很好啊！那以后咱们不就成了亲戚了吗？等苏顺儿来俺这里时，俺和他说说，叫他当您的上门女婿。"王继武对陈光友说。

见王继武答应得这么痛快，陈光友高兴得连棍也没拄就走回家了。

陈光友到了家，陈晓兰连忙问："爹，您见到苏顺儿他舅了吗？他舅咋说啊？"

"见到了，他舅王继武已答应当你俩的红娘了，还说让苏顺儿来给咱家当上门女婿呢！"陈光友对陈晓兰说。

五

第二天上午，孙武雷到县城办事，办完事后顺便来了陈光友家。他见到陈光友就问："姐夫，您的腿好点儿了吧？"

"还是老样子。"陈光友对孙武雷说。

孙武雷正在和陈光友说着话,陈晓兰开门进了院子,她看见孙武雷在屋里坐着,打招呼道:"您来了,大舅,什么时候到的?"

"俺上午才到的,这不办完事情顺便来看看你们。"孙武雷对陈晓兰说。

"兰子,你赶紧做饭,让你大舅在这里吃饭。"陈光友对陈晓兰说。

不一会儿,陈晓兰把饭菜做好了。饭菜端上炕桌后,陈光友招呼孙武雷说:"她大舅,上炕咱吃饭。"又说:"兰子,你把酒拿过来,俺和你大舅喝点儿。"

"爹,您这病不能喝酒,还是别喝了,叫俺大舅自己喝就是了。"陈晓兰对陈光友说。

"不要紧,俺喝一点儿没问题,兰子,你把酒杯拿过来,给你大舅倒上酒。"陈光友对陈晓兰说。

陈晓兰把酒倒上后,孙武雷就和陈光友喝了起来。一瓶酒陈光友没喝多少,基本上都让孙武雷喝掉了。

喝完了酒,陈光友对陈晓兰说:"兰子,你把新做的玉米大饼子先给你大舅端上来,再去打个蛋汤,咱们一块儿吃。"

陈晓兰很快把山木耳鸡蛋汤做好了,又给自己拿了个玉米大饼子,就坐下和孙武雷、陈光友一块儿吃饭了。快吃完时,孙武雷问陈光友:"兰子有对象了吗?这都大姑娘了,到该找对象的时候啦!"

"还没找好,她年龄还不大,今年找不着,明年再给她找。"陈光友对孙武雷说，"听说有男人找不上对象的，没听说女人有嫁不出去的。"

"姐夫，兰子的婚事包在俺身上了，俺这当大舅的帮她找个好的！"孙武雷对陈光友说。

"大舅，您不用操心给我找对象！"陈晓兰对孙武雷说，"大舅您着什么急，我还能嫁不出去咋地？"

"大舅没说你嫁不出去，是说你都这么大姑娘了，咋还不着急，都二十多了吧？现在大舅这儿有个好人选，他叫孙凯，今年二十九岁，在白山河林业局采伐队当采伐工，身体壮着呢，干活儿一个人能顶上俩人的力气。"孙武雷对陈晓兰说完，接着又说："兰子，大舅俺想给你当这个红娘，把孙凯介绍给你，这是个好事儿，你可要好好考虑考虑，要是换了别人，俺还不当这个红娘呢！"

"大舅，我可不找您白山河那老林子里的人，我的事儿您真别操心啦！"陈晓兰对孙武雷说。

"我说她大舅，你先别替她操心了，其实兰子她现在已经有一个意中人了，这人名叫苏顺儿，他还从冰窟窿里救了兰子的大爷呢！咱县广播站还广播了他救人的事迹，县委和县人民武装部还号召全县基干民兵向他苏顺儿学习呢！"陈光友对孙武雷说，"俺有腿病，不能担水，现在全家吃水，全靠苏顺儿给担。"

"这个苏顺儿，不就是前两年俺遣送站没送走的那个盲流嘛！当时遣送途中让他从火车上给跑了，还拐跑了那个叫刘小霞的女盲流。"孙武雷对陈晓兰和陈光友说。

"大舅！不许你说苏顺儿孬话，他是县委决定的全县基干民兵学习的榜样，盲流怎么的？盲流也是中华人民共和国的公民。他们虽然从农村流入城市，没有身份，但是他们为城市建设也作出了很大贡献。"陈晓兰很严肃地对孙武雷说。

这样一来，弄得孙武雷很是尴尬，他临走时说了句："兰子，你和苏顺儿的婚事如果不成，你就考虑一下俺说的这个孙凯，这小伙子不错。"

陈晓兰很干脆地对孙武雷说："我这婚事，大舅您就别管啦。"

六

这天上午，苏顺儿又来给陈光友家担水，他把水倒进水缸里后转身要走时，陈光友说："你在这里吃了中午饭再走吧，就算不在这里吃饭，也得坐下喝碗水吧，俺有事想和你说说！"

"下次俺来担水时再说吧！"苏顺儿对陈光友说，"俺得马上回宿舍，刘小霞在那里等着俺呢，说中午有事要和俺说。"苏顺儿说完，就走出了陈光友家的屋门。刚走出去不远，正碰上陈晓兰下班回家。陈晓兰说："你又来担水了，怎么走这么急？"陈晓兰和他说话时，苏顺儿也没停下脚步。陈晓兰又说："你这两天去没去沿江屯的你舅家？有个事，不知道你舅和你说了没有？"

"这两天没有去俺二舅家，要是他有事俺下午去问问他。"苏顺儿对陈晓兰说完，就赶紧走了。

陈晓兰进了家门，陈光友对她说："苏顺儿刚走，你进来前碰见他没有？"

"我碰见苏顺儿了，他急着走，看样子有事，就没多说。我问他这两天去没去他王继武舅家，他说没有去，就急忙走了。"陈晓兰对陈光友说，"爹，苏顺儿来时，您没再问问他？"

"苏顺儿急着要走，俺没来得及问呢。他说得马上回宿舍，一个叫刘小霞的姑娘在等他，有事和他说。"陈光友对陈晓兰说。

"爹，人家刘小霞喜欢苏顺儿好几年了，您得抓紧再帮我找苏顺儿他舅，让他快给我俩撮合撮合，这机不可失，要是让刘小霞把苏顺儿给拉过去了，您可就找不着这样的好女婿了。"陈晓兰对陈光友说。

"兰子你说的对！过两天俺再去找他舅问问。可话又说回来，咱也不能太急了，好像俺陈光友的闺女嫁不出去了，上赶着去追人家。俺看啊，苏顺儿他舅既然已经答应了，咱再等等，这心急吃不了热豆腐。"陈光友劝陈晓兰。

苏顺儿从陈晓兰口中得知王继武找他，于是下午就来到了王继武家。不巧的是，王继武出门办事去了，他二妗子金梅也出去串门不在家，只有他表妹王慧在家。王慧打开门，见是苏顺儿，开心地说："表哥，你来啦！这两天俺爹正想去找你，和表哥你说个事情，不过这事让俺拦下来了。"

"表妹，俺舅要跟俺说啥事？你能不能和俺说说？"苏顺儿对王慧说。

"表哥，俺给你说了，你得向俺保证，你不去找她谈，不能答应她。"王慧对苏顺儿说。

这更勾起了苏顺儿的好奇心："俺向表妹你保证，绝不泄露秘密。"

"那，表哥，俺问你，俺们三个人中，你喜欢谁？"王慧开门见山地问苏顺儿。

"表妹，你说的是哪三个人？你都把俺弄糊涂了。"苏顺儿对王慧说。

"这三个女人就是陈晓兰、刘小霞，还有你表妹俺。"王慧对苏顺儿说。

"三个人俺都喜欢，都对俺好，俺怎么能说喜欢这个不喜欢那个呢？"苏顺儿对王慧说。

"表哥，你最喜欢的是其中哪一个呢？"王慧问苏顺儿说。

"表妹你又年轻又漂亮，还是俺二舅的闺女，咱是亲戚，俺当然是最喜欢你了。"苏顺儿对王慧说。

"表哥，你说话可算得数，你最喜欢俺，俺也最喜欢表哥你，不仅仅是喜欢，俺自己知道，俺是爱上你了。"王慧对苏顺儿说着，就搂住了苏顺儿的脖子，把头靠在了他的肩膀上。

苏顺儿忙对王慧说："表妹，表妹！别这样，让俺妗子回来看着了多不好。"

"俺才不怕俺妈呢！"王慧对苏顺儿说。

苏顺儿手忙脚乱地挣脱出王慧的纠缠，正经地对她说："表妹你快说说俺二舅要和俺说的那个事。"

"俺爹要和你说的那个事，是关于你的婚姻大事。"王慧对苏顺儿说。

"俺和谁的婚姻大事呀？不会是你吧？是你，还用俺二舅说，你直接和俺说不就行了。"苏顺儿对王慧说。

"就是！俺要和表哥你搞对象，俺还用得着找红娘，俺就直接和你说了。"王慧对苏顺儿说，"俺爹要说的是你和陈晓兰护士的婚事。"

"表妹，你越说俺越糊涂了，怎么俺和陈护士的婚姻大事，俺也没和陈护士谈过恋爱呀。俺住医院时，俺吃药她送药，俺撅屁股她扎针，俺们仅此而已，咋会扯上婚姻大事呢！"苏顺儿对王慧说。

"就在前几天，陈晓兰护士她爹陈光友，一瘸一拐地拄着根木棍子来到俺家，说表哥你爱上他闺女了，每天都帮他家担水，还说陈护士也爱上你了，所以来找俺爹给你俩保媒，想招你当他家的上门女婿。"王慧对苏顺儿说。

"陈护士和她爹陈光友都误会俺了，俺帮她家担水，是看陈光友的腿有病不能担水，再说，俺住院时陈护士对俺照顾得也很周到，俺才能恢复得这么快，俺这样做也是为了感谢陈护士。"苏顺儿对王慧说。

"表哥，我看那陈护士是真爱上你了，你想不想和她搞对象？还让不让俺爹给你俩人牵线搭桥了？"王慧问苏顺儿。

"等俺二舅回来时，表妹你帮我跟俺和二舅说，俺爹写信说不让俺在外面找对象,让回老家结婚。就这么说,也不会得罪陈护士和她爹陈光友。但是,因陈光友的腿病,在他还没找到上门女婿之前,俺还是会去帮他家担水的,俺和陈晓兰不成夫妻可做朋友。"苏顺儿对王慧说。

"那行,表哥!俺回头跟俺爹说,让他转告陈光友。"王慧满意地说。

七

"表哥,你刚才说你最喜欢的女人是俺,那俺现在就跟你直说了,俺爱你,想和你搞对象,你愿意不?"王慧问苏顺儿。

"表妹,俺不是刚才说过了吗,山东老家的俺爹,也就是你的姑夫,他不让俺在外面找对象,怕俺在外面成家就不回老家了,他老了就没人管了。"苏顺儿对王慧说。

"表哥,咱们俩结了婚,可以一块儿回山东老家啊,俺照顾俺姑夫,也就是以后的俺公爹,不就行了吗?"王慧对苏顺儿说。

"俺爹是不会相信你说的这些话的,俺了解他,他怕鸡飞蛋打,连以后为他传宗接代的人他都看不到。"苏顺儿对王慧说。

"表哥,为了让俺姑夫相信你,现在咱俩就把这生米做成熟饭,俺给你怀上一个孩子生出来,到时他不同意也得同意了。"王慧说着,就把苏顺儿拉到了炕上,又说:"这样,陈晓兰护士,还有那个刘小霞,她俩也就不会再找你了,这叫'一举三得'。"

"俺可不敢这样做！要是让俺二妗子知道了，告俺糟蹋她闺女，是要被判刑的，俺这一辈子就给毁了。"苏顺儿对王慧说。

"胆小鬼！你怕什么？到时真那样，俺出面给你把这事翻过来，俺就说是俺自己愿意的，是俺强迫你的。"王慧说完，突然听到开门声响了，苏顺儿忙说："赶紧下炕，二舅和二妗子回来了！"

王慧和苏顺儿急忙下了炕，王继武和金梅这时一同进了屋，苏顺儿忙说："二舅二妗子，你们回来了？"

王继武说："苏顺儿来了啊，正好有个事儿想和你说说呢。"

"二舅，您不用说了，俺表妹刚才已经和俺说过这个事了。"苏顺儿对王继武说。

"那外甥你同意和陈光友家的闺女搞对象了？如果同意了，二舅就去替你回个话儿，把这事定下来。"王继武对苏顺儿说。

"俺刚才也跟表妹聊了，俺爹不让俺在外面找对象，怕俺在外面找了对象，回不了老家，以后没人养他了。"苏顺儿又把理由给王继武重复了一遍，接着说："二舅，陈光友家误会了，俺给他家每天担水，没想别的，只是看在他陈光友有腿病不能担水，再说俺住医院时，人家陈护士她对俺照顾得特别周到，俺得感谢她，俺从来没想过要和陈护士搞对象，更没想过要当她家的上门女婿。二舅，这事儿您也不用出面了，等俺再去帮他家担水时，亲自向他们解释清楚就是了。"

王继武说："既然你不同意这桩婚事，俺就不再插手了，这事儿还得由你和你爹做主。"

苏顺儿点点头,准备告辞:"二舅,二妗子、表妹,没别的事儿,俺就先回去了!"说完迈步就要出门。王继武说:"一块儿吃了饭再走吧,反正你回去也没事干。"

苏顺儿说:"二舅,俺回食堂吃就行,就不麻烦了。"

"那行,你实在要走,二舅就不再留你啦!"王继武对苏顺儿说完,接着对王慧说:"王慧,你替我去送送你表哥吧。"苏顺儿和王慧便一同出了大门,苏顺儿对王慧说:"表妹,你就别送了,回去吧。"

"好!表哥,但今天俺和你说的一些话,你可别忘了,俺是一定要嫁给你的。"王慧用很强硬的语气对苏顺儿说。

"表妹,俺知道你对俺的感情了,快回吧。"苏顺儿说完转身要走,但王慧对苏顺儿的爱恋正浓,哪舍得轻易放他走,苏顺儿已走出二三十米远了,王慧又跑过去说:"你一定要常来看我啊!"

八

第二天,都中午十二点半了,苏顺儿匆匆在食堂吃了午饭后,又去担了一担水送到陈光友家,正赶上陈光友和陈晓兰在吃午饭,这时,陈光友对陈晓兰说:"兰子,快给苏顺儿盛碗饭。"

"陈二叔,陈护士,俺在俺单位食堂里吃完了过来的,你们吃吧!"苏顺儿对陈光友和陈晓兰说。

于是陈光友对陈晓兰说:"兰子,那你给苏顺儿倒碗水喝!"

陈晓兰把一碗热水端给苏顺儿,说:"快喝口水歇歇!"苏顺儿接过水碗就坐下喝了起来。因开水很热，苏顺儿就不慌不忙地一边吹着一边喝，等他把一碗水喝完了，陈光友和陈晓兰也把饭吃完了。苏顺儿看他们都吃完了饭，就说："陈二叔、陈护士，俺回去了，你们忙吧！陈护士也到了上班的时间了。"

"再在这里玩会儿吧，咱们唠会儿嗑你再走呗！"陈光友对苏顺儿说。

"陈二叔，俺会经常来，有的是机会唠，俺回去也想歇会儿。"苏顺儿对陈光友说。

"兰子，那你送送苏顺儿！"陈光友对陈晓兰说。

"俺经常来，又不是生人，不用送俺！"苏顺儿说着，就担起空水桶走出了门。随后，陈晓兰也跟了上来，她说："苏顺儿我问你个事，我爹和你舅王继武说的那件事，你舅和你说了没有？"

"嗯，昨天下午俺上他家时，俺二舅和俺说了，想促成咱俩的婚事。"苏顺儿对陈晓兰说。

"你知道就好了，我爹把咱俩的婚事已经挑明了，你是咋个意见啊？"陈晓兰对苏顺儿说。

"俺对你没什么意见，只是上次俺爹来信说，不让俺在外面找对象，你要是真有这个想法的话，俺再给俺爹打封信再问问，如果俺爹同意的话，俺再和你说。"苏顺儿对陈晓兰说，"你是个白衣天使，俺这癞蛤蟆从来没想过能吃你这天鹅肉。"

陈晓兰笑着对苏顺儿说："那你赶紧回去给你爹写信，我等着你。"

第八章

一

苏顺儿到松树县县城有好几年了，一直没有机会再去白山河。这天，白山河林业局二工区的汽车司机刘师傅，又来县城运送木材时。苏顺儿看见了就急忙跑过去问："刘师傅，您又来啦？什么时候到的？"

刘师傅说："刚到一会儿，才卸完木材。"

"那您什么时候再回白山河？驾驶室里还拉了其他人没有？"苏顺儿问刘师傅。

"俺下午就返回白山河，驾驶室里除了我以外，暂时没有坐其他人。"刘师傅对苏顺儿说，"怎么，你想去趟白山河？你要是说好去的话，位置我给你留着。"

"俺得病刚好了，这些天休养还没上班，想趁这个机会回白山河看看俺王大明表哥。"苏顺儿对刘师傅说。

"行！你下午抓紧过来，咱早一点儿走。"刘师傅说。

当天下午，苏顺儿乘坐刘师傅的车，很快到了白山河林业局二工区。他来到王大明家门口，一看门上挂着锁，心想：会不会是表嫂子出去串门去了，大明表哥看来也还没下班，俺干脆先在门口附近等一等吧。傍晚天气开始有些冷了，苏顺儿就在王大明家门口来回踱步暖身。让正在巡逻的治安员看见了，他心想：咦！这不是前几年在遣送回老家路上下火车逃跑的苏顺儿吗？他来干什么？我还抓不抓他呢？听说这苏顺儿在县房屋建筑工程队上班，他还是县上基干民兵学习的新闻人物。大个子考虑再三，觉得先不能抓，得赶紧回去请示一下孙武雷站长后再行动。于是他很快跑回站里，把情况向孙武雷作了汇报，这时孙武雷把桌子一拍说："这回苏顺儿这小子又让我们逮住了，我看他还往哪里跑！"说完，他又对刚从采伐队调到遣送站工作的孙凯说："孙凯，你和大个子一起去，务必把苏顺儿给我抓来！"

孙凯对孙武雷说："站长，听说苏顺儿现在是县上的模范人物，是基干民兵学习的榜样。您前些天不是还说过吗，他是您外甥女陈晓兰的对象，能抓他吗？"

"在白山河这地盘上，我们说了算。我抓的就是他苏顺儿，要不是有他，我外甥女陈晓兰就该是你媳妇。你快和大个子去给我把他抓来，咱们好好开导开导他。"孙武雷对孙凯说。

苏顺儿在王大明家门口，左等右等不见人回来时，就去问王大明家邻居李大婶。李大婶告诉苏顺儿说:"张娟快生了,因为咱这东北冷,王大明今天上午出发送她回山东老家生孩子去了。"

于是苏顺儿只得又去找汽车司机刘师傅,想着刘师傅要是明天再去县城运送木材时,自己再搭他的车回县城。苏顺儿到了刘师傅家门口,用手轻轻敲门喊:"家里有人吧?刘师傅在家吗?"刘师傅正吃着饭,听见动静从屋里跑出来一看是苏顺儿,就说:"你不是去王大明家了吗?怎么又到我这儿来了?"

"刘师傅,去了才知道,俺大明表哥送表嫂子回山东老家生孩子去了。俺来是想跟您说一下,明天您要是再开车去县城的话,俺就搭您的车回去。"

"明天俺还得去县城运送木材,到时你跟着俺的车回去就是了。"刘师傅又对苏顺儿说:"你还没吃饭吧?赶紧进屋咱一块儿吃饭。"刘师傅的话音刚落,这时白山河遣送站的大个子治安员和孙凯就闯进了刘师傅家的院子。孙凯对苏顺儿喊:"你是苏顺儿吧?跟我们走一趟!"

"俺是苏顺儿,跟你们上哪里去?"苏顺儿问道。

"去白山河外流人员遣送站!别啰唆,快跟我们走吧!"孙凯对苏顺儿说。

"俺现在有工作单位,不是盲流了,你们凭啥还抓俺?"苏顺儿对孙凯说。

"抓的就是你苏顺儿这盲流!"孙凯不由分说地就上前拉苏顺儿,

苏顺儿挣扎着不去，大个子和孙凯就扭着苏顺儿的胳膊，把苏顺儿强硬押走了。

司机刘师傅看到这种情况，说："你们遣送站也不能乱抓人呀！乱抓人是违法的！"孙凯和大个子哪里听得进去，他们押着苏顺儿就奔遣送站去了。

孙武雷见到苏顺儿，得意地说："你苏顺儿就算是个孙悟空，跑出个十万八千里，也跑不出我这个'如来佛'的手掌心！我看你现在还怎么跑。"

苏顺儿对孙武雷说："俺现在是有工作单位的工人，不是什么盲流了，你们凭什么抓俺？"

"在我们遣送站这个地方，就我孙武雷说了算。你说你是工人，你现在马上拿出证明来给我看看呀，你拿不出证明来，我们抓你就没错！"孙武雷对苏顺儿说。

"俺现在有病休息没上班，但俺有在县医院治病的诊断证明。"苏顺儿说着，把县医院开的诊断证明从衣兜里拿出来，让孙武雷看。孙武雷不但不看，还说："这证明顶个屁用！盲流看病也可以在医院开诊断证明。"说完又对孙凯说："把这盲流拉过去，给他好好开导开导！看他还敢不敢跑！"

苏顺儿被孙凯和大个子扭到一间屋子里。孙凯抽出皮带，在苏顺儿身上猛抽了几下，一边抽打一边说："让你跑！让你再跑！"苏顺儿疼得喊："哎哟！哎哟！哎哟！……你们不能打人，你们凭什么打人？"

孙凯一边用皮带抽打着苏顺儿，一边指着苏顺儿对门外面的盲流说："谁再跑就是这个下场！你们哪一个不老实，也是这个下场！"

这两天，苏顺儿在这遣送站里受尽了孙凯等人的折磨，不但不给他吃饱饭，还让他到采伐队去抬木头。苏顺儿只能想着山东老家的爹娘，凭着以后一定要过上好日子的信念，告诉自己再苦再累、受再多委屈也要咬牙坚持下去。

二

话说苏顺儿再次被抓进白山河外流人员遣送站的第二天，白山河林业局二工区的汽车司机刘师傅又去县城运送木材。他一到县城，顾不上卸车，首先想到的是如何找人搭救苏顺儿。刘师傅先到了县房屋建筑工程队食堂，找到刘小霞，把苏顺儿又被白山河遣送站抓去的消息告诉了她。刘小霞听了心急如焚，只想赶快把苏顺儿从遣送站要回来，急得午饭也没吃。但她实在想不出门路，最后不得不去县医院找陈晓兰，因为刘小霞听人说过，孙武雷是陈晓兰的大舅，如果陈晓兰都不能把苏顺儿要回来，那别人就更没有可能了。

刘小霞也知道，陈晓兰她爹陈光友因腿有病不能担水，前些日子，都是苏顺儿帮她家担水，想到这，刘小霞就找了两个空水桶，到江边去担了一担水，送到陈光友家。这时，陈光友和陈晓兰正在吃中午饭，他们看到刘小霞担水来了，赶紧下炕，陈晓兰对刘小霞说："小霞姐，你怎么给俺们担水来了啊？"

"昨天苏顺儿吃过中午饭后，就坐刘师傅的汽车去了白山河，俺考虑到他没法给你们担水了，俺就帮他给您家担了一些来。"刘小霞对陈光友和陈晓兰说，"俺这回来，还有件急事儿，兴许你们能帮这个忙，如果你们帮不上的话，可能别人就更难帮得上了。"

"什么事？小霞姐你快说说，只要俺能帮上的，就一定帮！"陈晓兰对刘小霞说。

"不是帮俺的忙，是帮苏顺儿的忙。"刘小霞对陈晓兰说。

"苏顺儿怎么了？小霞姐你快说！"陈晓兰着急地对刘小霞说。

"昨天下午，苏顺儿到白山河去找他王大明表哥，不巧他表哥送他表嫂子回山东老家生孩子去了，苏顺儿进不了屋，没办法就去找司机刘师傅，刚到刘师傅家就被遣送站站长孙武雷的人给抓到遣送站去了。"刘小霞对陈晓兰和陈光友把事情的经过说了一遍。

"孙武雷真不是个东西，他老抓错好人！"陈光友说。

"俺听说孙武雷是陈护士的大舅，俺就想，你们要是去趟白山河遣送站，肯定能把苏顺儿要回来，所以俺赶快来找你们帮忙。"刘小霞对陈光友和陈晓兰说。

"爹，俺先到医院请个假，俺今天就去白山河，到遣送站里去把苏顺儿要回来。"陈晓兰对陈光友说。

"陈护士，现在白山河来的汽车司机刘师傅可能还没走，你要是去咱马上去找他，咱俩挤挤能坐得下。"刘小霞对陈晓兰说。

于是陈晓兰顾不上请假，就先跟刘小霞一起去找到刘师傅。正巧刘师傅还没回白山河，驾驶室里有两个空位。刘小霞让刘师傅等等再返程，自己马上回食堂请了假，紧接着又去工程队办公室开了要回苏顺儿的证明信。这时陈晓兰也请假回来了，他们就一起坐车去了白山河。

路上，刘小霞对陈晓兰说："要回苏顺儿的事，俺也帮不上什么忙，你自己进去可能更好说话，俺回俺哥刘小刚家，等你的好消息。"

为了尽快要回苏顺儿，刘小霞先让刘师傅把陈晓兰送到了白山河遣送站，然后刘师傅又把刘小霞送到了二工区刘小刚家。

陈晓兰进了遣送站，孙凯见到她，问："你找谁？"

"俺找孙站长！"陈晓兰对孙凯说。

孙凯喊："站长！您出来一下，有个女人来找您！"

孙武雷嘴里叼着香烟，慢慢悠悠地从站长办公室走出来，他一见是陈晓兰，就说："原来是兰子呀！你什么时候到的？"

"俺是坐刘师傅的车来的，才刚到。"陈晓兰对孙武雷说。接着，孙武雷用手指着陈晓兰对孙凯说："孙凯，她就是上次我和你说的，要给你介绍的对象——我的外甥女兰子。大名叫陈晓兰，在县医院当护士。"说完，又指着孙凯对陈晓兰说："兰子，他是你孙凯哥，就是上次跟你说的要介绍给你处对象的那个。"

"大舅，您别乱说了，俺是来和您要人的。"陈晓兰开门见山地对孙武雷说。

"我这里都是盲流，你上我这里要谁？"孙武雷故意装糊涂。

"俺向您要苏顺儿，请马上把苏顺儿放出来，他是县医院的病人，还在病休中，俺领他回医院治病。"陈晓兰对孙武雷说。

"我说兰子呀，这盲流是想跑就跑，想放就放的吗？不行！我要是放苏顺儿走，我就违反了遣送站的工作原则。"孙武雷对陈晓兰说。

"大舅，你们站的原则是错的，那犯了法的犯人有病了还被允许保外就医呢。"陈晓兰对孙武雷说。

"前几年我们站遣送苏顺儿回老家时，他从火车上跑了，还拐跑了一个女盲流，你知道，这件事儿给我们遣送站的工作造成多大损失吗？你说我这次能再放他走吗？"孙武雷对陈晓兰说。

"大舅，苏顺儿他是我负责的病人，也是我的未婚对象，我来找你要他，你不会不给我这点面子吧？"陈晓兰对孙武雷说。

"兰子，你让大舅放人，也得有个证明吧？"孙武雷说完，陈晓兰把刘小霞到县房屋建筑工程队开的证明信，从衣兜里拿出来，交给孙武雷说："给，这是你们要的证明信。"

孙武雷接过陈晓兰递来的证明信说："兰子，那我就给你个面子，把苏顺儿给放了。"又说："但我有个小小的条件，上次我去你家，和你爹还有你说的，要把孙凯介绍给你，现在你既然来了，也见到孙凯了，你们成不成的先在一起谈一谈吧！你也得给我这个面子吧？"

"只要大舅你能放出苏顺儿，你这条件我答应。"陈晓兰对孙武雷说。

"那我明天早上就把苏顺儿放了,兰子你一会儿在这里吃晚饭。"孙武雷对陈晓兰说。

"俺在来的路上和刘师傅一起吃过饭了,俺不吃了。"陈晓兰对孙武雷说。

"今天晚上我回家,就不在办公室睡了,你在我办公室的炕上睡吧,正巧孙凯今晚上也在这里值班,今晚你们在我办公室谈一谈,我也好向孙凯有个交代。"孙武雷对陈晓兰说。

三

晚上,陈晓兰就在孙武雷办公室住下了。当她洗完脸关上门,上炕整理被子准备睡觉时,孙凯打着个手电筒过来敲门,"梆,梆!"陈晓兰问:"谁敲门?"

孙凯说:"是我孙凯!今天下午站长不是和你说了嘛,成不成的咱们谈一谈,你开门吧!"

"我准备休息了,咱们明天早上再谈吧!"陈晓兰对孙凯说。

"我就今天晚上有空,你还是开门吧。你今晚上不和我谈,明天我不但不放苏顺儿走,我得狠狠地抽打他一顿。"孙凯在门外对陈晓兰说。

陈晓兰为了苏顺儿,无奈只好打开了门。孙凯一迈进屋门,便把门关上,还插上了门闩。陈晓兰说:"不要关门,开着门就是了。"

"不关门让外面人听着都不好，还是关着门好。"孙凯对陈晓兰说。

陈晓兰和孙凯谈话的时候，孙凯的手脚总不安分，这让陈晓兰感到很害怕，不断往墙角靠，陈晓兰说："行了，咱俩就谈到这里吧！俺困了，得休息了，俺明天还要和苏顺儿一起回县城，孙凯你走吧，你不是还要值班吗？"

"俺站长叫俺在这里和你谈事，也算俺在这里值班，你还没有答应俺呢，咱俩还得接着谈。"孙凯对陈晓兰说。

"两个人的感情不是一下子就能建立起来的，谈对象是需要时间的，有的谈两三年甚至还有五六年才谈成的，你别急嘛！有的是时间。"陈晓兰对孙凯说。

一听这话，孙凯急了，说："俺马上就是三十岁的人了，你还让俺等好几年？这不行！俺现在就要你，要你马上就当俺的老婆。"说完，他就去扯陈晓兰的裤子，陈晓兰自然不答应，大声喝止，用尽全身力气反抗。但因孙凯力气大，陈晓兰实在无法挣脱他，还怕有人听到，又考虑到苏顺儿，就不好再大声喊叫，在这种情况下，只好任由孙凯摆弄……

孙凯发泄完了，亲了陈晓兰一口说："咱俩现在也不用谈了，你肯定就是俺未来的老婆了"他穿好衣服后说："未来的老婆，你在这里睡觉，俺到外面值班去了。"

孙凯出去后，陈晓兰把头蒙进被子里偷偷地小声哭泣。

夜里两点多了，孙凯又来敲门："俺孙凯啊，你开门！俺的手电筒忘屋里了，来拿手电筒。"

"都这么晚了，俺睡觉了，你天亮后再来拿吧！"陈晓兰对孙凯说。

"不行！手电筒俺今晚上还得用，快开门！"孙凯在门外催促着陈晓兰。

无奈，陈晓兰找到孙凯的手电筒，把门开了一道缝，把手电筒递了出去。谁想孙凯竟使劲推开了门，又进了屋，把门闩给插上了。

陈晓兰生气地说："你还让不让俺睡觉了，你真不是人！"

"你骂俺不是人，俺就不是人，你陈晓兰说还得谈好几年，俺等不了！"孙凯说完，又趴到陈晓兰身上。陈晓兰绝望地她闭上眼睛，把孙凯想象成了苏顺儿……

恍恍惚惚中，陈晓兰听到孙凯走时说："明天我一定把苏顺儿给放了。"

第二天，陈晓兰很早就起床了。过了一会儿，孙武雷也过来了，他看见陈晓兰问："兰子，你昨天晚上和孙凯谈得还可以吧？晚上睡得好吧？"

"这多亏了大舅了，俺昨天晚上睡得特别好。"陈晓兰违心地对孙武雷说，生怕他反悔了不放人。

这时，孙武雷让遣送站食堂工作人员给陈晓兰打来了早饭。他让陈晓兰吃饭，可陈晓兰坐着一直不吃。孙武雷问："兰子，你怎么不吃饭？都快凉了，快吃了吧！"

"俺等苏顺儿来了一块儿吃，俺俩吃完了饭再一起去二工区，找刘师傅搭车回去。"陈晓兰对孙武雷说。

孙武雷没办法，就对大个子治安员说："你把苏顺儿喊过来，再让食堂给送份早饭来。"

陈晓兰和苏顺儿匆匆在遣送站吃了早饭，然后马上赶到司机刘师傅家。这时刘师傅还没出车，他看到苏顺儿和陈晓兰来了，赶忙说："苏顺儿放出来了？太好了！你和陈晓兰先在这里喝口水，俺到工区看看今天上午还去不去县城运送木材，如果还去的话，你们俩就坐俺这车回县城。"

刘师傅说完就去了二工区，他见了张工长问："张工长，今天咱工区还去县城送木材不？"

"还能装一车，你来装车吧！"张工长对刘师傅说。

刘师傅赶紧回去把汽车开来，不一会儿就把木材装上车了。装好车后，他让苏顺儿和陈晓兰上了车。因刘小霞还要在她哥刘小刚这里住上几天，苏顺儿和陈晓兰就先回县里了。

到县城后，他们先回了陈晓兰家。陈晓兰还没进门就对陈光友喊："爹，俺把苏顺儿给要回来了。"

"要回来就好啊，苏顺儿没受着苦吧？"陈光友说着就迎了出来。

"苏顺儿身上有些伤，俺去拿点药给他抹一抹。"陈晓兰说完，让苏顺儿在她家先休息，自己回医院拿药去了。

四

刘小霞来她哥这里已经两天了。她本想着和苏顺儿、陈晓兰一起坐刘师傅的车回县城,但这些天她哥经常加夜班,她嫂子朱秀英已怀孕八九个月了,干活儿不方便,刘小刚就说:"小霞你既然来了,就在这里多住几天,陪陪你嫂子。你那边食堂的工作,刘师傅再去县城时,俺托付他帮你续个假。过几天我们工区不太忙时,我再请个假把你嫂子送回山东老家去生孩子,到时你再回县城好吗?"

刘小霞对刘小刚说:"俺听哥的!"

"如遣送站来查户口的话,俺就说你嫂子快生孩子了,是让你来照顾你嫂子的,他遣送站总不会这么不通情达理吧?你和你嫂子在家里,帮她做做饭,她闷了你陪她在门口走走就行,俺上班去了。"刘小刚对刘小霞说完就出门了。

这天下午,大个子治安员对遣送站的孙武雷说:"孙站长,俺向你报告一个新情况,俺今天上午到二工区职工宿舍附近巡逻时,好像看见了那年咱执行遣送任务时在火车上和苏顺儿一块儿逃跑的女盲流刘小霞了,她上午搀扶着一个大肚子女人,从二工区宿舍附近走过,咱还抓不抓她?"

"就是那年她和苏顺儿在火车上逃跑的事,弄得我们的工作很是被动,现在她又来了,还是把她抓来,好好教训教训她,要不咱们遣送站就没威信了。"孙武雷说,"大个子,你再和孙凯去,把这个刘小霞弄到站里来。"

大个子治安员和孙凯很快就找到了二工区刘小刚家，孙凯进门就问："这是刘小刚家吗？"

刘小刚妻子朱秀英回答说："你有什么事？俺是刘小刚老婆，俺叫朱秀英！"说完，又指着刘小霞说："她是俺小姑子，叫刘小霞。"

孙凯说："我们是白山河外流人员遣送站的，来查户口，你把户口证明拿出来俺们看看！"

"俺和俺丈夫都是落的二工区的集体户口，俺丈夫刘小刚在上班还没回来。"朱秀英说完，指着刘小霞说："因为俺快生孩子了，俺小姑子刘小霞是来照顾俺的，她在县房屋建筑工程队职工食堂工作。"

孙凯问刘小霞："你有证明信吗？拿出来看看！"

"俺上俺哥这里来，不需要什么证明信，俺哥就是最好的证明！"刘小霞对孙凯说，"俺嫂子快生了，俺来照顾俺嫂子，有什么问题吗？"

"现在你拿不出户口证明，那就是盲流，跟我们到站里去，你还得被遣送走，看你再怎么跑。"孙凯说完，就去拉刘小霞的胳膊，刘小霞无奈，只得跟着他们去了白山河遣送站。

"哟！我们老相识了，你又上我们这里来了？"孙武雷看到刘小霞说。

刘小霞狠狠地白了孙武雷一眼，没跟他搭话。

刘小霞被送进了一间已经有四五个女盲流的宿舍里。这时孙武雷对孙凯说："等一会儿，你把这个新来的女盲流叫到办公室，给她开导开导，看她还跑不跑！"

下午，刘小刚下班回家，见刘小霞不在就问朱秀英："小霞咋不在？上哪去了？"

"又被白山河遣送站的人给抓去了。"朱秀英对刘小刚说。

刘小刚一听说他妹妹又被遣送站抓去了，急得饭也没有吃，就往二工区的张工长家跑去。他想让二工区帮忙开个证明信，看能否把他妹妹给要出来。

刘小霞进了遣送站女宿舍后，一个三十多岁的胖大姐问她："我说妹子，你也是山东人吧？也被抓了盲流？"

另一个女盲流说："要不是盲流，还能被抓这里来呀？"

刘小霞对那个胖大姐说："俺是山东来的，但现在已经不是盲流了，俺有单位了。"

胖大姐说："是不是盲流无关紧要，咱大伙从山东来东北，不就是想摆脱穷日子，过上好日子嘛！"

她们几个正说着，门外的治安员对着女宿舍喊："刘小霞出来，到办公室去，我站孙凯代替站长向你问话。"

刘小霞被带到遣送站的办公室，屋里只有孙凯一人坐在那里，刘小霞问："是哪位站长找俺问话？孙站长不在吗！"

"俺就姓孙，现在代替站长找你问话。"孙凯阴着脸对刘小霞说。

五

"孙代替站长,你要找俺问什么?你快说,问完了俺赶紧回去。"刘小霞对孙凯说。

"你不要喊俺孙代替站长,要直接喊我孙站长!现在是白山河外流人员遣送站的孙站长向你刘小霞问话,你听懂了没有?"孙凯没好气地对刘小霞说。

"俺听懂了,孙站长!问什么话你就快问,俺在这等着呢!"刘小霞说。

"我问你,你还想不想继续在这儿当盲流了?如不想待在这里,俺明天就可以放你走,但这要看你自己的表现。"孙凯对刘小霞说。

"俺本来就不是什么盲流,俺现在是县房屋建筑工程队的工人了,谁还敢说俺是盲流?你现在就应该马上放俺走。"刘小霞生气地对孙凯说。

"俺现是临时站长,放不放你走俺说了算!你都没给俺什么好处,你想俺就能白白放你走吗?"孙凯冷笑着对刘小霞说。

"那你想让俺给你什么好处?"刘小霞问孙凯。

"好处你有,就看你怎么给俺了!"孙凯对刘小霞说完,就把屋门关上了。

"有什么事明着说,也没必要关上门。再说俺是工人,每月就挣那么点儿工钱,都寄回老家了,俺哪有什么好处给你?"刘小霞态度强硬地对孙凯说。

这时，孙凯开始调戏刘小霞，说："好处都在这上头呀！"说完，他的手就要去扯刘小霞的裤子。刘小霞大声叫道："孙站长，你干什么？你要是这样俺可就喊人啦！"

"我让你喊！我看你怎么喊！"孙凯说完，两手抱住了刘小霞的腰，扯断了她裤子上的布腰带。情急之下，刘小霞狠狠地往孙凯的手上咬了一口。孙凯的手被咬疼了，气得他一巴掌打在刘小霞的脸上，直打得刘小霞鼻口出血。刘小霞大哭着呼喊道："孙站长打死人了，救命啊！"

真正的孙站长孙武雷闻声赶到了办公室门口，这时门口已围了一圈男女盲流，刘小霞正在大哭大闹地骂孙凯，说："你这里不是遣送站，是个'流氓'站，你就是这'流氓'站的孙站长！"

孙武雷一听骂的是"流氓"站孙站长时，气得他一脚把办公室的门踹开了，刘小霞大哭着，提着裤子跑回了宿舍。

遣送站的院子里乱哄哄的，人们你一言我一语地议论说："孙凯糟蹋女盲流了，他的手被女盲流咬了，这遣送站真要改名叫'流氓'站了。"

孙凯在办公室里呆呆地站着，不知所措。孙武雷看到他这狼狈相，骂道："你孙凯就这样的工作作风、生活作风呀？我看你得好好改一改了！你想想，你自从调到我站上，给我惹了多少事？"

这时刘小刚已迈进办公室大门，他进门就对孙武雷说："孙站长，俺来领俺小霞妹妹，俺老婆快生孩子了，是俺让她来照顾她嫂子的。

她现在已经不是盲流了，你们凭啥又把她抓来？"

孙武雷这时气火未消，正是在气头上，说："我抓你妹妹，就是凭我是这遣送站的站长。你说你妹妹现在不是盲流了，你有什么户口证明吗？有就拿出来，拿不出来我就不能放她走，到时候还是要把她遣送回去！"

刘小刚从衣兜里掏出来他从二工区找张工长开的证明，交给孙武雷，说："证明给你，你们赶紧把俺妹妹喊出来，俺领她走。"

孙武雷接过刘小刚给他的证明，看了一眼，故意刁难地说："你这算哪门子证明？你这是让刘小霞帮你照顾你老婆生孩子的证明，这证明不了她不是盲流！"孙武雷对刘小刚说，"你妹妹说她现在是县房屋建筑工程队的工人，户口在她们工程队职工食堂，我们是要她县房屋建筑工程队给出的户口证明。你回去吧，让刘小霞她单位的领导来领她。我们还要问一问她单位的领导，刘小霞现在到底还是不是个盲流。"

刘小刚对孙武雷说："你们这是故意刁难人！"说完，生气地走了。临到门口时，他又对孙武雷说了一句："俺明天就去县城，去找俺妹妹单位的领导，叫她单位领导来领她，到那时看你们遣送站放还是不放！"

"你狂什么？别忘了，放不放她刘小霞，是我们说了算！"孙武雷对刘小刚说。

六

第二天，刘小刚找二工区的张工长请了假，搭刘师傅的汽车来到了县城。

刘师傅卸车去了，刘小刚赶紧来到县房屋建筑工程队。他先找到工程队的张安队长，对他说："张队长，俺是工程队职工食堂刘小霞的哥哥，俺叫刘小刚，俺来跟您说个事，白山河遣送站现在乱抓人，凡是不能马上拿出户口证明和没有单位的人都得让他们抓去，俺妹妹刘小霞也被他们当盲流给抓了。"

"什么！刘小霞也被他们抓了？这遣送站的人是没把我们工程队放在眼里啊！他们先抓了苏顺儿，现在又抓了刘小霞，这是和我工程队过不去啊。他们的人还把苏顺儿打伤了，据说伤得还不轻，这怎么能行？我得马上去找这白山河遣送站说说理去，会尽快把刘小霞要回来的，你放心！"张安对刘小刚说。

刘小刚又对张安说："俺工区的汽车司机刘师傅卸车去了，他卸完车就过来，下午俺还坐他的车回去，您要是今天有空的话，咱们一块儿坐车去白山河，您看行吗？"

"那太好了！你和刘师傅说一下，让他的车别再搭其他人了，俺和你一块儿去白山河把刘小霞要回来。"张安对刘小刚说完，随后对工程队办公室主任王华生说："王主任，您给俺写上两个证明，第一个是向白山河遣送站要回刘小霞的证明，你一定要写清楚刘小霞是咱们工程队的工人，不是盲流，第二个俺的身份证明，俺看在白山河得预备着，否则那帮遣送站的人也得把俺也抓了盲流。"

这时，刘师傅已经把汽车已开到了工程队的大门口，刘小刚跟刘师傅说："刘师傅，工程队的张队长跟俺一块儿去白山河，他亲自去遣送站把俺妹妹小霞要回来！"

"这很好啊，张队长亲自去，肯定能把你妹妹要回来的。"刘师傅对刘小刚说。

吃过午饭后，张安和刘小刚一起坐上刘师傅的汽车，往白山河赶去。

到了白山河后，他们直接去了白山河遣送站。这时，孙武雷还没下班，刘小刚见到孙武雷，用手指着张安对孙武雷说："孙站长，这位是县房屋建筑工程队的张队长，他亲自来找你领回俺小霞妹妹。"

接着，张安对孙武雷说："孙站长，俺叫张安，是县房屋建筑工程队的，俺来找你领回俺们单位的职工刘小霞！"

"嚅！你刘小刚这么快就回县城搬了兵将来啦？不管什么人，我们遣送站都得按规定办！"孙武雷对刘小刚说完，接着问张安："你来领走刘小霞，带证明了吗？拿出来我们看看。"

张安从公文包里取出要回刘小霞的证明信，递给孙武雷说："孙站长，这是证明！"

孙武雷看了一眼对张安说："你张队长既然亲自来向我要人，那我就给你个面子，把刘小霞给你，可我还是要提醒你，以后可不要让你的人到处乱跑哟！弄不好我们还是会抓他们盲流的。"说完，他对着门外喊道:"大个子!你去把刘小霞喊过来,让她走。"

大个子治安员来到遣送站食堂,刘小霞这时正忙着给站食堂里洗菜。大个子对刘小霞说:"你熬出头了,县城一个姓张的,叫什么张队长的人,来领你回去了,他在站办公室等你呢。"

刘小霞听到后,赶忙放下手里的活儿,对那胖大姐说:"大姐,俺回去了!"

"快走吧,你要是不赶快回去,早晚得被孙凯那个流氓给糟蹋了。"胖大姐对刘小霞说。

一会儿,刘小霞来到遣送站办公室,她一看,是她哥刘小刚带着工程队的张安队长来领她,眼泪都快掉出来了。她含着泪对刘小刚和张安说:"哥,张队长,你们来啦!太好了!"

"多亏张队长亲自来要你,这孙站长才肯放你回去的。"刘小刚对刘小霞说。

刘小霞握着张安队长的手,连声道谢。接着他们三人一起,走出了白山河遣送站的大门。

第九章

一

近几天，县里有关部门接连不断地接到群众的来信，反映白山河外流人员遣送站存在的问题，并揭发站长孙武雷滥用职权抓人打人，违反外流人员遣送政策，在群众中造成很坏的影响。为此，县委根据群众意见和揭发出的问题，对白山河外流人员遣送站作出了通报批评，并作出对孙武雷免去站长职务并调到白山河供销社工作的决定，还对孙武雷违反劳动人事规定，擅自把孙凯从采伐队调到遣送站这一行为进行了纠正，把孙凯从遣送站退回到采伐队。

孙凯回采伐队不久，司法机关就开始查办他强奸陈晓兰和骚扰刘小霞的案子。经过调查取证，很快孙凯就被司法机关批准逮捕。

孙凯被逮捕以后，对自己所犯的强奸妇女罪和强奸未遂罪供认不讳。同时，他也承认了自己遵照孙武雷的旨意，在遣送站内私设公堂、殴打苏顺儿等人的罪行。于是县人民法院根据孙凯所犯强奸妇女、殴打他人等多项犯罪的事实，判处他有期徒刑三年。

转眼，已经快到冬天了，房屋建筑工程队已基本不施工了，但工人得天天吃饭，工程队的职工食堂也照常运转，每天生火做饭。刘小霞从白山河遣送回来后，仍旧每日在食堂工作。

一天，食堂的李芳对刘小霞说："小霞妹子，你都二十四五了吧？如果碰上合适的，该成婚了。咱女的嘛，早晚是要嫁人的呀！"

"俺现在还没找到合适的，看来苏顺儿是不行了，他老家几次来信，都坚决不同意他在外面找对象，非让回家找，何况现在县医院的陈晓兰护士也喜欢他，沿江屯他舅家的表妹王慧也还一直缠着他不放，俺就不跟她俩争了。俺俩没缘分，争也争不来。"刘小霞对李芳说。

"小霞妹子，还有个人不知道适不适合你，虽然比你大个七八岁，但人家都说男人大点儿会疼女人，你要是同意的话，俺愿意当你俩的红娘。"李芳对刘小霞说。

"芳姐，你说的这是谁呀？快给俺说说！"刘小霞对李芳说。

"着急了吗？看来俺这个红娘是必须得当了。这人俺不说你也猜得出来，就是咱们工程队的张安队长呀！他才离婚仨月，还没找对象，又没孩子，你看他咋样啊？"李芳笑着对刘小霞说。

刘小霞这时脸红了，她低着头对李芳小声说："俺对张队长不是不同意，就是感到他是离过婚的，俺如果和他结婚，怕人家会说俺黄花大闺女找个二婚头。"

"离过婚的怕什么？离过婚的才更珍惜第二次婚姻，才更会疼人呢。别人说你找二婚头怕什么？结婚后你又不跟他们过日子，让他们说去好了，这有什么关系？"

她们说到这里，刘小霞心想：俺被抓进白山河遣送站那几天里，遣送站的人都知道孙凯骚扰俺，虽自己知道他没能得逞，但风言风语已经传出去了。前些日子，孙凯因犯了强奸妇女罪，被判了三年刑，肯定有人会怀疑孙凯强奸了俺。如果是这样，张安不嫌弃俺就不错了，俺还有什么理由不同意呢？

"那，小霞妹子你就算同意了，那俺就找个机会和张安队长说一下，他如果也同意，那你们俩就开始谈吧，俺只是牵个线，成不成是你们俩人的事。"李芳对刘小霞说。

这个星期天的中午，工程队食堂为给职工改善伙食，专门加了个荤菜——猪肉炖山蘑菇。张安自从离婚后，就很少在自家开火做饭了，大多时候是在食堂买着吃。中午，他又来食堂打饭了，他先把饭菜票交给刘小霞，说："给俺两个玉米大饼子和一份猪肉炖山蘑菇。"刘小霞接过张安的饭票，迅速给他拿上两个玉米饼子，盛上一份猪肉炖山蘑菇后，打趣问他："张队长，您舍得吃肉了？"

"俺咋舍不得吃肉，现在俺一个人了，更舍得吃了。"张安笑着对刘小霞说完，拿上饭菜就走了。

张安刚走出食堂大门不远，李芳追上来说："张队长！您等一下，俺有个事儿想跟您说一下！"

张安问李芳，说："怎么着？是不是俺忘了给食堂饭票了？"

"不是！是另一个事，您今晚上有空吧？如果有空，俺去您家里一趟，俺给您介绍了个对象，想把她领给您看看，今晚上您俩人聊聊。"李芳对张安说。

"俺今晚上有空，李大姐，您说的是谁呀？"张安说。

"俺把她领来您就知道了，她没结过婚，是个黄花大闺女，保证您会满意。"李芳对张安说。

二

刘小霞吃过晚饭后，很快干完了食堂里的一些事情，同李芳一起来到了张安家。还没进屋门，李芳就喊："张队长在屋里吧？"

张安赶紧开门说："是你们俩啊，快屋里坐！"说完就去拿茶杯倒上了两杯热水，对李芳和刘小霞说："你们俩先喝水！"

刘小霞对张安说："张队长别麻烦了，俺在食堂都喝过了，现在还不渴。"

"多喝点水也无妨碍嘛！"张安对刘小霞说。接着他又开玩笑地对李芳说："李大姐，您不是说今晚上给俺领个对象来吗？不会是骗我吧？"

"张队长，这远在天边近在眼前的，您怎么就看不着？"李芳笑着对张安说。

"你是说这刘小霞吗？李大姐您不是和我开玩笑吧？"张安对李芳说。

"芳姐没骗你，也没和您开玩笑，她说的就是俺，她要给咱俩牵线搭桥，你要是对俺没意见，今晚上咱俩就聊一聊？"刘小霞对张安说。

"你在咱工程队食堂这么能干，我怎么会对你有啥意见呢？"张安对刘小霞说。

李芳对张安说："张队长，俺把刘小霞领给你了，今晚上你俩人在这里，想怎么谈就怎么谈，俺就等着喝你们两人的喜酒了！俺先走了。"

"芳姐，你在这里也不妨碍俺俩人谈话嘛！您等一会儿，一会儿俺谈完了咱们一块儿走。"刘小霞对李芳说。

"你俩谈对象，俺在这里像什么话？"李芳说完，就起身走出了屋门。

李芳走后，张安对刘小霞说："你真的愿意和我谈对象吗？不是和我开玩笑吧？"

"俺是真心实意地想和你谈对象，才跟着芳姐到您这儿来的。"刘小霞对张安说。

"前不久我才刚离婚，再说我还比你大七八岁，这些你都不嫌弃吗？"张安问刘小霞。

"你离过婚、岁数比俺大这些事，俺早就知道了，其实芳姐也和俺讲过，这些俺都不介意。"刘小霞对张安说，"俺要是真的嫁给你，你会一辈子对俺好吗？"

"我只要娶了你，就会一辈子爱你、照顾你的。我离婚后才知道有个老婆是多么重要。"张安对刘小霞说完，接着又试探着问了一个他认为很关键问题："俺再问你一件事，你能不能如实地告诉我？据说你在白山河被抓盲流后，被孙凯糟蹋了，这事是不是真的？"

"孙凯在白山河遣送站糟蹋妇女是真的。为此，孙凯还被法院判了三年刑，这个大家都知道的。孙凯他欺负俺刘小霞也是真的。"听到这些，张安说："咱俩今晚上就谈到这里吧，谢谢你都如实地告诉我了，也没必要让我明说了吧？"

"张队长，你想到哪里去了？孙凯是想糟蹋俺，可俺没让他糟蹋成，还把他的手咬了一口，孙凯疼得打了俺一巴掌，打得俺鼻子流血了，俺就大哭大闹地跑回女宿舍去了。"刘小霞对张安说。

"噢！原来是这样，这用法律的名称说是强奸未遂呀！"张安对刘小霞说。

"就是这样的，所以俺还是黄花闺女呢。"刘小霞对张安说。

"你都把话都说到这份儿上了，俺肯定相信你，俺愿意和你谈对象。"张安对刘小霞说。

"那咱们可以先谈谈试试。"刘小霞对张安说，"时候不早了，俺先回宿舍去了。"

三

刘小霞和张安两人又经过了一段时间的思想和感情上的交流，感觉对方都挺合适的，就决定去县里的婚姻登记处进行婚姻登记，然后他们选定了在第二年元旦这天举办婚礼。

刘小霞和张安结婚的事，她并没有写信告诉山东老家的人，也还没征求在白山河的刘小刚和嫂子朱秀英的意见。她想，现在她已经和张安登记了，又选定了在元旦结婚，还是得跟家里人说一声。于是她想趁她哥还没送她嫂子回山东老家生孩子之前，去白山河一趟，向哥和嫂子当面说一下。

这天上午，刘小霞听说白山河二工区的刘师傅又来到县城运送木材了，她就赶往刘师傅卸车的地方，找到了刘师傅，对他说："刘师傅，您又来啦？您今天回白山河吧？俺想再搭您的车，去白山河俺小刚哥那里。"

"行啊！俺等会儿就走，你一会儿来坐车好了。"刘师傅对刘小霞说。

"刘师傅，您先跟俺到食堂吃饭吧！"刘小霞对刘师傅说。

"不啦，我在这边吃就行。"刘师傅对刘小霞说。

于是刘小霞就赶紧跑回食堂向李芳请假，说："芳姐，白山河刘师傅的车来了，俺想搭他的车去一趟白山河，跟俺哥俺嫂子说一下俺和张安结婚的事。"

"快去吧！"李芳对刘小霞说，俺就等着元旦喝你俩的喜酒了。"

刘小霞坐上刘师傅的汽车，很快就来到了白山河。当她来到刘小刚家时，她哥和嫂子都在家。

"你来得正巧，晚饭刚做好，快坐下一块儿吃饭！"朱秀英对刘小霞说。

"嫂子，您身子不方便，俺去端饭菜。"刘小霞对朱秀英说完，赶忙帮着把新出锅的玉米饼子和菜端上炕桌。他们边吃饭边聊，刘小霞对刘小刚和朱秀英说："哥、嫂子，俺和你们说一件重要的事，这件事俺没提前征求你们的意见，你们可别生俺的气。"

"什么大事？你快说说，俺们不会生气。"朱秀英着急地对刘小霞说。

"俺考虑到俺被抓进白山河遣送站时，大家都以为孙凯糟蹋了俺，其实，咱们自己知道孙凯没得逞，俺还是黄花闺女，但这事儿已经传出去了，有损名声。俺就想干脆结婚算了，这样俺也少惹是非。"刘小霞对朱秀英和刘小刚说。

"你和谁结婚呀？人家同意吗？"刘小刚问刘小霞说。

"这个人你认识，就是俺工程队的张安队长，俺俩都已经登记了。不过他是离过婚的，已离婚四五个月了，是俺食堂的李芳姐给俺们保的媒。"刘小霞对刘小刚和朱秀英说。

"那，张安也知道孙凯糟蹋你的事吧？他会同意吗？别你俩结婚后再因为这件事离婚。"刘小刚对刘小霞说。

"俺俩谈对象时，俺已经把一切都和张安如实地说了，说俺还是黄花闺女，张安才同意和俺结婚的。"刘小霞对刘小刚和朱秀英说。

"要是这样，俺这当哥的赞成这门婚事，反正你也不小了，就按你们选定的日子结婚就是了。俺过两天回山东后，再和咱爹说一下这个事，俺想咱爹这回不会再反对了。"刘小刚对刘小霞说，"俺回山东等你嫂子生了孩子后，尽量赶在元旦前回来，参加你和张安的婚礼。"

"就这样吧！按照你哥说的办，作为嫂子也理解小霞妹妹的心事，谁叫咱是女人呢！"朱秀英对刘小霞说。

"只要俺哥和俺嫂子没什么意见了，俺心里就踏实了。"刘小霞对刘小刚和朱秀英说。

他们吃过饭，刘小霞帮她嫂子洗了碗筷，擦了饭桌，刷了锅。然后刘小霞对刘小刚说："哥，俺该说的都说了，在这里也没什么事儿，俺想明天就回县城去，你一会儿帮俺去问一下刘师傅，看他明天还去不去县城运送木材，俺想搭他的汽车回去。"

刘小刚应着，马上去了刘师傅的家。他进门问道："刘师傅，您明天还去县城吧？"

"明天俺还得去县城，不但俺去，张师傅那辆车也去，一共运送两车木材。"刘师傅对刘小刚说。

"明天俺妹妹小霞要回县城去，想再搭您的车。"刘小刚对刘师傅说。

"行啊！你叫小霞明天早上七点过来就是，俺等着她。"刘师傅对刘小刚说。

第二天早上七点，刘小霞坐上刘师傅的汽车。还没到中午，刘师傅和张师傅的汽车就到了县城。刘小霞回到食堂时，还没耽误给食堂卖中午饭。

四

刘小霞从白山河回来后，就和张安一起准备他们结婚的东西。首先把张安原先住的房子刷了墙，还改了院门，把原来的西门封死了，改为东门进，意思是：大门向着太阳，他们结婚后的日子也会红红火火。

他们又新做了一对柜子、一对箱子和一张炕桌，那新做的柜子、箱子和炕桌都刷上了红漆。同时他们还做了两套被褥，每人新做了两套新衣服。

元旦快要到了，他俩提前向亲朋好友发了他们结婚的邀请，让亲朋好友来吃喜糖、喝喜酒。

被邀请的人中就有苏顺儿。苏顺儿接到邀请后，心想：俺给他俩送什么结婚贺礼呢？想来想去，还是送给他俩两句祝福的话吧！于是苏顺儿赶忙到商店去买了纸和颜料，用自己以前学的手艺，画了两幅竹板字画：一幅是"新婚幸福"，另一幅是"天长地久"。

上午，苏顺儿拿上两幅画好的竹板字画，来到张安家里，这时张安和刘小霞正在屋里收拾整理他们结婚的东西。苏顺儿对他俩说："张队长、小霞姐，你们在忙啊？你俩结婚俺也没什么好送的，就送了两句祝福话,向你们两人祝贺!那就是'新婚幸福,天长地久'。"说着,苏顺儿就把两幅竹板字画交到张安手中,张安打开竹板字画一看,说:"哟,真好看!这是你自己给俺俩画的吗?"

"是俺亲自给你俩画的,这是俺在山东老家时,跟老师傅学的手艺。"苏顺儿对张安说。

"想不到我们工程队还有艺术人才呢,画得还真不错。苏顺儿,谢谢你了!"张安对苏顺儿说,"明天你一定得来喝俺和你小霞姐的喜酒啊!"

刘小霞也对苏顺儿说:"你明天一定要来,可别忘了。"

"俺忘不了,明天俺一定来喝喜酒!你俩忙着吧,俺回去了!"苏顺儿说完,转身就迈出了屋门,刘小霞对苏顺儿说:"你别走啦,在这里吃了午饭再走吧?"

"你们这么忙,就不多打扰了,俺明天再来吧。"苏顺儿对刘小霞说完就走了。

这天,是新年,也是张安和刘小霞结婚的大喜日子。

张安的父母来了,张安和刘小霞的亲朋好友们也来了。有来贺喜的,有来喝喜酒的,他们的小院子里围满了人。

刘小霞早已在李芳的帮助下梳妆打扮好了。已到上午十点多了,她坐在食堂的女宿舍里,一直在等她哥刘小刚来送她出嫁。结果没等到刘小刚,却等来了邮递员送来的一封电报,内容是:妹小霞结婚,因你嫂子刚生孩子,不能前去送你出嫁,请你自行安排。名字落款是

"刘小刚"。

于是刘小霞就在李芳和另一位女青年陪伴下，自行走到了张安的家里。当刘小霞一进院子，那噼里啪啦的鞭炮声就响了起来。有的妇女和小孩儿指着带着红花的刘小霞说："看！新娘来了，人长得还真是漂亮呢！"

举行婚礼庆典的时间到了。主持他们婚礼的是工程队里的老工人老孙头，他大声说："各位同志、各位亲朋好友们，张安和刘小霞的结婚仪式现在开始！"

这时，噼里啪啦的鞭炮声又响了起来，在一阵鞭炮声过后，老孙头说："新郎新娘并肩站在一起，靠前站！"又对他俩说："新郎新娘！一拜天地！一鞠躬，再鞠躬，三鞠躬！"拜完天地，老孙头让张安的父母朝前落座，说："二拜高堂！一鞠躬，再鞠躬，三鞠躬！"拜完父母，老孙头又让张安和刘小霞面对面站着，说："夫妻对拜！一鞠躬，再鞠躬，三鞠躬！"就在张安和刘小霞对拜时，参加婚礼的两个小伙子故意用手按着张安和刘小霞的头，让他俩头碰头。

这时，老孙头说："在这大喜的日子，祝新郎新娘新婚幸福，早生贵子，白头偕老！"又说："新郎新娘送入洞房！"

同时，两个青年小伙子把两大盘子糖果撒向来参加婚礼的人们。新娘刘小霞被两个女青年搀扶着进了洞房，来宾好友也都坐上喜宴酒桌喝起了喜酒。

酒席上，苏顺儿因各种心情交织在一起，他喝醉了，一直喝到散席了，听到有同事对自己说："苏顺儿，喝好了吧？咱该退席回去了！"

苏顺儿说起了醉话："这是张队长和俺小霞姐的喜酒，俺苏顺儿还得喝，俺没喝醉，退啥席？"他说完，就又拿起酒瓶子对着嘴猛喝起来，没喝上几口，就醉倒在了凳子下面。同来参加婚礼的同事把他搀扶回了宿舍。

晚上，一些青年小伙子和大姑娘们，给他俩闹了一阵洞房后，就都散去了。新郎张安和新娘刘小霞也就开始了洞房花烛夜……

张安兴奋地对刘小霞说："你果然没骗俺，你刘小霞是真正的黄花闺女！"

刘小霞对张安说："你什么都不用说了，俺的一切现在都属于你张安了。"她说完，头扭向一边，两行说不出什么滋味儿的泪水流了下来……

第十章

一

苏顺儿自打从白山河遣送站回来后，依然帮陈晓兰家担水。这天下午，苏顺儿吃过晚饭，又来给陈光友家担水。当他把水倒进水缸里，正就要走的时候，陈光友对苏顺儿说："兰子快下班回来了，你等她一会儿，在这里吃了晚饭再走吧！"

苏顺儿说："二叔，俺不在这里吃了，俺刚才在食堂吃过了。"

"你既然吃过饭了，可以在这里休息一会儿再走，何必走得这么着急。"陈光友话音刚落，陈晓兰就回来了。苏顺儿看到陈晓兰说："陈护士，你下班回来啦？"

"你又给俺家担水啦？真是辛苦你了，苏顺儿，你来得正巧，今晚上咱县上放映《柳堡的故事》电影，一会儿你在这儿吃了晚饭，咱俩一块去看电影吧。"陈晓兰对苏顺儿说。

"兰子，苏顺儿说他已经吃过晚饭了，正准备要走。"陈光友对陈晓兰说。

"你不吃饭不要紧啊，你先在这里喝杯水，休息一会儿。我一会儿就吃完了，咱俩一道儿去看电影。"说着，陈晓兰倒了一碗热水端给苏顺儿。

"那行，不着急，俺等着你，你慢些吃。"苏顺儿接过热水，慢慢地喝着。等陈晓兰吃完饭后，他俩就去看电影了。

就在同时，苏顺儿的表妹王慧也想邀请苏顺儿一块儿去看电影，王慧早早得就跑来工程队的职工宿舍找苏顺儿。有人说苏顺儿出去了，王慧想着是不是苏顺儿去食堂吃饭还没回来，于是她又赶紧跑到食堂，到食堂后，她看到刘小霞正在忙着刷锅洗碗，赶忙上前问："刘大姐，你看见俺苏顺儿表哥没有？俺爹找他有事。"

"苏顺儿刚才在这里找了担水的水桶，帮县医院的陈护士家担水去了。"刘小霞对王慧说。

王慧本想通过和苏顺儿看电影，增进一下彼此的感情。怕别人知道，就打着她爹的幌子，说她爹找苏顺儿。听到刘小霞的话后，她便又急忙赶到陈晓兰家，还没进门就在门口喊："陈护士，俺苏顺儿表哥在这里吧？麻烦让他出来一下，我找他有事儿。"

"苏顺儿在这儿呢，你找苏顺儿有啥事？俺一会儿要和他一起去看电影呢。"陈晓兰走到门口对王慧说。

王慧一听陈晓兰要和苏顺儿去看电影，顿时着急了，赶紧朝屋里喊:"表哥,你快跟俺走吧!俺爹找你有事儿。"

"我好不容易弄了两张《柳堡的故事》的电影票,我刚才都和你表哥说好了,这样,让你表哥和我看完电影以后,俺马上让他去你家。"陈晓兰劝说着王慧。

"不行!俺爹找俺苏顺儿表哥有急事。"王慧还没说完,苏顺儿就走出了屋门,王慧见苏顺儿出来了,拉着苏顺儿就要走。

"陈护士,看来是挺着急的事情,俺先去俺二舅那里,咱们以后再去看《柳堡的故事》!"苏顺儿转回身来对陈晓兰说完,就跟王慧走了。

苏顺儿被王慧拉走后,陈晓兰沮丧地回到屋里,陈光友对陈晓兰说:"兰子,苏顺儿他二舅既然说是有急事来找他,也有可能是他老家来信同意你和苏顺儿谈对象了,才让他表妹来找他的,你也别着急,让他先去他二舅家看看是啥事儿吧。"听到陈光友的这番话,陈晓兰也没再说什么,闷闷不乐地坐在炕上。

二

王慧拉着苏顺儿离开了陈晓兰的家后,就往电影放映场的方向走,苏顺儿看着也不是去二舅家的方向,就问王慧:"表妹,你不是说俺二舅找俺有急事吗?你咋往这里走了?"

"俺如果不说俺爹找你有急事,陈护士会放你走吗?今天,俺也是打算和你看电影去的,你如果和她看电影,俺不就和你看不成电影了吗?"王慧对苏顺儿说着,并没有停下脚步。

　　苏顺儿眼瞅着马上快到电影放映场了,赶紧追上王慧说:"表妹,俺如果没去你家,和你去看电影,那不是欺骗陈护士吗?如果一会儿陈护士也来看电影,她看见咱俩在这里,俺咋和她说?这样不行!俺不能和你在这里看电影。"苏顺儿对王慧说完,就要离开,这时里面电影放映的声音已经响起来了,苏顺儿执意要走,被王慧挡住了去路,王慧对苏顺儿说:"表哥,你听这《九九艳阳天》唱得多好听呀!这演员也好看,你去看看就知道了。"

　　就在这时,陈晓兰走到了他们跟前,她本来决定自己来看电影的。但是却看到了站在放映场门口的俩人,气哄哄地对苏顺儿说:"你不是要去你二舅家有急事吗?你们怎么会在这里!"

　　"你生啥气,俺爹不找苏顺儿哥,是俺要找苏顺儿哥,让他和俺看电影。既然你来看电影,那俺们就不看了。"王慧感到自己的爱情受到威胁,就又拉起苏顺儿说:"咱们走表哥!咱们去俺家,俺爹有事情跟你说。"她说着,就拉着苏顺儿往岔道儿上走。

　　陈晓兰也无心进去看电影了,跟着他俩也走了出来,王慧有点不高兴地转头对陈晓兰说:"俺和俺表哥有事情,你陈护士又跟来干什么?"

　　"你王慧说你和苏顺儿有事情,有什么事情?不会回去跟你爹说你也要嫁给他吧?"陈晓兰对王慧说。

　　"咱俩现在也不要绕圈子了,不要再捉迷藏了,今晚上俺就和你陈护士'打开天窗说亮话'吧！俺王慧就是想要嫁给苏顺儿，你陈护士争不过俺的，因为他是俺表哥。"王慧对陈晓兰说。

"我陈晓兰也在这里和你王慧挑明，我也是非苏顺儿不嫁，你王慧也和我争不了。"陈晓兰对王慧说。

"好啦，好啦！你俩都别吵了，你们这样让我该如何劝说啊！"苏顺儿无奈的劝着二人，急得直挠头。

陈晓兰突然提高了音量说："我这么说有我的道理，前几天，我还听医院的王大夫说过，近亲结婚不好，苏顺儿和你是表兄妹，如果你俩结了婚，以后生的孩子大都有智力障碍，不但给你俩造成麻烦，还会对国家造成负担。"

"陈护士你不要糊弄俺，俺们不是直系的表兄妹，俺和苏顺儿结婚是可以的，俺说你陈护士是争不去俺表哥的，俺也有俺的道理。俺不跟你陈护士在这里说了，走！表哥，咱们去俺家，俺爹有事情对你说。"王慧说完，就要拉着苏顺儿走。

陈晓兰赶紧对着苏顺儿说："你帮我家担水的那水桶，还在我家，明天苏顺儿别忘了，你还要帮我家担水。"

苏顺儿来不及回答陈晓兰，就被王慧拉着走远了。

三

长白山区的冬天，县房屋建筑工程队早就不施工了。每年到这个时候，也没什么活儿了，他们就帮着粮库收购粮食，主要是把每天收购来的玉米倒入粮库的粮囤里，也就是干一些扛麻袋的体力活儿。

虽然苏顺儿一到冬天就经常犯胃病，但为了山东老家的父母，为了自己的生计，他不管再苦再累，每天还是坚持去扛麻袋。刚开始，工友们让他扛一百八十斤的袋子，后来锻炼了一段时间，才让他扛二百斤的。这二百斤的麻袋虽然能扛了，但他还是很吃力，每天干完活儿都是筋疲力尽的。

一天，工友方建平看到苏顺儿扛麻袋很是吃力，就说："苏顺儿你扛不动二百斤的袋子，你就扛一百八十斤的嘛！看你走得不稳，再从搭的独木桥板上摔下来，会出大问题的。"

"俺再坚持几天看看，到时候实在扛不动了，俺再换成一百八的。"苏顺儿对工友方建平说。

又有一位工友在一旁同其他工友小声嘀咕说："这苏顺儿也是，身体干不了就别干了，扛不动二百斤的麻袋，就扛一百八十斤的嘛！你说他逞这个强干什么！"

可能别人说这话是好意，并没有什么恶意，可这话让苏顺儿听到了，认为别人是在嘲笑他，心里还嘀咕着："俺就是不服，俺肯定比你们强"。

等到大家吃过午饭，都在一起休息时，苏顺儿开玩笑地对一些工友挑衅说："谁说俺苏顺儿扛二百斤的麻袋是逞强呢？谁不服气咱就摔跤试试，看谁逞强？"

这时，有个工友小伙子跳出来说："我说你不行就是不行，你逞什么能？我就不服气你，你不就是从冰窟窿里救出了陈老头，你当你真成了英雄了吗？谁服你？今天咱俩就摔跤试试？"这小伙子说完，很快就跑到苏顺儿跟前，扯住苏顺儿的两个胳膊，就要和苏顺儿摔跤。苏顺儿赶紧凝聚力气和他对抗，十多分钟，俩人谁也没摔倒谁。就在小伙子抽胳膊换手的那瞬间，苏顺儿瞅准了机会，抓住了他的左胳膊，向前猛劲一拽，给他来了个顺手牵羊，把那小伙子摔了个狗啃泥，大伙纷纷叫好。那小伙子不服气，又朝苏顺儿扑上来，这时苏顺儿瞬时闪到一边，又"扑通"摔倒在地上，大伙开始哈哈大笑。苏顺儿一看小伙子摔得很重，还没等那小伙子还没爬起来，赶紧上前去把他扶起来，领队的张班长看见了，走过来说："小伙子们，别摔跤了，留着你们的力气扛麻袋吧！现在都去干活儿吧。"

这二百斤的玉米麻袋，苏顺儿扛在肩上虽很吃力，但他还是颤悠悠地向装粮囤的独木桥板上走，如果不能稳稳地上独木桥板，从桥板上摔下来，后果将不堪设想。

就像这天下午，他们上班后，苏顺儿已经扛了有九麻袋的玉米了，当他又扛上一袋玉米颤悠颤悠的上独木桥板时，那个和苏顺儿摔跤的小伙子突然也迈上了独木桥板，那小伙子猛地一踩独木桥板的下头，那独木桥板一晃悠，正扛着麻袋走在独木桥板上头的苏顺儿肩膀一歪，麻袋掉在了独木桥板下，苏顺儿也差点掉了下去，他虽没掉下去，可腰却扭伤了，疼得苏顺儿头上直冒汗，这下他真的不能再扛那二百斤的玉米麻袋了。

四

当天下午，苏顺儿回到工程队，晚饭也没吃，就赶紧去了县医院，让大夫看了看被扭伤的腰。大夫给他做了检查，对扭伤的腰部位先进行了简单的牵引、按摩和针灸，又开了几贴膏药并建议他有时间的话再来医院按摩，没时间就贴膏药。

在苏顺儿刚拿了膏药准备走时，碰到了往病房走的陈晓兰："陈护士，你还没下班呀？"苏顺儿问。

陈晓兰对苏顺儿说："我一会儿就下班。怎么，你这是又病了？是犯胃病了吗？"

"俺不是犯胃病，是扛麻袋时，腰被扭伤了。这不大夫刚给俺进行了治疗。"苏顺儿接着又对陈晓兰说，"现在活儿也干不成了，大夫说让我有时间再来按摩。"

"腰扭伤了，光是按摩就要好几天才能减轻病症，你现在肯定是不能干活儿了，而且也要静养，不能来回走动。"陈晓兰对苏顺儿说。

苏顺儿一听陈晓兰说，又补充道："那可怎么办？俺也没法去给你家担水了。"

"这都什么时候了，你还想着给我家担水的事儿，你现在就快回去躺着吧，记住，可千万不要劳累，能趴着就别坐着，我明天再来看你。"陈晓兰忙对苏顺儿说，想着苏顺儿现在也遇到困难了，能帮他做点儿什么。

五

第二天中午,陈晓兰下班回家后打了点饭,又拿了苏顺儿的水桶先去担了一担水。到了苏顺儿住处后,看见苏顺儿正费力的要坐起来。陈晓兰:"苏顺儿,你快别动,快趴着吧!"

"俺这扭伤了腰,现……现在不但不能给你们担水,还给你增添了一些麻烦,俺……俺真是感到过意不去。"苏顺儿疼的说话也断断续续地。

"你就安心歇着,这几天我下班来给你打点饭,你吃了再去医院按摩。"陈晓兰对苏顺儿说着,拎着水壶就去厨屋给苏顺儿烧上水,又把饭给苏顺儿端过来。

"我看你这也挺严重的,你要去医院按摩的话有点费力,这样你赶快平趴到炕上,我抓紧给你按摩下,我还得去上班。"

"不用了陈护士,俺一会儿还是去医院吧。"苏顺儿不好意思地说道。

"你就别啰唆了,我也是护士,我也经常给病人按摩。我就当你是病人,你就当是在医院,赶快趴下吧!"

苏顺儿平趴在炕上,陈晓兰给他按摩了会儿,对苏顺儿说:"你膏药放在哪儿了,我给你贴上。你休息会儿,明天就会好很多。"

苏顺儿指了指炕琴,陈晓兰拿过来平平整整贴好,对苏顺儿说:"你感觉怎么样,好点儿了吗?"

"好多了,陈护士,你真是妙手回春。"苏顺儿开玩笑地说。

"行了，别贫嘴了。你好好歇着吧，我明天再来看你。"说罢，陈晓兰给苏顺儿倒了杯水，赶去医院上班了。

陈晓兰来了三四天，每天给苏顺儿打了饭，帮他换膏药，苏顺儿的腰伤也逐渐好了起来，俩人也忘记了那天的不愉快。

这天，陈晓兰刚到苏顺儿家，见苏顺儿起身在叠被子，忙问苏顺儿："你这怎么弯腰干活儿了？"说着放下饭，就要去帮忙。

"陈护士，你来啦，俺感觉俺已经好了，一点儿也不疼了，俺刚才翻了几个身，腰上一点儿疼的感觉都没了。"

陈晓兰对苏顺儿说："你现在下炕走走，再试一试。"

苏顺儿下了炕，在屋里来回走动了几步，又轻轻地活动了一下腰说："真的好了，也不痛了。"

"太好了，苏顺儿，一会儿你和我一起去医院，再让大夫检查一下，看那扭伤的腰恢复了没有，如果基本恢复了，俺也就放心了。"陈晓兰对苏顺儿说。

苏顺儿吃过饭，就和陈晓兰一起来到县医院，让大夫对他扭伤的腰部进行了复查，通过拍片检查，确认苏顺儿扭伤的腰部已经基本恢复正常。

苏顺儿从门诊部出来对陈晓兰说："陈护士，这几天真是太谢谢你了，又是帮我打饭，又是帮我治疗，你看我现在康复了，我得再帮你家担水，好好感谢你，也感谢陈二叔能让你这么照顾俺，俺现在就去看看陈二叔。"说着，两人就往陈晓兰家里走去。

六

这天上午，苏顺儿的二舅拿回了一小块猪肉，对金梅说："慧儿她妈，俺刚从她张大叔那里分回一块猪肉，正好咱家也好长时间没吃荤腥了，你把这肉剁一下，再掺上白菜包顿水饺吃吧。"

王慧一听，高兴地说："今天咱家包这猪肉白菜水饺吃，太好了，俺马上就和俺妈去剁馅子。"又说："爹，俺是不是再去喊苏顺儿表哥也来吃水饺呀？他可是好长时间没来咱家了。"

"那先让你妈自己包饺子，你现在就去喊他吧！他来时俺顺便问问，他老家里来信没有，看你姑夫还让不让他在这东北找对象。"王继武对王慧说。

王慧很快就来到苏顺儿的住处，听到一个工友说："苏顺儿现在是'因祸得福'啊！因为他扭伤了腰，陈护士对他很是照顾。"

听这个工友这么一说，王慧又气又急，赶忙跑向陈晓兰家。王慧一走到陈晓兰家门口就喊："苏顺儿在这里吧？请让他出来一下。"

屋门开了，陈光友拄着木棍对王慧说："苏顺儿不在俺家，俺家兰子去给苏顺儿送饭了，这也走了好一会儿了，俺不知道你表哥去哪儿了。"又接着对王慧说："你是王继武家闺女吧？是不是你爹找苏顺儿有事情？"

"俺爹喊苏顺儿表哥去俺家吃饺子。"王慧对陈光友说。

"那闺女你进来等一会儿吧，等兰子回来，你问问她。"

说话间，苏顺儿和陈晓兰进了门，苏顺儿看到王慧来了，说："表妹，你来啦？你是来找俺还是……？"

"你有些日子也不去俺家了，是不是把你二舅、二妗子，还有俺都给忘了？"王慧有些不高兴地对苏顺儿说。

"俺二舅、二妗子，还有表妹你俺都没有忘，俺这段时间腰扭伤了，亏了陈护士帮忙，刚刚去医院检查了下，已经康复了。"苏顺儿对王慧说。

"陈护士给你治的什么病？你咋不上俺家跟俺说说，俺好来看看你。"王慧看了一眼陈晓兰，又说"陈护士不会是给表哥治的相思病吧？"

"表妹，不要这么说人家陈护士，她当真是给俺治疗，每天还要担水、打饭，很是辛苦。表妹你可不能乱说啊！"苏顺儿赶忙打断王慧："表妹，今天你来找俺有什么事情？你快说。"

"不是俺找你有事情，是俺爹找你有事情。还有就是今天中午俺家包猪肉白菜水饺，俺爹和俺娘叫俺来喊你去吃水饺。"王慧对苏顺儿说。

就在这时，陈晓兰用手指着她放在炕桌上的一块猪肉说："这不，俺家今天中午也要包水饺吃。"又接着说："苏顺儿在医院里检查完，大夫看了看拍的片说他的腰基本好了，俺想苏顺儿身体刚好，今天中午给苏顺儿包顿水饺吃，让他补补身体。"

"但是你的水饺还没有包，俺上你这里来时，俺妈和俺爹早就把水饺包好了，才让俺来喊苏顺儿表哥去吃水饺。另外，俺爹还找苏顺儿表哥有事情。"王慧对陈晓兰和苏顺儿说。

"既然王继武家的水饺已经包好了，再说王继武还要找苏顺儿有事情，又让他表妹亲自来喊苏顺儿，咱今天中午就不留他了，就让苏顺儿上他二舅王继武家去吃水饺吧！等下次咱再让苏顺儿上咱家里来吃饭。"陈光友对陈晓兰说。

"那这样的话，苏顺儿你就跟你表妹去她家吃水饺吧！下次我再喊你过来吃饭。"陈晓兰不情愿地把肉拿回了厨屋。

"陈二叔，我今天就特地过来感谢您，也再次谢谢陈护士，等下次我再来看您，陪您唠嗑。"说完，苏顺儿就同王慧离开了陈光友家。

七

王慧和苏顺儿他们一进门，王慧就对王继武和金梅说："爹、娘，水饺包好了吗？俺把苏顺儿表哥喊来了。"

"水饺早就包好了，这不，就等你们俩回来后去煮水饺。"金梅指了指包好的水饺说。

"二舅、二妗子，你们辛苦了，吃饺子都想着俺，还让表妹去喊俺！"苏顺儿对王继武和金梅说。

"这不是刚忙完，就等你俩回来了。慧儿，你快去给锅里添上水，然后再给锅烧上火，等锅里的水开了，咱就可以煮水饺了。"金梅和王慧去厨屋烧水，苏顺儿就坐上炕和王继武唠起了嗑，王继武问苏顺儿："外甥，这些日子俺也一直没看见你，你去干什么活儿了？怎么也不上俺这里玩了？"

"前些日子，工程队给粮库帮着收购玉米时，俺也去了，每天去扛麻袋，因为不小心，俺的腰被扭伤了，躺了几天，今天去县医院让大夫给拍片后，大夫看了片子说俺这被扭伤的腰已经好了，二舅您不用挂念俺了，现在可以放心了。"苏顺儿回答道。

"噢，原来是这么回事！你以后在干活儿时，可要注意自己的身体。对了，你爹给你来信了吗？来信说什么了吗？"王继武又问道。

"二舅，前些日子俺爹给俺打信来了，说俺寄的钱他们收到了。俺爹在信里还说，用俺寄回家的这钱给俺弟弟订了个亲，找了个媳妇。"苏顺儿对王继武说。

"你爹还说什么了？没提你找对象的事？"王继武对苏顺儿说。

"俺爹提俺找对象的事了，有人给俺提亲，俺爹说俺不在家，不好答应人家就没同意。这次信上还是不让俺在东北找对象。"苏顺儿对王继武说。

"你爹这不是还是老观念嘛，你人都在这里了，还不让你在这里找对象。"王继武对苏顺儿说，"看来我这个红娘给你们是当不成了，前段时间，陈光友来找我，说她闺女看上了你，让我和你说一下，你要是同意，马上就和陈护士订婚。"

就在这时，王慧已经把煮饺子的水烧开了，当走进屋正准备端生饺子去煮时，就听见王继武要给陈护士当红娘的事，马上上前说了句："爹，表哥如果没同意这事的话，您就别管了，您把您自己闺女的事管好就行了。"王慧说完接着就和她妈煮水饺去了。

"二舅,俺和陈护士这门婚事,俺不是不同意,人家陈护士那么漂亮,人又善良,俺只是个临时工人,哪一点陈护士都比俺强,只是俺爹打信来不让俺在这边订婚,所以俺打算回老家的时候,再跟俺爹和俺娘亲自说一下,看俺爹和俺娘同不同意和陈护士的这门婚事,到时俺再向陈护士和陈二叔说。"苏顺儿对王继武说。

金梅和王慧娘俩在厨屋里已经把饺子煮好了,在厨屋里的金梅对王继武喊:"慧儿她爹,你把端菜的大木盘拿来,先把饺子端过去。"

于是王继武从炕上下来,赶忙去拿端菜的大木盘,就要去厨屋端饺子,苏顺儿从王继武手里要过端菜的大木盘,说:"二舅,您坐炕上,俺去端。"苏顺儿说完,就到厨房里送木盘,王慧接过木盘对苏顺儿说:"表哥,外头下大雪了,门口滑,俺来端饺子,你就去等着吃好了。"

苏顺儿对王慧说:"表妹,还是俺把饺子端过去吧!"说完,他就从王慧手中要过木盘,雪下的正紧,苏顺儿端上盛着饺子的木盘就往屋里跑,刚迈上门口第一个台阶,只听扑通一声,苏顺儿滑倒了,木盘上的碗都摔碎了,饺子也洒了一地。王慧看到了,忙上前去把苏顺儿扶起来,金梅也赶紧将地上的饺子一个个捡起来放到盘子里。

苏顺儿感到很难堪,赶忙说:"二妗子,都是俺的错,是俺没有端好。"

金梅边捡饺子边说:"没事儿,我把饺子用热水冲一冲,还可以吃，就是有些摔的破了皮儿，那些是吃不了了。"

王继武赶紧走出来对苏顺儿说。"苏顺儿没摔着吧！你这腰才刚好，别又摔坏了。吃不了饺子不打紧，锅里还有玉米饼子，不行咱们吃玉米饼子，饺子咱们以后再吃。小慧，你把锅里的玉米饼子和那盘酸菜拿来，再舀上几碗饺子汤，咱们吃饭。"

王慧很快就把玉米饼子、酸菜、炒咸菜端上了炕桌，又舀上了几碗饺子汤。金梅把最后一锅煮的两碗饺子也同时端上炕桌，没好气地说："这是最后煮的两碗水饺，慧儿她爹，你和你外甥吃吧，俺和小慧吃玉米饼子。"

"你们吃水饺，我吃玉米饼子，我可喜欢吃饼子了，还有这酸菜，一看就好吃。"苏顺儿小心翼翼地打着圆场，赶紧拿起了一块玉米饼子。

"苏顺儿表哥你是客，你就和俺爹吃这些水饺吧！俺和俺妈吃玉米饼子。"王慧夺过苏顺儿手中的玉米饼子，赶紧咬了一口。

"听我的，我们把这两碗水饺分成四碗，吃完水饺，咱再吃玉米饼子。"王继武说道，让王慧去厨屋拿两个碗，把饺子分成了四碗，递给了苏顺儿和金梅娘俩。

吃过饭，他们又聊了一会，苏顺儿看着天也不早了就说："二舅、二妗子和表妹，现在刚下了雪，路上还没结冰，俺就先回工程队去了，下次俺再来看你们。"

苏顺儿说完，就走出了王继武的家门。王慧把苏顺儿送到了大门外，苏顺儿都已经走出去了四五十米远了，一回头发现王慧还站在门口，王慧招手向苏顺儿喊："表哥，你过天再来啊。"苏顺儿答应着："好，表妹你快回屋吧"。

第十一章

一

苏顺儿在县医院住院时，结识了病友老安，老安的全名叫安民富。苏顺儿在出院前，向他展示了用竹板画字画的手艺。当时除了给医院的王大夫和陈晓兰画了竹板字画外，还给安民富画了"健康长寿"的字画。

安民富出院后，把给他画的"健康长寿"的竹板字画拿回家挂在了正屋里。这天，他二弟，也就是城关公社的书记安民生到他家来看望他，看到了挂着的竹板字画，就问他："大哥，你这幅字画是谁给画的呀？画得不错，有机会我想认识认识他，请他也给我画上一幅。"

"这幅竹板字画是我在县医院住院时，一个名叫苏顺儿的病友给俺画的，那个小伙子可好呢！"安民富对安民生说。

"苏顺儿？噢，我想起来了，是不是从冰窟窿里救出老陈头的那个苏顺儿？县广播站还报道过他的救人事迹，县委和县人民武装部还号召全县基干民兵向他学习过呢！"安民生对安民富说。

"没错，就是从冰窟窿里救出老陈头的那个苏顺儿，被苏顺儿救出的那个老陈头还是县医院陈晓兰的亲大爷。"安民富又补充道："我听说苏顺儿在干活儿时伤到了，有几天没去干活儿了，要不，我去看看苏顺儿，他要是好了我就把他喊我家里来，给你也画上一幅？"

"行啊，大哥！你干脆直接让他到公社上我的办公室找我吧，我在办公室等他。"安民生对安民富说。

安民富来到苏顺儿住的工程队职工宿舍，苏顺儿刚吃过早饭，正在洗碗，看到安民富来了，苏顺儿赶紧放下碗，擦了擦手说："老安大叔，您好啊！什么风把您吹俺这里来了。"苏顺儿对安民富说。

"我听说你干活儿时伤到了腰，过来看看你怎么样了。"安民富关心地问道。

"俺现在完全好了，老安大叔，你快到屋里坐。"

"俺不坐了，俺和你说句话就走。是这么回事，你给俺画的那幅'健康长寿'的竹板字画，俺把它挂在俺屋里，让俺二弟安民生看到了，他说你画得很好，想让我来请你也给他画字画，这不，我就来问问你有没有时间。"安民富对苏顺儿说。

"老安大叔，您说您二弟安民生，就是城关公社的安书记吧？"苏顺儿对安民富说。

"对嘛！俺二弟就是城关公社的安书记"安民富笑着回答道。

"正巧俺现在也还没上班,今天上午俺就给他画上一幅,画完我送您那里,行吧?"苏顺儿说。

"俺二弟说你今天上午如果有时间的话,让你直接去他的办公室找他,他在办公室等你。"安民富对苏顺儿说。

"行,老安大叔!俺准备准备,一会儿就去安书记那里。"苏顺儿对安民富说。

安民富走后,苏顺儿抓紧到商店里买了画竹板字画的颜料和纸,又带上竹板,一路小跑来到了公社。

苏顺儿问接待室的工作人员:"安书记在办公室吗?俺叫苏顺儿,安书记找俺有事情,麻烦您帮我问一下。"

"您先在这里等一下,俺去问一下安书记。"工作人员去问了安民生书记,回来告诉苏顺儿:"你去安书记办公室吧!他的办公室在走廊西头第二间,安书记在办公室等着你呢。"

苏顺儿走进办公室,看到安民生说:"您好,安书记!俺叫苏顺儿,是安民富大叔让俺来找您,叫俺来给您画字画的。"

"苏顺儿同志,请坐!我是看到你给我大哥画的那幅'健康长寿'竹板字画很好,才和我民富大哥说,请你来给我也画上幅,挂在我办公室里,麻烦你了。"安民生说完,给苏顺儿倒上一杯茶。

"谢谢安书记!"苏顺儿说着,赶忙从他的包里取出了纸和颜料,"安书记,俺画字画的东西都带来了,俺现在就开始给您画吧!俺想着您是一心为人民办事的,俺就给您画上这么两幅字画您看可以吗?一幅是'为民服务'，另外一幅是'福安民生'，您看怎么样？如果可以，俺就给您画。"

"苏顺儿，你想的内容真好，那就这么画吧！"安民生对苏顺儿说。

说话间，苏顺儿已经铺开了纸张，调好了颜色，不一会的工夫，就把两幅竹板字画画好了，苏顺儿对安民生说："安书记，您看看俺画的这两幅字画行不？"

"你画的这两幅真好。今天我就把这两幅字画挂在办公室的墙上，供大家欣赏。"安民生说完，又说："我听我民富大哥说，你干活儿受伤了，现在好点了吧？"

"安书记，俺已经康复了。俺上个月给粮库扛麻袋时，不小心扭伤了腰，虽然已经好了，但是扛麻袋可能不行了。明年工程队如果再盖房子，恐怕俺也不能像以前那样上房担砖、抬砖了，如果在工程队干不了重体力活儿，俺这临时工人到时候有可能被辞退，弄不好又得当盲流了，俺现在正为这事犯愁呢。"苏顺儿对安民生说。

当安书记听了苏顺儿说的情况后，说："你不要为工作的事情犯愁，你这不是还有会画字画的手艺吗？可以给人家画字画。最近公社上刚成立一个美术服务社，不知道这美术服务社还要不要人，如果还要人的话，我可以把你向美术社推荐一下。"

"那太好了，谢谢您安书记！您真是我的恩人！"苏顺儿对安民生说。

"我想帮你问问，如果行的话，我就通知你。现在你先不要和其他人说，因为具体是什么情况我还不清楚。"安民生对苏顺儿说。

二

没过几天，苏顺儿在安民生书记的帮助下，从工程队调到了城关公社的美术服务社。苏顺儿来到美术服务社后，虽不是干重体力活儿，但一点也闲不着。这美术服务社的人不多，苏顺儿去了后总共才六个人。他们大都搞工艺美术，有的画橱柜上的山水花鸟，有的画玻璃油漆画，有的给单位画牌匾，还有的给顾客画像，因为苏顺儿只会画竹板字画，其他什么都不会画，初次到美术社时，也只能是干一些杂活儿。

这天，美术服务社主任庄农对苏顺儿说："我们这个美术服务社因为刚组建不久，经济收入还不乐观，公社上安书记既然把你安排到我们这里，我们也只好接收了你。"

"庄主任，您说美术社经济收入不乐观，您每个月能给俺发多少工钱啊？"苏顺儿问庄农。

"你每月能发多少工资，现在还真不好说，先来的五个人都干了快一个月了，都还没发工钱。这个美术服务社属于自负盈亏的小集体美术服务社，每月的收入是扣除了上交国家的税收和管理费外，剩下的才给大家伙发工钱。"庄农对苏顺儿说，"你画的这类竹板字画，以前在街头上我也见过几次，现在见的也少了。我看你是不是可以带上纸和颜料，跑跑工区、林区或乡村，到那里，可能你这竹板字画的经济收入要比在美术社里强得多，你下去时，咱美术社再给你开上个介绍信，可以去试一试，卖出去的画得给人开收据，到时候好记录下来。"

苏顺儿连忙说："谢谢，庄主任。我明天去试试"。

第二天，苏顺儿吃过早饭，打扫完美术社里的卫生，就到商店里去买了些画纸和颜料，然后对庄农主任说："庄主任，麻烦您给俺开个介绍信吧，俺这次先去白山河试试。"

"行！我给你开上个介绍信，你就先去白山河试试吧！"庄农把介绍信写好了递给苏顺儿说："如果在白山河不行的话，就再去别处跑跑。"

苏顺儿想着：白山河那里工区多，工人也多，大明表哥和张娟表嫂子也都在那里，去白山河准能行。于是他就带上准备好的纸和颜料，先是去了县木材场，看看刘师傅今天有没有来运送木材，如果来了，可以顺便搭他的车去白山河。

苏顺儿刚来到县里的木材场就碰上了刘师傅，他刚卸完了车，准备回白山河。苏顺儿忙走到刘师傅跟前说："刘师傅，您现在就回白山河吗？车上不知道还搭没搭其他人呀？如果您的车子上还有空位子的话，俺想搭您的车去白山河。"

"车上还有一个空位子，这不，刘小霞也要搭俺这个车去她哥那里。俺现在准备去接她呢。你快上来一道儿走吧。"刘师傅对苏顺儿说。

刘师傅开到了工程队食堂，刘小霞这会儿还在忙着，看见刘师傅和苏顺儿来了，上前迎接他们："刘师傅、苏顺儿，你俩来了，先坐下，在这里吃午饭。"

"行！我拿上衣服，咱这就出发。"刘小霞套了个棉袄，跟着刘师傅就上了车。

三

路上，刘小霞问苏顺儿赶着去白山河有啥事儿，苏顺儿回答他现在去了美术服务社，这次去去白山河是去卖字画的。

三个人一路上有说有笑，很快就来到了白山河。他们到白山河后，先来到了二工区。

"俺好长时间没来王大明表哥家了，俺先去他家一趟，再去卖字画。"说完，又对刘小霞说："小霞姐，你是先去你小刚哥那里，还是和俺一块去大明表哥家看看？"

"俺也很长时间没去你大明表哥家了，咱们就一块儿先到你大明表哥家，俺去看一下张娟嫂子后，再去俺小刚哥那里。"刘小霞对苏顺儿说。

"好，咱们就先去俺大明表哥家！"苏顺儿对刘小霞说完，又对刘师傅说："刘师傅，后天您的车如果再去县城运送木材时，俺想再搭您的车回去行吗？"

"俺后天也想再搭刘师傅的车回去。"刘小霞对刘师傅说。

"能行！后天上午九点钟，你俩都到我家来看一下，我如果再去县城运送木材时，你俩还坐我这车回去就是了。要是我这辆车不去县城，我再帮你俩找一个车去。"刘师傅对苏顺儿和刘小霞说完，开上车就回家了。

苏顺儿和刘小霞来到了王大明家。他们还没进门，苏顺儿就喊："大明表哥在家吗？俺和小霞姐来啦！"

张娟一听是苏顺儿和刘小霞来了，就赶紧抱上孩子下炕开门，一开门就激动地说："你俩啥时候来的，还没吃饭吧？俺给你俩盛上饭。"

"俺俩在路上吃过饭了，嫂子您就不用忙了，大明表哥上班去了吗？"苏顺儿看了一眼屋里，没看见王大明。

"你表哥一早就上班去了，得到晚上才能回来。小霞，听说你们在县工程队结婚了俺和你大明表哥应该去祝贺的，但是俺在老家生孩子没回来，所以才没赶上你俩的婚礼。"

"嫂子，不是俺俩……"刘小霞的话刚一出口，就被张娟的话打断了："你这肚子有动静了吗，苏顺儿表弟你也得努力啊。"

"表嫂子，你弄错了……"苏顺儿话还没说完，张娟又说："你俩要是生个闺女，俺们是个儿子，咱们还可以做亲家呢！"

张娟刚说完，苏顺儿和刘小霞就哈哈大笑起来。张娟看着俩人，疑惑地问："你俩笑什么啊？"

"俺俩不是夫妻！"刘小霞和苏顺儿异口同声地说，刘小霞从张娟手里抱过孩子，笑盈盈地逗着他。

"表嫂子，小霞是和县工程队张安队长结的婚，没和俺结婚呀！您真的弄错了。"苏顺儿对张娟说。

"哎呀！你们看我这还想错了！俺光知道小霞妹子在工程队结了婚。俺和大明从山东老家回来后，也没再多问，一直就认为是你俩结了婚，说了半天还不是。"张娟对刘小霞说，"小霞妹子，是俺没弄清楚，你可别生俺的气。"

"您又不是外人，俺不生您的气，嫂子，来您这里也看了您和孩子了，俺得去俺小刚哥那里看看。"

"听说你小刚哥上个月回来后，总是需要出门给工区办事情，今天可能又出门了，要不，你就先过去看看，如果你小刚哥还没回来，你就再过来，陪我唠会嗑。"

"行，俺就去俺小刚哥那里了。"刘小霞对张娟说。

苏顺儿也忙说："表嫂子，俺现在已经不在县工程队了，俺已经到公社美术服务社去了。这次来白山河，一是来看看您和大明表哥，二是来卖字画，看完您俺也走了，去试试在白山河这里卖字画行不行。"

苏顺儿提起他的提包就要走，刘小霞说："苏顺儿你上哪里卖字画呀？干脆你就和俺一块到小刚哥那里去，可以在他家门口卖字画，他家门口来来往往的人多，热闹。"

"那也行！反正是第一次出来卖字画，就去那里试试。"然后又转头对张娟说："表嫂子，俺就和小霞姐一道儿走了。"

"好，那你们快去吧"张娟从刘小霞怀里接过孩子，对俩人摆了摆手。

四

刘小霞和苏顺儿就来到了刘小刚家的门口，看家的门紧锁着，就知道刘小刚又外出办事情去了。

苏顺儿对刘小霞说："小刚哥还没回来，俺就在这里卖画吧！"说完，到刘小刚邻居家借了一张方桌和一条板凳，放在刘小刚的家门口，又从自己带的长提包里取出画竹板字画的纸、颜料和画字画的竹板，都摆在方桌上。

太阳马上落山了，工人陆陆续续地下班了，但是路过的人一直无人停下来问字画，刘小霞见状就说："苏顺儿，咱把方桌和板凳还给人家吧，现在回张娟嫂子家吧？"

"咱再等一会儿，如果不行，咱就去张娟表嫂子家。"苏顺儿对刘小霞说。

眼看等了一会儿没人过问，苏顺儿就准备收拾纸和颜料往他的长提包里放，这时一位五十多岁的老工人过来问："你是画什么的？"

"俺是画竹板字画的！"

"画一幅字画得多少钱呀？"那位老工人又问。

"俺画一幅您就给两毛钱吧！您如果看不上，可以不要，不给俺付钱。"苏顺儿忙向老工人展示着自己的绘画用具。

"那你现在就给俺画一幅俺看看行不行，如果可以的话俺就要。"

那位老工人对苏顺儿说。

苏顺儿马上在方桌上铺开了一幅画字画的纸，又调好颜色，接着就在竹板上画了"工人之家"四个字。字画画好后，那位老工人对着字画左看看右瞧瞧，说："画得好，画得真好！这幅字画俺要了。"说着，就递给苏顺儿两毛钱，苏顺儿接过给的两毛钱，笑着把字画拿给那位老工人说："因为是刚画的字画，现在还不太干，大爷您可别抹了，拿回去晾干再挂。"

那位老工人走后，天也快黑了，苏顺儿把画纸和颜料收拾好，刘小霞把借来的方桌和板凳还给了邻居家，邻居还对刘小霞说："你哥如果今天不回来，可能又得三五天才能回来。"

紧接着，苏顺儿和刘小霞就又来到了王大明家。一进门，苏顺儿就对张娟说："表嫂子，俺们又来了。"

张娟问刘小霞说："你小刚哥还没回来吧？"

"他邻居说俺哥今天要是不回来，可能又得三五天才能回来。"

"你俩快帮俺把炕桌拿到炕上，咱们先吃饭。"张娟接着又问苏顺儿："有人买你的字画吗？生意咋样？"

"俺刚卖了一幅字画，赚了两毛钱呢。"虽说只卖了一幅画，但是苏顺儿心里很是高兴。

张娟一边抱着孩子一边去拿刚做好的玉米饼子，刘小霞赶忙说："嫂子，您抱着孩子不方便，俺来拿饭菜，您坐炕上就是了。咱们不等大明表哥回来一块儿吃吗？"

"还不知道大明他啥时候回来,我给他留了饭,咱们先吃吧。"张娟对刘小霞和苏顺儿说。

他们刚坐下吃饭,王大明就下班回来了。张娟见王大明下班回来了,说:"你快洗洗手,赶紧吃饭,你来得真是时候,俺们刚坐下。"

"呀!你们俩啥时候来的?结了婚很长时间了吧?"王大明对刘小霞和苏顺儿说。张娟赶忙给王大明解释刘小霞是和张安结的婚,又说因为这事儿,今天还闹了笑话。

王大明边吃饭边对苏顺儿和刘小霞说:"你俩好长时间没来了,这次既然来了,就在这里多住几天,俺这炕也大,也能睡得下你们。"王大明说着,急急忙忙吃完饭对张娟说:"俺工区木材厂人家急着要一批加工的木材,今晚上俺还要加夜班,可能又得干到明早八九点钟才能回家,早上不要等俺吃饭,俺干完活儿可能就在木材厂吃了。"

苏顺儿和刘小霞还没来得及和王大明多说话,他就穿上工作服走出了屋门。

五

一觉醒来,天已经很亮了,吃完早饭后,苏顺儿对张娟说:"表嫂子,俺得去卖字画了,今天再去试试,看看有没有人买俺的字画,如果没有俺明天就回县城去了。"

"行,你就再去试试,昨天你们去得晚,估摸今天会比昨天强。"张娟对苏顺儿说。

"嫂子，俺在这里也没事干，俺和苏顺儿一块去卖字画吧？"刘小霞收拾完了碗筷回到屋里对张娟说。

"行！你俩都去卖字画吧，苏顺儿忙不过来，你还可以给他帮忙。"说完，两人就出了门。

六

不一会，他们就又来到刘小刚家门口，刘小霞先是到邻居家又借了方桌和板凳，放在她哥的家门口，紧接着，苏顺儿从他的长提包里，取出画字画的纸和颜料摆在了方桌上，又把他早先写好的两幅竹板字画，挂在他身后的墙壁上，这两幅竹板字画一幅是"保护好森林"，另一幅是"为人类造福"。

这两幅字画挂上后，就引来了好多人观赏。有的人看了说："这画画得不错，颜色搭配得好"还有的人说："这字也写得好，方正有力。"

这时，昨天的那位老工人走过来对苏顺儿说："小同志，你今天又来卖字画啦？昨天下午你给俺画的那幅字画，俺拿回家后，家里人都说画得好。今天你再给俺画两幅，画的价格还和昨天一样是吧？"

"大爷，画的价格还和昨天一样，还是两毛钱一幅。"苏顺儿对那位老工人说，"今天您要画的两幅，是画什么字呢？"

"给俺画第一幅就是'幸福如东海'，第二幅是'寿比长白山'。"

"行！大爷。您等着，很快就好。"苏顺儿调好了颜色，铺开了画纸，画了两幅竹板字画。字画画好后，那位老工人连连叫好，拿出了五毛钱递给苏顺儿，苏顺儿这时又翻提包又找衣兜，想找一毛钱给那位老工人，可苏顺儿怎么也没找到一毛钱，那位老工人忙说："这字画你画得好，这一毛钱俺不要了。"

"大爷，俺卖字画也得讲诚信，俺原先说每幅画收您两毛钱，现在俺不能再多收您的钱。"苏顺儿对那位老工人说完，又转身对刘小霞说："小霞姐，你身上有一毛钱吗，能不能先借给俺，俺好找给这位大爷。"

"正巧，俺兜里还真有一毛钱。"于是刘小霞赶忙从衣兜里掏出来递给苏顺儿。苏顺儿接过刘小霞的一毛钱后，对那位老工人说："大爷，找给您一毛钱。"那位老工人推辞，苏顺儿还是塞到了他的手里。

苏顺儿刚给那位老工人画完字画不久，林业局的一位领导走了过来，他指着挂在墙壁上的"保护好森林，为人类造福"的两幅字画问苏顺儿："你墙壁上挂的这两幅字画卖吗？如卖的话得多少钱一幅呀？"

"卖，每幅字画两毛钱。"

苏顺儿说完，那位林业局领导便从衣兜里掏出四毛钱递给苏顺儿，苏顺儿从墙壁上把那两幅字画取了下来，拿给了那位林业局领导，临走时对苏顺儿说："小画师，希望你能多画一些保护环境的字画，这样也会起到一个很好的宣传作用嘛！"苏顺儿点了点头，朝他挥手告别。

到了中午，工人们都下班了，越来越多的人围着苏顺儿看他画字画。因为围观的人太多，这也引来了巡逻的治安员，走过来一看是苏顺儿和刘小霞，就说："又是你们两个呀，这回又让我给抓住了，你们俩现在还得跟我到遣送站去。"

"俺俩现在已经不是盲流了，俺现在是美术服务社的工人，你如果不信的话，俺这有介绍信。"苏顺儿对治安员说，又指着刘小霞说："她现在是县房屋建筑工程队的工人，也是建筑工程队队长的媳妇。她是来这里看她哥的，因为这几天她哥没在家，所以明天就准备回去了，这就是她哥家。"说着就走到刘小刚家门口，指着大门对治安员说。

七

"你们俩现在是不是盲流，需要跟我到遣送站审查了再说。如果不是盲流了，就放你们回来。"治安员对苏顺儿和刘小霞说。

苏顺儿和刘小霞听了只能收拾东西，跟着治安员往白山河遣送站走了。在路过白山河供销社门口时，正巧遇上了原遣送站的站长孙武雷下班，当孙武雷看到治安员领着苏顺儿和刘小霞走过来时，孙武雷起哄似的跟治安员说："这两个盲流又让你抓住了，这回你可别让他们再跑了。把他俩带到遣送站你给他俩好好开导开导。"

"俺现在可不敢给他们乱开导，现在遣送站的王中站长，对俺们要求可严呢！不允许俺们单独和女盲流谈话，凡是抓到遣送站的人，经过审查后，如果不是盲流，不符合盲流遣送对象的，要一律放走。俺不和你再唠了，俺得赶紧领他俩去遣送站。"说完，就带着苏顺儿和刘小霞往遣送站走去。

苏顺儿和刘小霞被领到遣送站后，治安员对王中站长说："王站长，他们两个以前被咱遣送站抓过两次，这次他俩又来白山河了，刚才在林业局二工区职工宿舍附近卖字画时，又被我抓住了。他俩说，他们现在不是盲流了，我不好判断，就把他们带来了。"

在白山河遣送站办公室里，王中站长问苏顺儿："你是哪里人，叫什么名字？现在有工作单位吗？"

"俺老家是山东的，俺叫苏顺儿。前两个月俺还是县房屋建筑工程队的临时工人，因为腰扭伤了，就干不成重体力活儿了，但是俺会画竹板字画，所以现在把俺安排到县城关公社美术服务社当画字画的临时工人。昨天，俺领导还给俺开了介绍信，让俺来白山河卖字画。今天上午，刚卖了四幅字画，就让你们把俺又抓到这遣送站来了。"说完，苏顺儿从衣兜里掏出来了介绍信，递给了王中站长。

王中站长听了苏顺儿的回答，又看了介绍信后说："苏顺儿？你是不是县委和县人民武装部号召全县基干民兵学习的那个苏顺儿？你是不是从冰窟窿里救人的那个苏顺儿呀？"

王中站长话音刚落，刘小霞就指着苏顺儿赶忙说："是的，他就是那个苏顺儿。"

接着王中站长又对刘小霞说："他的情况我了解了。你说一下你的情况吧。"

"俺老家也是山东的，俺现在是县房屋建筑工程队的临时工人，在工程队的职工食堂上班，俺丈夫是工程队队长，他叫张安。俺哥刘小刚现在也是白山河林业局二工区的工人，俺昨天来看他呢，但是他外出给他们工区办事情去了，一直没回来，现在因为没什么事干，才帮着苏顺儿在这里卖字画的。俺来时走得急，没来得及去工程队开介绍信。现在俺小刚哥也没在家，明天俺就回县城上班去了。"刘小霞对王中站长说。

王中站长听刘小霞说完，急忙拿起遣送站办公室的电话，给县房屋建筑工程队询问了刘小霞和苏顺儿的情况，通过他的了解，事实确实和他们俩说的一样。接着就对苏顺儿和刘小霞说："希望你们俩能理解我们遣送站的工作，现在通过了解，你们俩现在已经不是盲流了，我们马上就放你们回去。你们如果不想马上回县城，我们遣送站也决不再找你们的麻烦，一定会为你们提供工作上的便利，你们可以继续在这白山河卖你们的字画。"

"王站长，既然您已经同意放俺俩走了，俺俩也不去卖字画了，现在人都走光了，肯定也不会有人再来买画了。"

"那我买你一幅画可好？"王中对苏顺儿说。

"能行！王站长，俺现在就马上给您画。"苏顺儿说完，赶紧拿出画纸，调好颜色，放在王中的办公桌上，铺开画纸，画了一幅"为人民服务"的竹板字画，递给王中。王中接过字画后对苏顺儿说："这幅字画你画得真好，这可是毛主席教导我们的话，我们要牢记心中，这样才不会犯错误。"说完，王中从自己的衣兜里掏出五毛钱给苏顺儿，苏顺儿一再推辞说:"王站长,您给的太多了。"

"这五毛钱我不是给你本人的,我是给你们美术服务社的,你要是不拿,就是嫌少了。"王中对苏顺儿说。

"王站长,俺不是这个意思,俺没有嫌弃您给的钱少,但是您说这是给俺美术服务社的钱,那俺就俺卖别人的价格,收您两毛钱吧!"苏顺儿对王中说。

"我们遣送站已经耽误你一下午的时间了,多给你这三毛钱也算是一个小小的补偿吧!"王中对苏顺儿说完,接着又把这五毛钱给了苏顺儿。

苏顺儿说:"王站长,抓盲流这是你们的工作,俺可不能让您给补偿。"说完,从衣兜里拿出三毛钱交给王中,说:"请您一定要收下。"

"那好吧,你俩快走吧!不耽误你们的时间了。"王中把苏顺儿和刘小霞送到门口,看着他俩离开了遣送站。

苏顺儿和刘小霞来到了二工区的汽车司机刘师傅家门口,苏顺儿喊:"刘师傅在家吗?"这时刘师傅正在屋里吃饭,听到有人喊,就马上放下碗筷下了炕,看见俩人说:"你俩快进屋在我这里吃饭吧!"

"谢谢您刘师傅,俺俩不在您这里吃饭了,俺得马上去俺大明表哥家,俺表哥和表嫂子可能还在等俺俩呢!"苏顺儿对刘师傅说,"俺就是想问问您,明天早上您去送木材吗?俺俩能搭您的车回去吗?"

"能行!明天早上的八点钟,要到我家的门口来,咱们一块儿去木材厂,装上木材后,咱们就走。"刘师傅对苏顺儿和刘小霞说。

"好的，刘师傅您回屋里吃饭去吧！谢谢您，明天早上八点钟，俺俩一定准时来。"苏顺儿谢过刘师傅，就和刘小霞往王大明家走去。

八

张娟正热着饭，见苏顺儿和刘小霞来了："你俩回来啦，那洗脸盆里有水，快洗下手吃饭吧。"

"今天你们回来这么晚，卖画的生意应该不错吧？"张娟问苏顺儿。

"别提了！俺俩刚卖了三幅画，就又让遣送站抓去审查了一下午，这不，刚把俺们放回来。"苏顺儿对张娟说。

"这遣送站也是，这几年把你俩折腾起来没完没了地，这次没事儿了吧？"王大明说。

"不过，这新上任的遣送站站长态度还挺好，没有打俺们，他还让俺给他画了幅'为人民服务'的字画。"苏顺儿对王大明和张娟说。

"遣送站叫你给他们画字画，你问他们要钱了吗？"张娟问苏顺儿。

"开始俺没敢收他们的钱，那个王站长非要给俺，俺最后就收了他两毛钱。"苏顺儿对张娟说。

"那他肯定要给钱，不折腾你们这一下午，你们可能还能卖出去不少字画呢。"张娟没好气地说着，把饭菜端到了炕桌上。

几人吃过饭，就都早早得睡下了，第二天一早，刘小霞早起把睡得正香的苏顺儿喊了起来："苏顺儿，咱们快走吧，别让刘师傅等咱们！"

"才刚刚七点钟，来得及，你俩在这里吃了早饭再走也不迟。"张娟对苏顺儿和刘小霞说。

"嫂子，俺们就不在这里吃早饭了，您忙吧，俺们走啦！"刘小霞对张娟说，"等俺小刚哥回来后，麻烦您和他说一下，就说俺来他这里找他了，因为他不在家俺就回去了。"说完，刘小霞和苏顺儿就赶忙去了刘师傅家。

刘师傅早已经把汽车开到了他家门口。俩人上了车，跟着刘师傅就来到了木材厂，装满了一车木材。然后就往县城开去，约莫中午十二点了，三人回到了松树县县城。

第十二章

一

他们到了县城,司机刘师傅把车开到了职工食堂门口,让刘小霞和苏顺儿下了车。

苏顺儿也没有在食堂吃饭,赶紧先回到了美术服务社。

刘小霞就回到工程队职工食堂,李芳见刘小霞回来了,说:"小霞妹子,你回来了?见到你哥了吗?"

"俺这次去晚了,小刚哥他出门给工区办事情去了,俺在白山河等了一天,他也没回来。俺就没再等他,就赶紧搭着刘师傅的车回来了。"刘小霞对李芳说,"芳姐,俺前天下午去白山河前和您说过,让您和张安说一下俺去白山河的事,您跟他说过了吗?"

"俺前天晚上很晚才想起这件事,那时都快夜里十一点钟了,俺就赶紧跑过去和张安说了,说你请了两三天的假,去白山河刘小刚那里去了。张安那天晚上等你等的都着急了,俺去了之后,他还着急地问我是不是你出啥事儿了呢。"

刘小霞听李芳这么一说,脑子里轰的一阵,心中也说不出是个啥滋味,对李芳说了句:"那真是让你费心了,谢谢你芳姐。"

刘小霞去洗了手,整理好卖饭菜的案板和长桌子,先是抬了一大盆高粱米饭,接着就又从锅里铲了一大盆豆腐炒莲花白菜,抬到长桌子上,就开始卖饭了。

张安中午到食堂来买饭,看见刘小霞了,就喊:"小霞,你还知道回来呀?"说完就走过去递给了刘小霞一个饭盒、一张饭票和一张菜票,说:"给我打上一份饭菜。"

刘小霞接过张安的饭盒和饭菜票,给他打上一份饭菜,递给他饭盒时,小声地说:"俺现在正忙着给职工卖饭,有话咱们回家再说。"

刘小霞在食堂卖完饭,在食堂收拾完后,回家已经很晚了。她进屋一看,屋里弄得乱七八糟,炕上被子也没叠,吃饭的碗筷也没洗,看样子屋里也好几天没打扫了,刘小霞一进屋,先是扫了地,上炕叠了被子。她刚把一些碗筷洗干净放好,就见张安摇摇晃晃地走进了屋,刘小霞知道张安又在外面喝酒了,忙给他倒了一杯热水端给他,说:"你先喝杯水。"

二

张安接过刘小霞端给他的热水,喝了一口,生气地把茶杯摔了,说："你想烫死我然后去找苏顺儿啊！"

"张安你在胡说什么？你喝醉了，快上炕休息吧！"刘小霞蹲下身来，捡起茶杯。

"我没有醉，没醉！给我拿酒来，我还喝。"张安对刘小霞说完醉话后，就倒炕上了，不一会就睡着了。刘小霞见状去拿了条湿毛巾，搭在张安的额头上，来缓解他醉酒后的难受。等到夜里一点多了，张安忽然醒了，他一翻身，抱住刘小霞，说："李芳，你咋来了？"

"李芳？"刘小霞猛地把张安推到一边，大声说。

"你是来看俺的吗？"张安晕晕乎乎得转过身，对着墙伸了下胳膊，在空中晃了晃。

"张安！你是不是想李芳想疯了？"刘小霞大声喊起来。

这一喊，把张安直接喊醒了，张安迷迷糊糊坐起来，转身拿起手电筒一照，说："媳妇，原来是你呀！我说什么呢？说梦话了吗？"

"说没说梦话你心里明白，俺是刘小霞，不是你嘴里喊的李芳！"刘小霞愈发生气地对张安说。

张安把手电筒扔到一边，对刘小霞说："李芳咋的？她就比你懂感情！我还没说你和苏顺儿去白山河的事情，你还说起我来了，你认为你和苏顺儿在白山河做啥事我不知道？我早就听说了，你俩是旧情复发！"

刘小霞哭着对张安说："你张安不要乱说，俺咋的旧情复发啦？俺如果旧情复发，现在咋还在你的炕上？天地良心，俺和苏顺儿清清白白,刚才你抱着俺喊李芳,是从你嘴里喊出来的,你还讲不讲道理?你真是没良心呀!你的良心让狗吃了吗?"

张安听到刘小霞的话,瞬间醒酒了,他知道自己把秘密说出去了,自知理亏,就对刘小霞说:"你别哭了,俺说的是醉话,刚才俺想着是不是李芳又来说你请假的事儿,就迷迷糊糊地喊错了,你别往心里去了,赶紧睡觉吧!"说完,扭头就睡下了。

这天早晨,刘小霞煮好了玉米糊,又拿出咸菜来端到桌上,见张安起来了,也没理他,转头去食堂上班去了。

三

昨天中午,苏顺儿从白山河回到美术服务社时,美术服务社的庄主任不在,只有会计庄晓梅一个人在。苏顺儿问庄晓梅,说:"庄会计,庄主任他们都没在社里呀?"

"庄农叔和其他几个人,都下去给人家画画像去了。"庄晓梅对苏顺儿说,"你这几天去白山河画字画,那里的生意还可以吧?"

"俺这次去白山河卖字画,收益很多,为了让俺的字画开一个好头,俺这次的字画收费不高,一幅字画才收两毛钱,去白山河来回这两天多时间,虽然才卖了三块八毛钱,可是别人都夸赞俺的画好看,这远远超出这三块八毛钱的分量。"接着又说:"有一位林业局领导,还买了俺画的两幅竹板字画,当时他还夸赞俺说字画不但字的内涵好,画得也好,要让俺多画这样的好字画,还可起到很好的宣传作用。"苏顺儿面带得意地说道，心想这是他第一次出去卖字画，也是他到美术服务社后取得第一份收入，为了不让别人瞧不起他，他只是对庄晓梅谈了谈在白山河画字画，受别人夸赞的好事，不谈又被抓遣送站的事，也不说刘小霞如何帮他借方桌、板凳，一起卖字画的一些事。

虽然苏顺儿没说又被抓到遣送站，但庄晓梅听县上的人说了这件事。因为昨天下午，白山河遣送站的王中站长打电话时，向县上询问过苏顺儿和刘小霞的事，所以美术社的人都知道。但庄晓梅没再问，对苏顺儿说："你这次去白山河卖字画，经济收入虽不多，但收获也还是不少的，明天庄农叔回来时，你向他汇报一下吧。"

他俩说到这里，苏顺儿赶紧从口袋里把卖字画的钱递给庄晓梅说："庄会计，这是卖字画的三块八毛钱，俺就交给你吧？"

"行！给我吧，我给你开收据"庄晓梅收下苏顺儿的钱，给苏顺儿开了收据，递给苏顺儿说："这收据请你拿好，今天下午美术社的事情不多，你要是有自己的什么事，你就去忙吧。"

"那俺现在就到商店去看一下，看看还有没有好一点的画纸，有的话，俺准备再添一些好点的字画纸，有了好的画纸，这样价格还可以提高一点。"苏顺儿对庄晓梅说。

"你买字画纸有钱吗？你如果没有，可以从俺这里借点，回头把买纸的票据给我就行。"庄晓梅对苏顺儿说。

"俺暂时还不用拿钱，等俺看好了画纸，明天俺和庄主任汇报了之后，决定需要买多少画纸再说。"苏顺儿对庄晓梅说完，就去了商店。

四

第二天早上八点钟，苏顺儿来到美术服务社，庄晓梅早就来了，她正在打扫卫生，苏顺儿对庄晓梅说："庄会计，你这么早就来啦？你快去忙别的事儿吧，打扫卫生的活儿就交给俺吧！"

"我也是刚来，早晨刚来也没什么事，咱们就一块打扫吧！"庄晓梅说完，就和苏顺儿打扫起卫生来。苏顺儿为了表现自己，他又是擦桌子，又是擦门窗，打扫得很利索。

"苏顺儿，你回来啦？"庄农刚进门，就看见苏顺儿在忙里忙外地打扫卫生。

"庄主任，您来啦，俺是昨天下午从白山河回来的，回来俺就到社里来了，本想赶快把这几天卖字画的情况向您汇报的，结果庄会计说您出去忙了。"

"昨天晚上我回来时，晓梅已经把你跟她说的一些情况都告诉了我，说你这趟去白山河，收益不错啊。很有收获，这一点我并不否认"庄农示意苏顺儿坐下，继续说："苏顺儿啊，咱们这是一个自负盈亏的小集体单位，要讲经济收入，如果收入的很少，到月底我也不好给你发工钱。我是觉得你卖字画收费有点低，每幅字画起码也得收一块钱嘛，你想想，你要是不搭熟人的车，花钱买车票去，再除去吃饭的钱，要是这样算下来，可能还不够你画画用的材料费呢，你说是不？"

"那庄主任，等俺下次去时，再买些好一点的字画纸，将字画的价格提高到每幅一块至两块钱，您看行不？"苏顺儿对庄农说。

"行,你就照着这个路子再去试试,不管咋说,咱们美术服务社的每个人都得多赚钱,只有有好的经济收入,这美术服务社才能生存下去。"庄农对苏顺儿说,"你下一步准备再去哪里卖字画呀?有打算吗?如果再去的话我再给你开介绍信。"

"这次俺再下去,打算去矿区,到松树煤矿去,因为那里俺有亲戚,也有些熟人,准备去那个矿区试试。"苏顺儿对庄农说。

"好,我再给你开个介绍信你带着。"庄农拿起笔来又写了封介绍信,递给了苏顺儿,苏顺儿接过介绍信,整整齐齐的叠好,放在了口袋里。

这天上午,苏顺儿在县百货商店买完画字画的纸,刚要准备走时,背后有人喊:"苏顺儿你来买画纸啊?"

苏顺儿转身一看,"是你呀,陈护士!你来买什么呢?好长时间没见着你了。"

"你这当了大画家了,也不来找俺了。俺明天准备到松树煤矿去,俺光汉大爷这几天病了,我来给他买件衣服,再买两包点心,想去看看他呢。"

"这也太巧了,明天俺也去松树煤矿,刚才俺还在想,今天上午去你家,问问陈二叔有没有话要带给光汉大爷,俺好帮他带话。这见到你了,就不用再去问陈二叔了。"苏顺儿对陈晓兰说,"陈护士,你明天也去松树煤矿,你找到汽车了吗?"

"我找到车了,是我们医院陈师傅开的汽车,他明天去给松树煤矿医院送一台透视机，我搭他的车去。你找到车了吗？"

"俺原本打算今天下午去找车，要不你帮俺问一下你医院的陈师傅，看他的车上还有位置吗，如果还有位置，俺可不可以也顺便搭他的车去松树煤矿？"

"能行！我一会儿就去问一下陈师傅，到时候我告诉你。"陈晓兰对苏顺儿说，"哎对了，你下午去我家等着吧！陈师傅的车能不能搭你，我回家告诉你，吃完饭我还得马上回医院值班。"

五

苏顺儿早早得吃完晚饭，就来到陈晓兰家。见陈光友和陈晓兰正在吃饭，陈光友见苏顺儿来了说："苏顺儿你来啦？快上炕吃饭。"

"陈二叔，陈护士，你们吃吧！俺早就已经吃过饭了，不麻烦你们了。俺来问问陈护士，明天能搭陈师傅的车走不？"苏顺儿对陈光友和陈晓兰说。

"我下午在医院找到陈师傅问过他了，他说，车上还能搭一个人，他今天下午已经把车装好了，让咱们俩明天早上七点钟准时到县医院大门口来上车。"

"太谢谢你了，陈护士。俺明天早上七点钟一定准时到医院大门口。"

苏顺儿对陈晓兰说，"俺有些日子没给你家担水了，俺现在去帮你担了水后再走。"苏顺儿说完，到院子里拿起担水的扁担和两个水桶，帮陈光友担了两桶水，回来后，陈晓兰已经去医院值班了。

见苏顺儿回来了，陈光有说："来，炕上坐，陪我唠会嗑。你扭伤的腰现在好了吗？身体没有大的妨碍吧？"

"陈二叔，俺的腰现在基本恢复了健康，多亏了陈护士，现在身体才恢复得那么快。但是，俺为了预防再复发，俺就从县工程队调到美术服务社干画字画的工作了，不用再干重体力活儿了。"苏顺儿对陈光友说。

"那好啊，画字画可比出苦力要强多了。"陈光友又问苏顺儿说："最近你山东老家给你来信了吗？让你在这里找对象了吗？"

"俺山东老家前些日子给俺来过一封信，俺爹还是不让俺在这找对象，说俺要是在外面找了对象，要打断俺的腿，不让俺进家门，俺爹就不认俺这个儿了。"苏顺儿对陈光友说完又说："俺想等俺回老家探亲时，在亲自和俺爹说一说，在哪里找对象还不都一样。"

"你在这里干活儿挺好的，在这里工作、生活，就得在这儿找媳妇才行啊，回去和你爹好好说说，让他也改变改变观念。"陈光友抓了一把花生递给苏顺儿，俩人又坐着唠了会儿，看着时间不早了。苏顺儿跟陈光友告了别，就回去睡觉了。

六

第二天早上，苏顺儿一路小跑来到县医院，见陈师傅早就已经把汽车开了过来，陈晓兰也已经到了，俩人上了陈师傅的汽车，出了县城，上了盘山公路,直奔松树煤矿的方向驶去了。

下午两点多钟,陈师傅的汽车到达松树煤矿医院,陈晓兰和苏顺儿也在这里下了汽车。陈师傅对陈晓兰说:"陈护士,你今天下午回不回去?如果你还想回去的话,俺的车下午四点多钟就往回走,你还可以再坐俺的车回去。"

"我大爷这几天病了,我去看看他,可能后天才能回去。我来时已和张护士长请假了,陈师傅您回去时,麻烦您再和张护士长说一下,就说我可能得到后天回去了。"陈晓兰对陈师傅说。

"那俺就先回去了,回去俺一定转告给张护士长。"说罢,陈师傅就去找煤矿医院的人卸车去了。

陈晓兰对苏顺儿说:"你现在是先去卖字画,还是和我一块去看光汉大爷?"

"俺得和你先看了陈光汉大爷后,再去卖字画,再说俺好长时间也没来松树煤矿了,俺还得上俺王长贵表叔家去,咱们晚上可能得住在他家。"苏顺儿对陈晓兰说。

陈晓兰和苏顺儿来到松树煤矿职工宿舍找到了陈光汉。陈光汉见到陈晓兰和苏顺儿来了,惊喜地说:"兰子,你和苏顺儿啥时候到的呀?"

"我和苏顺儿坐一辆车来的,刚刚到的。大爷,听说您这几天生病了,不知道现在好点了吗?什么病啊?"陈晓兰问。

"不碍事,俺得的是重感冒,上个星期躺了几天,这几天好多了。

你俩吃过中午饭了吗？没吃中午饭的话，俺这里还有两包饼干，你们先吃点，一会儿咱再去食堂打饭吃。"

"大爷，俺们来时带了点饭，在路上已经吃过了，现在还不饿。"陈晓兰说完，就从她带的包里拿出一件羊毛衣和一件线衣，还有两包点心，"这是俺来时给您买的衣服和点心，线衣是俺给您织的，听说您有病了，俺爹让俺来看看您。"

"这羊毛衣这么贵，还是你们年轻人穿吧！我这老头子不穿这个，有身上穿的这棉袄就很好了，这两件你就拿给苏顺儿去穿吧。"陈光汉对陈晓兰说。

"大爷，这线衣我是专门给您织的，苏顺儿要穿的时候，我再帮他织就是了。"

"你兰子工作这么忙，不用再织一件了，就让苏顺儿穿这件，我看这大小，苏顺儿穿准合适。"陈光汉对陈晓兰说罢，就把毛衣拿给了苏顺儿，苏顺儿不要，陈光汉硬是把毛衣往苏顺儿手里塞，说："苏顺儿，让你拿着你就拿着，算是我收下了，又送你的。再说，你还救过我的命。"

看着俩人推推搡搡地，陈晓兰赶忙说："苏顺儿，我大爷要给你穿，你就拿着，别不好意思。"说完，又把苏顺儿放下的毛衣塞到苏顺儿的手里。苏顺儿感到很为难，来看陈大爷还收了件毛衣，诚恳地说："那这毛衣俺就拿着了，谢谢陈大爷和陈护士了。"

仨人唠了一会儿，苏顺儿起身要去王长贵家。

"陈护士，你在这里再陪陈大爷，还是和俺一块儿到采煤一队的王长贵表叔家去一趟？"

陈光汉接着说："我现在没病了，也不用别人陪了，兰子你就跟着苏顺儿到王长贵家去吧！"

七

苏顺儿和陈晓兰来到松树煤矿采煤一队职工宿舍区，他俩刚走到王长贵家门口，苏顺儿就喊："长贵表叔和表婶子在家吧？"

苗凤娇听到有人喊，就说："长贵上班去了，他不在家！"

"俺是苏顺儿啊！"苏顺儿又大声地重复一遍说。

当苗凤娇听到是苏顺儿在门外喊话时，就赶紧下炕去开门，赶忙让俩人进了屋，说："苏顺儿，你啥时候来的？这是你对象吧？这闺女长得真俊！"

"俺们今天下午两点多到的，表婶子，俺表叔上班去了？快下班了吧？"苏顺儿赶紧转移话题。

"你长贵表叔上矿井的礤子面挖煤去了，得晚上十一二点才下班。"苗凤娇对苏顺儿说，"你们俩人来的时候吃饭了吗？没吃的话俺去给你俩人热饭吃。"

"表婶子，俺们中午吃过了。"苏顺儿又指向陈晓兰说："俺还没来得及向表婶子介绍她呢，俺现在向您正式介绍一下：她是咱县医院的陈护士，名字叫陈晓兰，她亲大爷是陈光汉，也就是这煤矿上的老矿工老陈头。"

陈晓兰对苗凤娇说:"婶子,您听说过吧?他就是从冰窟窿里救出来的人就是我大爷陈光汉。"

"俺听别人说过了,他从冰窟窿里救出老陈头,说是成了大家学习的榜样,这里的人都说,苏顺儿为山东人争了光了。"苗凤娇笑着说。赶紧招呼俩人坐下。

三人热乎乎的唠了一下午,苗凤娇又做了晚饭,三人吃完后,陈晓兰看着天不早了就要回她大爷家,苗凤娇赶忙拉住陈晓兰:"晓兰,别走了,今儿你和我一起睡。这外头天又冷又黑,你一个姑娘家我不放心。咱俩再唠会儿,给我说说你们医院的故事。"

晚上,王长贵下班回来时,苗凤娇、苏顺儿和陈晓兰都还没睡着,只有王长贵的小儿子睡了,都十点多钟了,他们还在炕上唠嗑。

"表叔,您下班啦?"苏顺儿下炕迎着王长贵。

"哟,苏顺儿!你啥时候来的?"王长贵热情地上前,用他冰凉的大手拍了拍苏顺儿的肩膀。

"表叔,俺是今天下午从县城来的,俺现在调到美术服务社画画了,这次俺来松树煤矿是来卖字画的,如果在这里能行的话,俺就在这里住几天,如果不行,俺后天就回去。"苏顺儿对王长贵说。

"画画好啊,你干好了还可以当画家,就不用干体力活儿了。"王长贵对苏顺儿说罢,又看向陈晓兰说:"她是不是苏顺儿的……",还没等王长贵把话说完,苗凤娇急忙抢过话说:"她叫陈晓兰,是咱矿上老陈头的侄女,她在县医院工作,来看老陈头呢。我看他俩啊,是准备谈对象呢!"苗凤娇说着,又笑盈盈地看向苏顺儿和陈晓兰。陈晓兰红着脸没有说话,就叫了声表叔好。

等王长贵洗了把脸后,几个人就铺好床铺睡下了,夜里除了王长贵的呼噜外,整个晚上都非常安静。

八

第二天,苏顺儿和陈晓兰在王长贵家吃过早饭后,苏顺儿就要去矿上卖字画,临走时对陈晓兰说:"俺现在去矿上卖字画去了,你现在是在俺表叔家玩,还是去陈光汉大爷那里呢?"

"我去我大爷那里,顺便帮他洗洗衣服什么的。再让他帮我问问能不能帮我找辆车,我明天就回去。"陈晓兰说。

"行,那你在陈光汉大爷那里等着我吧,我卖完字画去和陈大爷打个招呼。"苏顺儿说完,走出了王长贵家。

苏顺儿提着画字画的长提包,往矿上走去。这会儿,天空已经飘起了雪花,当他走到煤矿的办公室时,雪越下越大,苏顺儿心里想:雪下得这么大,在大街上摆摊卖字画是不行了,只能到办公区试试了,看他们那些办公人员买不买字画,于是苏顺儿先是来到了松树煤矿办公室。在煤矿办公室里,苏顺儿见到办公室主任张家庚。

"张主任您好!我是苏顺儿,您还认得俺吗?"

"噢!我想起来了,前些年你刚来东北当盲流时,在这矿上干过,当过临时工人。"张家庚对苏顺儿说，"你不是被安排到县上盖房子去了吗？怎么又回来了？"

"俺现在调到公社美术服务社去了，这不，这次俺来矿上是来卖竹板字画的。"苏顺儿对张家庚刚说完，刘建进来了。张家庚对刘建说："刘矿长，您看看你还认识眼前这位吧。"

"认识，认识！这不是苏顺儿嘛！前些年，就是我把他们调到县房屋建筑工程队的。"刘建笑着看着苏顺儿，说："听县上说，这苏顺儿在那工程队干得还不错，他还从冰窟窿里救出过咱矿上的老矿工陈光汉呢！县广播站还宣传报道过他的事迹，号召大家向苏顺儿学习呢！"

"苏顺儿是从松树煤矿调过去的，也算是给松树煤矿争了光。"

"张主任您过奖了，俺只是做了一件应该做的事情。"苏顺儿谦虚地说。

刘建对苏顺儿说："你可能还不知道，张家庚他现在已经不是矿办公室的主任了，他是咱矿上的副矿长了。"又说："苏顺儿你这次来矿上做什么呢？"

"张矿长，俺不知道您已经是副矿长了，俺说的有不对的地方，您不要怪俺。"又对他们说："刘矿长，张矿长，俺这次来矿上，还要给两位矿长添麻烦。俺调到县房屋工程队这些年，一直干得很好，就在前几个月，俺干活儿时把腰伤了，干不了重活儿了。这不因为俺会画竹板字画，安民生书记就帮忙把俺安排到美术服务社来画字画了，美术服务社是个自负盈亏的小单位，美术社领导给俺开了介绍信，叫俺下来卖字画，俺这不想着松树煤矿我熟悉，就来看看。"

"你会画竹板字画？这可是一门手艺，以前你在这矿上时也没说过，我这才知道。你是啥时候来的？字画卖得咋样了？"刘建对苏顺儿说。

"俺是昨天下午来到的，因为到了就挺晚的了，俺来矿上后，先到职工宿舍去看望了陈光汉大爷，然后又去了采煤一队的王长贵表叔家。这不，今天才出来准备摆摊卖字画，但是天又下起了大雪，也就摆不成摊了，俺就来到各办公区，看看有没有人买俺的竹板字画。这不刚来就碰上您和张矿长了。"苏顺儿对刘建说。

"那苏顺儿你既然来了，就先给办公室画上两幅吧！"

"刘矿长，您看画什么字好呢？"苏顺儿问刘建说。

"咱这里是煤矿，就得贴合咱们矿上的实际情况，毕竟这字画也是一种宣传方式嘛！我看就画这么两幅，'安全生产'和'造福矿工'怎么样？。"刘建转头看向张家庚，询问他的意见。

"刘矿长，您选的这字的内涵好，准能起到宣传作用。苏顺儿，就按刘矿长说的内容画吧。"张家庚说。

苏顺儿拿出画字画的纸和颜料，赶紧调好颜色，铺好画纸，用竹板蘸上颜色就画了起来。

俩人一左一右站在苏顺儿身旁看着，不一会儿苏顺儿就画好了。

刘建看后，很满意，直夸苏顺儿是人才。

"刘矿长，咱这煤矿办公室是为矿工服务的，是矿工们的家，咱们是不是再让苏顺儿给画上幅'矿工之家'的字画？"张家庚问刘建。

"行！就让苏顺儿给画幅'职工之家'的字画。"

苏顺儿又铺开画纸，画了"矿工之家"的字画，刘建和张家庚看后，都连连叫好："画得真好！"

字画画完，张家庚对刘建说："从这办公费里给苏顺儿字画的钱吧？"

"从宣传费用里拿钱给苏顺儿。"刘建建议说。

"刘矿长，张矿长，俺就不问你们要钱了。再说，以前您两位矿长对俺苏顺儿都很好。"苏顺儿推辞道。

"这又不是你苏顺儿自己的美术社，是你们集体的，这钱矿上一定得给你。"刘建对苏顺儿说，"这三幅字画给你们美术社多少钱合适？"

苏顺儿想了想对刘建说："刘矿长。俺就每幅收您两块钱吧，总共收您六块钱就不少了。"

"这三幅字画你才收我们六块钱，你回美术社能行？"刘建对苏顺儿说。

"刘矿长，俺向你们收的这个钱没有问题，回去俺也能报得上账。"

"那张矿长，你就拿六块钱给苏顺儿。"刘建对张家庚说。

这时，张家庚迅速从他办公桌的抽屉里，拿出六块钱给苏顺儿，说："苏顺儿你带收据了吗？如果带了可以给矿上这边开个收据。"

"俺这次走得急，来的时候，俺忘了要收据，要不，俺过几天托别人把收据给您捎过来可以吗？"

刘建对张家庚说："你先把这六块钱给苏顺儿，收据好办，我明天去县上参加安全生产工作会议，到时候去美术社去拿就是了。"

苏顺儿收下了张家庚给的六块钱，连声感谢他们对自己工作的支持。接着，苏顺儿问刘建："刘矿长，您说您明天去县上参加安全生产工作会议，您坐的车还能不能再搭上两个人？如果还能搭上两个人，您看俺搭您的车回县城行不？如果给您添麻烦了，您就当俺没说。"

"你搭我的车回县城没有问题，不麻烦，正好你回到县城时，再把收据给我们。"刘建对苏顺儿说，"怎么，你还问我的车能不能再搭两个人？车上如果只搭你话，我敢保证没问题，但是现在我不知道汽车司机王师傅有没有答应拉其他人，他如果答应拉别人了，我就不好讲是否还能再搭两个人了。我虽是矿长，也不好驳了王师傅的面子。"

"我明白啦，刘矿长，这样吧，如果车上只能搭上一个人走时，俺就先让她走，因为她还赶着回县城上班呢，她是老矿工陈光汉的侄女，是县医院的护士，俺俩人一起来的，俺要是先走了也不太合适，如果实在不行，俺就晚走一天就是了。"苏顺儿对刘建说。

"行！苏顺儿你真是个热心肠，如果你俩人都能搭上车更好，要是真的车上只能搭你俩中的一个人时，你就晚一天走吧！"刘建赞赏苏顺儿说。

"刘矿长，张矿长，你们先忙吧！俺走了，再去别的地方转转。"

当苏顺儿刚迈出煤矿办公室的门，刘建又喊了声："苏顺儿，你别忘了明天上午八点过来看看车上有没有空座，有的话咱就一道儿去县城。"

"俺知道了，刘矿长！"

苏顺儿同刘建和张家庚告别后，就去了供销社和职工宿舍区等好几个地方，因为还在下小雪，所以来买苏顺儿字画的人也不多。于是，苏顺儿就去了陈光汉那里，陈晓兰见到苏顺儿回来了就问："你到矿上字画卖得怎么样？"

"比在白山河卖字画的时候强些，因为今天下雪，又不能摆摊，来往的人也很少，这字画也没卖多少。"苏顺儿有点沮丧地说。

"苏顺儿，明天你回县城吗？让熟人帮你找车了没有？"陈晓兰对苏顺儿说。

"俺找着车了，但是不确定车上有没有两个空位，如果只剩下一个空位子时，俺就让你先回县城，如果有两个空座位，咱俩人明天就一块儿回去。"苏顺儿对陈晓兰说，"陈大爷帮你找到车没有？"

"找到了，他去矿上找开车的王师傅呢，王师傅说他开的车明天去县城，他那辆车也只能让搭一个人，如果咱俩坐的不是同一辆车，弄不好得分开走。"陈晓兰对苏顺儿说。

陈光汉烧完炉子，从锅炉房那头走过来看见苏顺儿说："苏顺儿，你回来啦？还没吃饭吧？"

"俺刚回来一会儿，现在还不饿。"苏顺儿对陈光汉说，"陈大爷，您帮着找的那辆车，是哪个王师傅？是不是明天给刘建矿长开车的那个王师傅？"

"就是他，他只答应给俺一个空位，俺还想问问你找着车了吗？"

"陈大爷，您帮着找的这辆车，和俺找的这辆车是同一辆车，这还真是缘分啊。"苏顺儿拍了下手，笑着说。

"说了半天你和兰子还真有缘分，就说这找车吧，找来找去又让你俩坐在一起了，那你明天早上七点半就和俺兰子一块儿去煤矿办公室门口搭车吧！"陈光汉对苏顺儿说，"你和兰子先在这里等着，我去职工食堂给你俩买饭。"

"谢谢你陈大爷，俺俩还是去王长贵表叔那里吧，今早俺说俺俩去他家吃，现在俺长贵表叔和表婶子还在等俺们呢！俺表婶可喜欢和陈护士唠嗑了，今晚俺们就在那儿住，大爷你身子刚好，注意休息，俺们走啦。"

"路上下雪，你们俩慢些走。"

九

苏顺儿和陈晓兰来到王长贵家，因为明天要早起赶路，几个人便早早地吃完饭睡下了。

第二天一早，陈晓兰第一个起来，看到外面不下雪了，就去厨屋做了早饭，挨个叫他们起来吃饭。吃过饭，苏顺儿和陈晓兰同王长贵和苗凤娇告了别，就赶去煤矿办公室门口搭车了。

天气虽然不下雪了，但去县城的路上，有的路段积雪很厚，导致公路的路面凹凸不平，加上有的路面又滑，汽车每前进一段，王师傅都要紧握方向盘，时刻警惕着，当汽车驶上了山顶，他累得两个胳膊都酸痛酸痛的，汽车虽然快要下山了，但他的心还一直悬着。因为道路太滑，下坡时就更加难走，如果稍不谨慎，就会连车带人一块滑到山下去。刘建矿长看到汽车在这路上行驶这么困难和危险，就对开车的王师傅说："车开得越慢越好，你不要急，我也不急着去参加安全生产工作会议了。咱这车慢慢地安全到达县城，就是一次安全生产工作。"

"刘矿长，如果以后再下了这样的雪，再有重要的安全生产工作会议，您也别参加了，您不去参加，也相当于执行了安全生产工作。"王师傅对刘建说着，车已经快要到山底了，当开到下山的拐弯处时，一个急刹车，车陷进了雪窝里。这时当王师傅再次发动汽车时，汽车的轮子也只是在原地打转，一步也不往前走了。王师傅对坐在车上的所有人说："现在大家都下车吧，这车虽然走不动了，但好在车没有滚下山去，这也是我们不幸中的万幸。"又说："这车光打滑走不了，只有把车轮子底下垫上防滑的东西，在我发动汽车的时候，大家再猛地推一下车，估计就能把车开出去了。"

苏顺儿站在路上虽然冻得直打哆嗦，但是听王师傅这么一说，他赶忙把自己的棉袄脱下来，垫到汽车轮子底下，汽车"呜，呜！呜，呜！"地发动着，大家都在车后面用力地推，才把汽车推出了雪窝。王师傅那紧皱的眉头这才舒展开了，他对着苏顺儿说："苏顺儿赶紧快把你的棉袄拿起来，现在大家都上车。"拿起棉袄，他们都上了车。王师傅开上车，不一会儿就下了盘山公路，开进了县城。

刘建对苏顺儿和陈晓兰说:"安全生产工作会议可能已经开始了,我得赶过去,就不再送你俩了。"又对苏顺儿说:"现在我也顾不上去你美术社拿收据了,你回美术社后,让你那儿的会计把收据写好,等我下午明天再去美术社拿就是了。"

陈晓兰和苏顺儿谢过刘矿长和王师傅,就下了车。

苏顺儿回到美术服务社,庄主任看到苏顺儿回来,说:"苏顺儿回来啦?你这次去松树煤矿,字画卖得还可以吧?"

"这次比上次去白山河强得多,虽然字画卖得不多,可俺把价格抬上去了,每幅字画收他们两块钱,总共卖了五幅字画,收了十块钱。"又说:"只是俺给松树煤矿办公室画的三幅字画,他们问俺要收据,俺答应给他们补收据,松树煤矿的刘矿长,在县上开完了会议后,估计明天就来咱美术社拿收据。"

"这事好办,你一会儿把去松树煤矿卖字画的钱交给晓梅,让她给你开张收据。"庄农对苏顺儿说,"把字画的价格抬上去是对的,像你上次在白山河卖的字画,每幅字画才收两毛钱,这样让人家感觉咱们的画太不值钱了。如下次再去卖字画时,字画的价格能提高的话,还可以再提高一下,这才证明咱们的画是值钱的。"

"那庄主任,俺这就把这次收入的十块钱交给庄会计,让庄会计给松树煤矿办公室开张收据。"苏顺儿对庄农说完,就到庄晓梅的会计办公室去了。

第十三章

一

临近过年了,苏顺儿到美术服务社工作也快两个月了,今天他从庄晓梅那里领了十八块钱,苏顺儿觉得有点少,就问庄晓梅,说:"庄会计,你这给俺的是几个月的工钱呀?没有错吧?"

"没有错!就是十八块钱,庄农叔没有和你说吗?是他让给你按学徒工发的钱。"庄晓梅对苏顺儿说。

"俺刚来美术服务社的时候,庄农主任和俺说过,要俺在这里好好干,工钱不会亏待了俺,他也没有说按学徒工发工钱。"苏顺儿失落地说,又问庄晓梅说:"那,跟着庄主任干活儿的小王和小李的工钱是多少呀?"

"他们每月也是按十八块钱发的。"庄晓梅对苏顺儿说。

原来美术服务社也不光他苏顺儿自己,有好几个人都是发十八块钱，既然庄农主任已经这样决定了，就应该有他的道理，恐怕再去问也没啥用。苏顺儿想来想去，哎！算了，不问了，干脆过了年以后再说吧！

苏顺儿考虑到快过年了，要给山东老家的父亲寄钱。领了钱，下午就到县邮政局给他父亲寄去了二十块钱，他本想多寄些，但他身上的钱的确不多了，自己也得留下来一些过年用。

苏顺儿从县邮政局出来后，正巧遇上了下班回家的安民生，苏顺儿看见是安民生，忙对他说："安书记，您下班啦？"

"是啊，刚下班，你来邮局做啥事呢？"

"这不，快过年了，俺来给山东老家里寄了二十块钱。"苏顺儿对安民生说。

"你到咱美术服务社快两个月了吧？听说你们美术服务社，刚成立不久，经济收入还不是很好，你发工钱了吗？发了多少啊？快过年了，我想再让你给我画两幅新字画，过年挂在屋里。"

"安书记，俺发工钱了，发了十八块钱，按学徒工的工钱发的。下午您有空在办公室吧？我去给您画字画。"

"能行，你下午四点钟来我办公室好了，我到时在办公室里等你。"

下午，苏顺儿准备好纸和颜料，庄晓梅见苏顺儿又提着他那长提包要出去，就问："这么晚了你上哪里去卖字画去呀？。"

"不晚，庄会计，俺到公社去。"

二

苏顺儿来到了安民生办公室。安民生刚开完会回来，见苏顺儿来了，给他倒了杯水。

苏顺儿恭敬地接过水，问安民生："安书记，新字画您想画些什么内容？"

安民生想了想，对苏顺儿说："我们的经济现在刚好一些，群众的物质生活还不是很富余，我看就画这样两幅内容，一幅画'发展经济'，另一幅就画'国富民强'，让这字画内容每天告诫我们发展好经济，国家才能富，人民才能强，这样群众的物质生活水平才会提高。"

"好的，安书记，快过年了，俺想再建议您画上这么两幅内容的字画，一幅画'勤俭节约'，另一幅画'连年有余'，这就是让人们时刻想着要节约，过年也不能铺张浪费，才能连年有节余，生活才有保障。"苏顺儿对安民生说。

"你说的内容好啊，那就再加上这两幅！"

苏顺儿拿出绘画用的工具，先是画了"发展经济"和"国富民强"的两幅字画，因是新年画，苏顺儿用鲜艳的颜色又画了"勤俭节约"和"连年有余"。

安民生看了很满意，赞赏苏顺儿脑子活、技术高。说完，从自己身上掏出十块钱递给苏顺儿。

这时苏顺儿连忙摆手说："安书记，现在快过年了，这四幅字画是俺送您的，俺还没有感谢您帮俺安排工作，俺也没啥别的本领，这字画就当是感谢您对俺的照顾。"

安民生对苏顺儿说："你如果不是美术服务社的员工，你给我送字画我可以收下，那是朋友之间馈赠的礼物，但是现在和以前不同了，你已经到美术服务社工作了，如果我再白拿你的，那就不合适了。再说，你挣钱也不多，美术社是一个小集体单位，我一个国家工作人员不能让老百姓给我垫买字画的钱，这四幅字画钱，你们该收多少钱就收我多少，我决不会因为你收我这字画钱对你有什么看法，这你放心好了。"

"那安书记您既然都这么说了，俺也只好收下了，这四幅字画总共收您一块钱吧，收据俺让庄会计给开好后，过几天俺再给您送过来。"苏顺儿对安民生说。

"你收一块钱太少了吧？我不能让美术服务社吃亏，这样你一幅画收一块钱，一共四块钱吧。"安民生对苏顺儿说罢，就给苏顺儿手里塞了四块钱，说："你让庄会计开收据时，不要写公社买字画，收据写上我个人就是了，因为是我个人买字画，又不是让公社给报销，所以没必要写。"

于是苏顺儿收下安民生给的四块钱，回到了美术服务社。

三

苏顺儿回到美术服务社时，已经到下班时间了，大家都回家了，只有庄晓梅还在整理她的会计账目。见苏顺儿回来了便问："你回来了苏顺儿？这次去卖的字画还可以吧？"

"今天下午卖的字画，是给公社安书记的，总共卖给他四幅字画。"苏顺儿对庄晓梅说。

"卖给安书记？你收安书记的钱了吗？咋收的钱？"庄晓梅赶忙问苏顺儿。

"俺原本不打算收安书记的钱，可安书记非要给俺钱，刚开始俺只想收他一块钱，他不同意，他怕俺回到美术服务社报不了账，就非要给俺四块钱，俺当时左右为难，最后安书记让我一定收着，我就拿着了。"说罢，苏顺儿从衣兜里掏出了安民生给的四块钱，说："庄会计，给你这四块钱，你给安书记开张收据，过几天俺把收据给安书记送去。"

庄晓梅接过苏顺儿交给的四块钱，对苏顺儿说："你收了安书记的钱，我庄农叔要是知道了，肯定不会同意的，他会让你把这钱给退回去的，这四块钱我先放这里，等着问了庄农叔后，我再给开收据。"

"能行！就按你说的办，如果庄主任不让俺收安书记的钱，俺就把这四块钱再退给安书记。"苏顺儿对庄晓梅说，"庄会计，现在时间不早了，你也该下班了，俺就不在这里耽误你的时间了。"

"我把这账目整理好了，就马上就回家。你也别回去了，今天晚上你就跟我去我家吃吧，估计我妈现在已经把饭做好了。"庄晓梅对苏顺儿说。

"庄会计，你爹你妈俺一次都没见过，你一个大姑娘家领俺这小伙子去你家吃饭，俺可不好意思跟你去。等以后，俺对你家的人都熟悉了，俺再去你家吧！"苏顺儿对庄晓梅说。

"正因为你对我家里的人都不熟悉，我才让你去的，你别啰唆啦，今天你也挺辛苦，这会儿食堂也没饭了，你就去我家吃吧！"庄晓梅整理完账目，锁上抽屉，就带着苏顺儿去了她家。

苏顺儿来到庄晓梅家，庄晓梅对她爹、她妈和她妹妹介绍苏顺儿说："他是我们美术服务社的字画师，叫苏顺儿，人好、技术好，勤劳能吃苦，自打他来了美术社之后，天天帮我们干活儿打扫卫生。今天他忙活了一天，晚上到咱家来吃顿饭。"

"大叔、大婶，还有小妹你们好！"苏顺儿对庄晓梅的家人礼貌地问好。

"苏画师，那快上炕吧，饭马上就好。"庄晓梅她爹庄满仓招呼苏顺儿坐下，又对庄晓梅她妈吕文英说："文英，你再给炒两个菜，俺跟苏画师喝点儿酒。"

说着就从一个木橱里找出了一瓶"长白山老烧"拿上了炕桌，很快吕文英炒了一盘木耳和一盘白菜豆腐端上了炕桌。

"庄大叔、大婶！俺也不怎么会喝酒。"苏顺儿连忙摆手说。

"你就多少喝一点，也暖和暖和身子，咱俩人也不喝太多，就这么些酒。"庄满仓说着，就把酒倒在了两个碗里，他先端起一碗酒说："咱每个人就喝这半碗酒，喝不醉。"

苏顺儿是第一次来庄晓梅家，也不好多推辞，于是把半碗酒端了起来说:"那庄大叔,俺就不客气了。谢谢您家的饭菜!"

四

庄满仓和苏顺儿他们边吃饭边唠着,吕文英问苏顺儿说:"苏画师,你今年有多大了?结婚了吗?"

"大婶,俺二十二岁,俺还没结婚。"苏顺儿对吕文英说。

"你和俺家的晓梅、晓洁年龄都差不多,她们姊妹俩也没有找对象,都叫爹妈操心。"吕文英说着,看向庄晓梅和庄晓洁,没好气地说。

"妈,您就别说了,俺这不是没碰到一眼能相中的嘛。"庄晓洁对吕文英说。

"妈,看样子洁子着急了,您赶紧把她嫁出去吧!"庄晓梅推了一下庄晓洁,笑着说。

"姐你别瞎说,叫苏顺儿哥听了笑话咱们。"庄晓洁红着脸,低头摆弄着自己的辫子。

几个人有说有笑地吃完饭,看天不早了,准备回去了。苏顺儿就对庄满仓一家说:"今天,给你们添麻烦了,对俺这么好,谢谢你们!天不早了,俺就回去了。等改天,俺再来看叔叔、婶子。"

庄满仓也赶紧下炕要出门送苏顺儿,苏顺儿对庄满仓说:"庄大叔,外面冷,您就别出来啦!"

"爹,您在屋里吧!我去送送苏顺儿。"庄晓梅对她爹说。

庄晓梅把苏顺儿送出去有百多米远，苏顺儿对庄晓梅说："庄会计，谢谢你今天让俺上你家来吃饭，以后有需要我的时候，你随时跟我说！外面太冷了，你快回去吧。"

"苏顺儿，你以后也别叫俺庄会计了，听起来怪别扭的，你以后就叫我晓梅好了。"庄晓梅对苏顺儿说。

"好，俺走了，晓梅。"苏顺儿转身离开了。

庄晓梅还呆呆地站在那里，目送苏顺儿的背影渐渐远去，消失在夜色里。

当庄晓梅刚回到家，就听见庄晓洁跟吕文英说："我看上苏顺儿哥了，妈你撮合撮合俺俩吧。"

庄晓梅一听就急了，呵斥庄晓洁说："你着什么急，苏顺儿是我今天特地领回来让爹妈认识的。你这别不明白道理！"

"你领回来的又咋了，你刚不是说我着急嫁出去吗？那我就是着急，我先给妈说的。"

"你俩都别说啦！要是你俩都有这个意思，那这事儿就得妹妹让着姐姐。因婚姻这事不同于其他事，要是其他事情，当姐姐的必须让给妹妹。"吕文英对庄晓洁说。

"凭啥，就凭她比我先从娘的肚子里出来？"庄晓洁生气地向吕文英和庄晓洁说，说完一屁股坐在炕上，把头扭到了一旁。

"你别说了晓洁，你如果真的看上了苏顺儿的话，当姐姐的这次还是不和你争，我还可以帮你们撮合撮合。"庄晓梅坐下来劝说道。

"鬼才相信呢！你会帮我撮合？那可是'黄鼠狼给鸡拜年啊'，到头来估计就直接撮合进自己的被窝了。"庄晓洁头也不回地说。

"你姊妹俩谁也不要争了，是你的，谁也争不去，到时你俩还得听我这个当妈的。"吕文英对庄晓梅和庄晓洁说。

"你庄晓洁要是这么说了，当姐姐的还就是不让给你了，我还要把你当我的敌人！"庄晓梅狠狠扔下一句话，再没有搭理庄晓洁。

五

第二天早晨，苏顺儿来美术服务社上班，庄农见苏顺儿来了，就把苏顺儿叫到办公室说："我刚才听晓梅说，你昨天到公社给安民生书记画字画了，还收了他四块钱，你也太实在了！安书记给的钱你也要收，你想一想，咱们美术服务社以后还需不需要安书记办事情了？这么一点道理你都不懂。"

"庄主任，俺正想跟您说这件事，刚开始俺根本就没打算收安书记的钱，俺想着宁可自己把钱垫上，也不能收他的钱，可是安书记说啥也不同意，非要给俺钱，当时没办法，俺想着干脆就只收他一块钱的纸钱和颜料费吧，安书记还是不同意，他嫌俺收得太少，回到美术服务社报不上账，他硬是塞给了俺四块钱，还不让俺给开公社的收据，只让俺给他开他个人的收据，最后俺只好把这四块钱收下了。这样吧，庄主任，俺现在就去把钱退给安书记，行不？"

"你把这事情想得太简单了，你想想，你去把钱退给安书记，安书记还能再收下这个钱吗？这不是弄巧成拙吗？这事要让别人知道了，反而对安书记不好。算啦！这四块钱不退给他了，我们以后再弥补这过失吧！"庄农对苏顺儿说完，又到会计室门口喊庄晓梅："晓梅，你把安书记给的那四块钱，开张收据，让苏顺儿去把收据送给安书记！"

苏顺儿到会计室等庄晓梅开收据，庄晓梅关上会计室的门后，对苏顺儿说："苏顺儿哥，收据我马上就给你开好了，你先在这稍等一会儿，我有事儿跟你说。"

庄晓梅把开好的收据递给苏顺儿，苏顺儿接过收据问："晓梅，你要跟俺说啥事儿？"

庄晓梅小声说道："苏顺儿哥，俺再问你一句话，假如我和晓洁都想和你谈对象，你选谁？"

苏顺儿听到这话，一脸错愕，支支吾吾地回答道"这……俺真不好回答，你俩是亲姐妹，这你叫俺怎么回答。"

"那我换个问法，要是让你从我们两个人里选一个当你媳妇，你觉我们俩谁更合适？"庄晓梅有点生气地对苏顺儿说。

"那俺觉得你更合适当媳妇。"苏顺儿对庄晓梅说。

"苏顺儿哥，你如果早这样回答俺的话，俺就明白了！好了，我不耽误你的时间了，你快去给安书记送收据去吧！"

苏顺儿愣愣地站了会儿，才回过神，赶紧拿着收据走出了会计室。

六

这天，美术服务社的庄农主任来看望他大哥，吕文英见庄农来了，赶忙上前说："她叔，你可好长时间没来了，我这正想去找你，和你说个事情，你来得正好，这样我就不用再去找你了。"

"大嫂，你找我有啥事啊！有事你就尽管说。"

"二叔，是这么回事，俺妈找你是想让你给俺当红娘，要把俺嫁出去。"庄晓洁抢话说。

吕文英骂庄晓洁，说："死丫头，我啥时候说要把你嫁出去了，我说去找你二叔让他当红娘，也不是给你当红娘，要嫁人还轮不着你，应该是你姐。"

"二叔，俺妈要给你说的事儿就是让你撮合我姐和苏顺儿！"

"大嫂，你看洁子这聪明劲儿，都猜出来了。跟你说吧，这些天我也看出来了，所以今天我才过来，想和你们说说，看大哥大嫂同不同意。如果你们同意，我就再找苏顺儿问问，看苏顺儿同不同意和晓梅谈对象，如果苏顺儿同意的话，那就好办了。"庄农说。

"妈，俺和俺姐谈对象这事儿，你叫俺让给晓梅姐，不让俺和她争，俺这听你的了，话又说回来，如果是俺姐一头热，苏顺儿画师不同意和她谈恋爱的话，那她就没戏了。"庄晓洁对吕文英说完，又对庄农说："二叔，俺先跟您说好了，你问了苏顺儿后，如果他不同意和晓梅姐谈恋爱的话，您就'趁热打铁'，再帮俺问问看苏顺儿同意不同意和俺谈对象，他如果同意和俺谈对象时，二叔您马上跟俺说，俺愿意。"

"她二叔，咱就按晓洁说的办。你回美术社后，抓紧和苏顺儿谈谈，这边我再和晓梅说一下，叫她也主动一下，咱们这样两边撮合，就有可能把他俩撮合成功。他如果不同意和晓梅谈恋爱的话，你就再说让晓洁和他谈的事儿，尽量把咱庄家这俩老大难的婚事办成。"

"行，你们就等我的好消息就是了。"

庄农走后不久，庄晓梅下班回来了。庄晓洁见庄晓梅回来，对她说："姐，今天咱庄农叔到咱家来了，要给咱姊妹俩当红娘，你当姐的这回该高兴了吧？"

"晓洁你说啥？二叔来给咱俩人当红娘，我不相信，难道真的把咱俩女人嫁给一个男人？"

"就是，洁子说得对，我就是让你二叔给你姊妹俩当红娘的。"吕文英对庄晓梅说。

"妈！您咋也糊涂了，咋让我们姊妹俩嫁一个男人呀？这样能行吗？你不是早就对我俩说过，让我先嫁人，我妹后嫁人，我这当姐的优先吗？"庄晓梅哭丧着脸问吕文英。

"晓梅你想错了，这事儿是你优先，我先让你二叔去问苏顺儿同不同意和你谈对象，如果你只是一头热，你和这个苏顺儿成不了，你不能不让他跟别人谈对象吧？于是我和你二叔商量过了，如果苏顺儿不同意和你谈，就让你二叔问问他同意不同意和你妹谈，如果连洁子他苏顺儿都不同意的话，这就说明他苏顺儿看不上咱庄家人，不行就叫你二叔给他点颜色看看，怎么着你二叔也是他领导，他不能不听。"吕英文解释道。

庄晓洁开玩笑地抢话说："姐，这回就看你的本事了，你如果不行就让我晓洁去，我如果和他谈得来的话，这个男人就是我的了，你当姐的可不能生气！"

庄农从他大哥庄满仓家回到美术服务社时，苏顺儿正好也刚走到门口，庄农见苏顺儿要走了说："苏顺儿下班啦？你过来一下，等一会儿再走，我有个事情想问你一下。"

"啥事情，庄主任？"苏顺儿问。

"你现在谈对象了吗？"

"俺现在还没有谈对象，俺这当盲流混出来的人，有哪个大姑娘会跟俺。即使跟了俺，俺现在挣这点钱，也养不起人家嘛？"苏顺儿对庄农说。

"现在你挣钱少不要紧，只要你跟我好好干，我以后还可以再给你涨工钱嘛。你如果真的没有对象，我想当你的红娘，给你介绍一个姑娘，保证你满意。"

"庄主任，是谁呀？"苏顺儿对庄农说。

"我就和你直说了吧，就是咱美术服务社的会计庄晓梅。这晓梅姑娘你熟悉吧？如果你同意了的话，我就去跟晓梅说，让你们先互相接触接触，互相加深一下感情，说不定你俩人在年前还能结婚，我们大家还能喝上你们的喜酒呢。"庄农对苏顺儿说。

"庄主任，俺对庄会计很满意，她不但长得漂亮，人品也好，对俺也很照顾，但就是不知道庄会计她会不会同意？"苏顺儿对庄农说，"如庄会计同意的话，恐怕俺在年前也结不成婚，俺得给俺爹打信问一下，看他还同意俺在东北找对象了吧，因为在前段时间，俺爹给俺来信不让俺在这东北找对象，非要俺回老家找对象，说我要是找的话，就让我一辈子别回去了，这事儿我得听俺爹的。"

庄农听到苏顺儿这么说，就想俩人既然都有谈对象的意思，那困难就出在苏顺儿老家人身上了，赶忙对苏顺儿说："既然你爹对你的婚姻是这样的意见，那你就赶紧给你老家的爹打封信，开导开导你爹的老思想，让他同意你在这边找对象。"

"行，庄主任，俺下午就给俺爹打信，说说俺打算在这边找对象的事情。谢谢庄主任为俺的婚姻大事操心！"

下午，苏顺儿去邮局给他爹打完信，回到美术服务社找到庄农说："俺去邮局给老家俺爹打完信了，如果俺爹想通了，同意俺在这里找对象了，您庄主任和俺谈得事情，俺就好办了。"

"你的这个事情，暂时也只能这样了，我们都等着你的好消息！"庄农对苏顺儿说。

七

这天上午，苏顺儿的表妹王慧来到了美术服务社，她是来叫苏顺儿去她家过年的。庄晓梅不知道苏顺儿和王慧是表兄妹关系，庄晓梅见到老同学来了，高兴地说："什么风把你吹到我们的美术服务社里来了？你王慧妹子现在可还好？是不是过来买年画的？"

"是晓梅啊。哎呀，俺好啥！哪能比得上你啊，你现在是美术社的大会计，俺不是来买年画的，俺是来找你们这一个叫苏顺儿的，叫他去俺家过年。"王慧对庄晓梅说。

"你说什么？你来叫苏顺儿去你家过年，你俩是啥关系？"庄晓梅突然眉头一紧，对王慧说："王慧妹子，我和你明说了吧，现在美术服务社的庄农主任，也就是我二叔，正在给我和苏顺儿当红娘，要把我俩人撮合成一对。我看你就别瞎掺和啦！"

"晓梅姐，你说来说去，咱这多年的好同学不是成了竞争对手了吗？要说你晓梅姐和苏顺儿认识时间可没有俺俩认识的时间长。"王慧对庄晓梅说，"你晓梅姐还不知道俺王慧和苏顺儿是亲戚关系吧？俺过年把他往俺家领，是名正言顺的。"

庄晓梅问王慧说："你王慧说你和苏顺儿是亲戚关系，是个啥亲戚关系？我怎么没听苏顺儿说过呢？"

"苏顺儿和俺是表兄妹关系，俺王慧和苏顺儿谈对象要比你有优势。"王慧对庄晓梅说。

"俺得告诉你，王慧妹子，你也不要胡来，有书上的科学家说过，表兄妹不能结婚，结婚生了孩子大都不聪明，是傻子，你俩可谈不成对象。"庄晓梅吓唬王慧说。

"苏顺儿和俺又不是亲表兄妹，你不要吓唬俺。"

说着，苏顺儿从外边走进来，看见俩人正在谈话，气氛很紧张，便问王慧："表妹，你咋来了，来找我吗？"

王慧见到苏顺儿，忙换了个口气说："表哥，你咋这样问俺，俺没事就不能来看看你了吗？你到美术社当了画家了，也不来俺家看俺们了，都把俺们都给忘了？"

"你乱说啥呀表妹，俺能把你们忘了吗？你到底有啥事快说，俺还要到外面给人家画过年的字画去呢。"苏顺儿对王慧说。

"俺是来叫你去俺家过年的，俺妈说，在过年期间，你就不要再回美术社了，就住俺家，咱一家人热热闹闹地过年。"王慧脸对苏顺儿说着，眼睛又在庄晓梅身上上下打量。

"行，你回去跟俺二舅和二妗子说，就说俺到明后天就过去，过年有啥需要干的活儿，你让他们等着俺回去帮忙，别累着。"

"表哥，那你就去画你的字画吧，俺回家了！"说罢，王慧一蹦一跳地走了。

庄晓梅看着王慧的背影，又看了一眼苏顺儿，生气地跺了一下脚，回会计室了。

第十四章

一

快过年了,苏顺儿心想去二舅家过年,也不能空着手去,带东西还得托熟人购买或是到哪家食堂里去买点儿。苏顺儿想着能不能找刘小霞和李芳,买上点猪肉和白酒。于是苏顺儿来到了工程队食堂,正巧刘小霞和李芳都在食堂里,刘小霞看到苏顺儿来了,便说:"你这画家咋今天有空跑到我们这食堂里来了,这点儿是来吃饭吗?"

"俺今天不是来吃饭的,俺是想来求李芳姐和小霞姐帮个忙,在你食堂买点猪肉去俺二舅家过年。"苏顺儿对刘小霞和李芳说。

"今年过年,这工程队食堂县上给分的猪肉也不多,多了没有,能卖给你一斤!"李芳对苏顺儿说罢,对刘小霞说:"小霞,去给苏顺儿割上斤猪肉吧。"

刘小霞转身去库房给苏顺儿割猪肉去了,苏顺儿对李芳说:"李芳姐，俺给您添麻烦了。"

"不麻烦，苏顺儿你也别见外。"

刘小霞把割好的猪肉放到秤上："一斤半，芳姐，您看行不行？"

"多半斤就多半斤吧，你用报纸把猪肉给苏顺儿包起来吧。"李芳对刘小霞说。

苏顺儿接过刘小霞给的用报纸包的一斤半猪肉，按食堂的肉价付了钱。把肉放进提包里，对李芳和刘小霞说："俺走了，谢谢李芳姐！谢谢小霞姐！"说罢，就离开了食堂。

苏顺儿又来到商店，买了两瓶酒，想着买这些东西走亲戚，也算是有诚意了。苏顺儿刚把酒装好，就听见陈晓兰在身后喊："苏顺儿，你来买酒吗？正好今天遇见你了，去我家坐会儿吧，我爹这几天都在念叨你呢。"

苏顺儿想着也许久没去看陈二叔了，就跟着陈晓兰去了她家。一进门见陈光友正坐在炕上抽烟，忙对陈光友说："陈二叔，您现在身体好吧？俺好久没来看您了，过年了来看看您老人家。"说罢，苏顺儿忙从他的提包里拿出买的两瓶酒和那一斤半猪肉，放到了炕桌上。

陈光友对苏顺儿说："过年我家东西都买的差不多了，你来俺家过年就行了，还买什么东西？你挣钱又不是很多，这又让你破费了。"

"您和陈护士一直对俺这么好，俺也不知道咋报答你们才好，这是俺苏顺儿对您的一点心意。"苏顺儿对陈光友和陈晓兰说。

二

陈晓兰对苏顺儿说:"后天就过年了,你就别回去了,在我家过年就是了,正巧我还找不着人给写对联,你在这里顺便帮我们写一副对联吧。"

"能行!我回去拿张红纸再过来吧!"苏顺儿转身要走,被陈晓兰叫住。

"你不用回去拿红纸了,俺早就买了两张红纸,够用的了。"陈晓兰把买好的红纸拿给苏顺儿,说:"你现在就在这儿写对联吧!我去给你弄点饭。"陈晓兰转身去了厨屋,拿上几个鸡蛋准备给苏顺儿炒鸡蛋。

"俺写对联快,趁现在天还没黑,俺赶紧先给您担水,回来再写对联。"苏顺儿对陈晓兰说罢,找了担水的扁担和水桶,就先去担水去了。

苏顺儿回来后,陈晓兰对苏顺儿说:"你倒下水后,快洗洗手咱们吃饭!"

苏顺儿把担的水倒进水缸里后,赶紧洗了把手,就上炕吃饭了,陈光友对苏顺儿说:"苏顺儿吃完饭你就在这里住,别回去了。兰子今天值夜班不回来了,咱爷俩唠唠嗑。"

"行,陈二叔。"

陈晓兰去医院值班走后,苏顺儿先是把写对联的红纸裁好,因为陈晓兰家没有砚台,他就把墨汁倒在了一个碗里,写起了对联。不一会儿，苏顺儿就把对联写好了。为了增添一下过年的气氛，苏顺儿又给陈晓兰家画了两幅竹板字画。

陈光友拿着对联和字画仔细地在灯下看着，啧啧称赞，对苏顺儿说："真好，今年过年家里就漂亮了。"说完陈光友和苏顺儿坐在炕上唠起嗑来。陈光友一边抽烟，一边对苏顺儿说："你老家来信没有？你爹对你的婚姻大事现在是个啥意见？"

苏顺儿叹了口气对陈光友说："哎，前几次俺爹来信还是老意见，不让俺在外面找对象，让俺抓紧回老家。前两天，俺又往老家打了一封信，让俺爹同意俺在这边找对象。如果再不同意，俺就争取过了年回老家一趟，跟他当面说说。"

苏顺儿和陈光友唠着唠着，已经晚上十点多了，陈光友对苏顺儿说："时间也不早了，咱们都睡觉休息吧！被褥都在炕那头叠着，你自己拿就是了。"

苏顺儿去厨屋添了把火，回来拿了床被褥，躺下就睡了过去。

第二天早上，都快八点钟了，陈晓兰在医院值班还没回来，陈光友对苏顺儿说："兰子可能挺忙，现在还没回来，饭菜我都热好了，你到厨屋把饭菜端到炕桌上来，咱俩人先吃。"

苏顺儿赶紧去厨屋把饭菜端过来，他对陈光友说："陈二叔，咱们要不再等等陈护士一块吃？"

"咱们不等兰子了，她经常加班。快上炕吃饭，不用等了。"

吃过饭，苏顺儿把碗筷洗好，对陈光友说："陈二叔，俺先回去了，陈护士回来时，你跟她说一下俺今天就不等她回来了，俺过几天再来。"

三

苏顺儿离开陈光友的家，漫无目的地向松树县县城走，心想还去不去二舅家，不去就辜负了二舅和表妹的一片好心，因为前两天二舅还专门让表妹来喊他回家过年，况且他也已经答应了。去的话，也不能空着手去，要是东西拿少了，二妗子会看不上的，多买点东西拿着去，金梅二妗子和表妹看着也高兴，自己脸上也光彩。可是自己哪还有那么多钱呀？现在身上所有的钱，连下个月的生活费都不够了。如果再去工程队职工食堂找李芳和刘小霞，也太麻烦她们了，自己也不好再向她们开口了，他想来想去，还是得量力而行。

于是苏顺儿就在县城的街上，买了些人家炒熟的松子和瓜子，各买了一斤，用报纸包好，放在提包里提着，去了沿江屯。

苏顺儿来到他二舅家里，王慧忙着上前迎接说："表哥，你咋才来？明天就是年了。"

苏顺儿想了想不能告诉王慧他先去陈晓兰家的事儿，于是就说"这过年期间，俺的工作比较忙，今天来也耽误不了过年。"说罢，他从提包里拿出一包松子和一包瓜子，放在炕桌上。

金梅看苏顺儿来也没买啥东西，没好气地对苏顺儿说："俺家里有瓜子，你还是拿回去过年自己嗑吧！"

"咱家买的瓜子是咱家买的，苏顺儿拿来就是苏顺儿的心意，既然是心意，咋会让苏顺儿再拿回去呢！"王继武瞪了一眼金梅说。

苏顺儿心里很不是滋味，感到十分难为情。王继武看出了苏顺儿很难堪。赶紧对他说："来！还站那儿干什么，赶紧上炕来喝口水。等一会儿咱们就吃午饭，我这里还有两瓶酒，咱们一会喝。"

苏顺儿考虑再三，不想在二舅家过年了，他准备等吃了午饭后，编个理由，想办法离开二舅家。

金梅先把炒好的一盘豆腐和一盘山木耳端上了炕桌，王继武看到把菜端上来了，接着就把一瓶酒拿上了炕桌，对苏顺儿说："苏顺儿，咱们先喝酒吧"说罢，又对王慧说："小慧，你先拿两个碗来，我和你苏顺儿表哥喝酒。"

苏顺儿对王继武说："二舅，这两天俺的胃有些不舒服，俺今天就不陪您喝酒了，等俺好了，俺拿酒来和您喝。"

吃过饭，苏顺儿赶忙帮忙收拾桌子，对她们说"二舅、二妗子、表妹，俺吃好了。这过年期间，俺美术社里也比较忙，俺今天就先回去了。"

"苏顺儿表哥，你不是在俺家过年吗？咋现在就回去？"

"今天也算是过年期间，俺今天这不是也算在这里过年了吗？俺也吃好了，现在就回去了。"苏顺儿他拿起他的提包就往外走。

王继武对苏顺儿说："行，那你不忙了再过来。"

"二舅，俺知道了。"说罢，就离开了王继武的家。

四

苏顺儿哪里也没去，从沿江屯回到他住的地方，就睡起了大觉。虽然是躺在了炕上，但是他哪能睡得着，他想老家的父母了，想想这些年他来东北的每一件事，一幕幕场景，像放电影一样在他脑子里闪现，就这样度过了一个除夕之夜。

天亮了，人们都开始各家各户的拜年了，苏顺儿还躺在炕上睡觉。

突然，"砰、砰、砰"的敲门声把他吵醒了，苏顺儿问："是谁在敲门？"

庄晓梅在门外喊："是我！庄晓梅！我来给你拜年了，你咋还不快开门？你想把财神爷阻在门外嘛，不想让财神进门吗？"

苏顺儿一听是庄晓梅来了，急忙穿衣服下了炕，赶紧去打开门。

庄晓梅对苏顺儿说："你去哪啦？我从前天下午就一直找你，也没有找到你，你不是让王慧拉到她那里过年去了？咋又回来啦？"

苏顺儿为了顾及自己的面子，对庄晓梅说："俺昨天在表妹家喝年夜酒的时候喝多了，这不回来补觉了。"又说："你说你从前天下午就找俺，有啥事情呀？"

"苏顺儿哥，不是让你帮我办啥事情，是我帮你办了件好事情。前天，我给庄农叔说，都过年了，苏顺儿这个月的工钱都还没有发，上月才给你发了十八块钱，你还给老家寄去了，说你自己可能连过年的生活费都没有了。于是我就让庄农叔凑了点钱，给你们几个人把这月的工钱凑出来了，这不就马上给你拿来了。"庄晓梅继续说："我还跟庄农叔说了，说咱美术服务社每月给你的工钱太少了，不能给你按学徒发工钱，你和其他几个人不能一样，他同意了我的意见，又给你涨了四块钱，这个月给你发了二十二块钱，这是个吉利数，两两成双。"说罢，庄晓梅从身上拿出二十二块钱给了苏顺儿。

苏顺儿接过钱，高兴坏了，激动得想把庄晓梅抱起来，又克制住了，另一只手在半空中无所适从地挥舞了两下，抓着庄晓梅的手用力地握了握，说："晓梅，你可真是我的财神爷！"

"苏顺儿哥，我找你还有一个事情，是我爹妈叫俺来找你的，问你答不答应。"庄晓梅对苏顺儿说。

"答应！答应！你说的事儿我都答应！"

"好，你答应了我就和你说了，是这么回事，我爹妈考虑你一个人过年也没地方去，也没人和你在一起玩，就叫我来找你，让你今天去我家过年。"庄晓梅对苏顺儿说。

"原来是这么回事呀，就算你不说，俺一会儿也要去给庄大叔和大婶拜年的。"苏顺儿对庄晓梅说罢，又说："晓梅，你先走着，俺去找个商店买两瓶酒带上，随后就过去。"

"现在是大年初一，商店都关门了，你上哪买酒呀？你就直接去我家就行。"庄晓梅对苏顺儿说。

苏顺儿对庄晓梅说："这大年初一，怎么着俺也不能两手空空地去你家呀！"

"你放心好了，到时我跟他们说一下，就说你想要到商店去买酒，但是商店都关门了，我爹妈也不会计较的。"说完，就拉着苏顺儿去了她家。

当苏顺儿一迈进庄晓梅家的屋门时，就对庄满仓和吕文英说："庄大叔、大婶，过年好！俺苏顺儿来给你们拜年了！"

"苏顺儿，过年好！"庄满仓和吕文英一同对苏顺儿说，"苏顺儿你快炕上坐。"

庄晓洁回来了，苏顺儿又对庄晓洁说："晓洁妹妹，过年好！"

"苏顺儿哥，过年好！"

五

吕文英让庄晓梅把已经炒好的四盘菜端上了炕桌，庄满仓又让庄晓梅刷了两个酒杯，倒了两杯"长白山老烧"酒，给苏顺儿说："苏顺儿，咱俩先喝酒，一会儿饺子煮好了，咱再接着吃饺子。"

不一会儿，吕文英把饺子煮好了，庄晓梅先端来了两碗饺子放炕桌上，对苏顺儿说："快，趁热吃。"

苏顺儿喝完了酒，端起碗才吃了两个饺子，就听见门外有人喊："赵二奶奶家失火了！赵二奶奶家失火了！……"

庄满仓和苏顺儿听到有人喊失火了，就赶紧跑到了赵二奶奶家，只见赵二奶奶家的房子上浓烟滚滚。

苏顺儿赶紧跑回庄满仓家的厨屋里，提了一桶水跑出去了，一看赵二奶奶家的房门上冒出了火苗，于是苏顺儿赶忙把提的水洒到了房门边上，当苏顺儿又听到里面，有小孩的哭声和赵二奶奶的呼救声时，他没有多想，急忙从裤兜里掏出手帕捂住嘴，飞速地冲进房子里，先把赵二奶奶的孙女小花抱了出来放到安全的地方，又马上冲回去，背起赵二奶奶就往门外跑，刚跑到房子门口，门框上的木头被火烧得塌了下来，正巧砸到了苏顺儿和赵二奶奶身上，苏顺儿和赵二奶奶当场就昏倒在了房门口。就在这时，救护人员正好赶了过来，迅速把赵二奶奶、小花，还有苏顺儿抬上了救护车，拉到了县医院的急救室。

六

　　仨人被救护车拉到医院后，急救室的医护人员对他们进行了认真地检查和医护处理，过了观察期后，就转到了住院部进行治疗。

　　小花和苏顺儿伤势较轻，他俩虽是轻伤，但也得住院观察几天。因为赵二奶奶本身就是半身不遂，腿也走不了路，这次她的右腿和右胳膊有部分皮肤被烧伤了，右肩也被木头砸伤了，她的伤势要比小花和苏顺儿重得多。

　　县广播站的郑义记者来看三个人的情况，住院部王大夫对记者说："赵二奶奶的伤势重一些，但好在抢救得及时，才没有造成生命危险。小花年龄小，要是多吸入一些烟尘，怕也是有生命危险的。"又说："听说赵二奶奶和小花，是被苏顺儿从着火的房子里救出来的，多亏了有他，不然后果不堪设想。县上要好好宣传宣传这种见义勇为和舍己救人的精神。"

苏顺儿刚住进医院，郑义也不好打扰他，就只是对参与救火的一些当事人和围观群众进行了采访。庄满仓对郑义说："苏顺儿不顾自己的生命危险，冲进大火，去救赵二奶奶和小花，他真是个好青年，是非常勇敢的人，值得大家学习！"

有人说："如果苏顺儿不冲进屋里救赵二奶奶和小花，她俩估计就没命了。"还有人对郑义说："你们记者需要往县上反映反映，好好奖励奖励苏顺儿才是。"

下午，陈晓兰来值班时，才知道在烧伤的病人中还有苏顺儿，她心里咯噔一下，后来通过问询同事，才知道苏顺儿的伤势不算严重。等到陈晓兰交班后，先是根据王大夫和张护士长的安排，给赵二奶奶和小花打了针、送了药，接着才到苏顺儿住的病房。

苏顺儿见到陈晓兰就说："又是你陈护士值班啊？俺又来你这里住院了。"

陈晓兰对苏顺儿说："你放心，你的伤势不要紧，在这里住几天就可以出院了。"她边说边给苏顺儿挂上了输液的吊针。

"陈护士，俺和你说个事情，想让你在帮俺个忙，就是俺到失火的房子里，去救赵二奶奶她们时，因为着急着从裤兜里掏手帕，把裤兜里装的二十二块工钱掉出来了，现在俺连吃饭的钱都没有了，想和你借十块钱可以吗？"苏顺儿难为情地说。

陈晓兰马上从衣兜里掏出二十块钱给苏顺儿，说："我身上正好带了二十块钱，你先拿去用吧！"苏顺儿接过陈晓兰给的钱，又退给她十块钱说："俺借十块钱就行，下月俺发了工钱，马上就还给你。"

"你现在是救人的英雄，这十块钱全算我帮你的，不用你还了。"

"那可不行……"说着，苏顺儿又递给陈晓兰。

"别和我见外！你在这里安心治病吧！现在我得去其他病房看看，等一会儿我再过来看你。"陈晓兰接过钱，塞到苏顺儿病床的枕头下就离开了。

陈晓兰刚从苏顺儿的病房走出去，庄晓梅就来到了，她关心地问："你的伤势咋样，不要紧吧？"

"大夫说俺的伤势不重，过两天就能出院了，谢谢你了晓梅，还专门来看俺一趟。"苏顺儿对庄晓梅说。

庄晓梅对苏顺儿说："本来我想等一会儿再来看你的，我怕你心里着急，吃饭没钱，就马上来了。"接着说，"我发给你的那二十二块工钱，你去救赵二奶奶和小花时，是不是丢了？"

苏顺儿急忙对庄晓梅说："是啊！你咋知道俺把钱丢了？"

庄晓梅对苏顺儿说："你还记得吗？你刚到赵二奶奶家救火时，用我家的水桶去提水了，你把水泼洒到房上后，把水桶一扔，就跑进去救人了。后来，我去拿那只水桶，发现水桶下面压着一包钱，我拾起来打开一看，不就是我发给你的那二十二块钱嘛。我想着肯定是你在救火时，把工钱弄丢了，这才赶紧跑来和你说，怕你着急。"庄晓梅说着，就把那二十二块钱交回到苏顺儿的手里。苏顺儿这时不知该说什么感谢的话，就连连对庄晓梅说："感谢了，感谢了！谢谢晓梅，你又一次当了我的'财神爷'!"

七

这天,赵二奶奶和她孙女被苏顺儿救出来的事被县广播站广播出来了,群众们都称赞说:"苏顺儿这个小伙子真是好样的,记得上次他从冰窟窿里救出了老陈头,这次他又从失火的房子里救出了赵二奶奶和她孙女,他真是个好青年,是大家学习的榜样。"

苏顺儿从火灾中救人的事,县委和县人民武装部的领导知道后非常重视,先是派领导看望了赵二奶奶和她的孙女小花,又去看望了苏顺儿,赞赏了苏顺儿高尚品质。紧接着,县上还以县委和县人民武装部的名义,转发了向苏顺儿同志学习的文件,学习他见义勇为和舍己救人的精神。很快,这位山东小伙儿,一下子又成了这个县的新闻人物。

过了几天,苏顺儿出院了,他先是到赵二奶奶和小花住的病房,去看了她们。在病房照顾她们的赵二奶奶的儿媳妇张凤琴对苏顺儿说:"苏顺儿兄弟,多亏了你救了俺妈和俺娃的命,俺得咋感谢你才好呀!"又说:"俺和元发那天刚出去一会儿,就出了那么大的事,以后可不敢让小孩玩火了,屋里也不能再搁柴火了,人们常说'要穷灶火,富水缸',俺可得记住这次教训。"

正说着,赵元发走进了病房,张凤琴指着苏顺儿对赵元发说:"这是苏顺儿,就是从大火中救咱妈和小花的恩人!"张凤琴还没说完,赵元发就上前激动地抱住苏顺儿说:"苏顺儿兄弟,真谢谢你了!要不是你,俺家这次可是遭了灾了。"

苏顺儿拍了拍赵元发的背说:"不用谢俺,只要大妈和小花没事就好。"又说:"在当时那紧急关头,谁都会那样去做的。"

他们说话间,陈护士来病房送药了,她见了苏顺儿,说:"苏顺儿,听王大夫说你可以出院了,你现在感觉咋样,完全好了吧?"

"陈护士,俺现在已经完全好了,出院的手续俺也办好了,俺正想要去找你呢。"说罢,苏顺儿就把借陈晓兰的钱塞到陈晓兰手里说:"俺丢的钱找到了,谢谢你愿意借钱给我。"

"我借给你钱时,早就说过了,不用你还我了。"

"那不行,快拿着。"苏顺儿把钱又塞到了陈晓兰的手里,转身给赵大妈一家说"赵大妈,您在这好好治病,俺回去了。"

赵大妈忙说:"苏顺儿你真是好人啊,俺们一家人都不会忘了你的!元发,你去送送他。"

"赵大哥,你不用送俺了,你和嫂子在这里照顾赵大妈和小花吧!"说完,苏顺儿就离开了住院部。

第十五章

一

过了正月十五了，美术服务社的人也都下去给人家画画去了。庄晓梅看到苏顺儿回来上班了，问他："苏顺儿哥，你伤势好了吗？"又说："我庄农叔下去时说，等你回来上班了，如果还想去下边卖字画的话让我给你开介绍信带上，这介绍信上的公章，庄农叔他都给你盖好了，叫我给你写一下文字就行了。"

"我的伤全好了，谢谢你晓梅。俺回来就是想来上班的，麻烦你给俺把介绍信开好，俺就下去卖字画去了。"

苏顺儿这时离开了美术服务社，去商店买画字画用的纸和颜料去了。当他刚走出商店门口，正好碰上了县广播站的郑义记者，郑义对苏顺儿说："苏顺儿你出医院啦，你的伤势痊愈了吧？我正想找你，有个事情想跟你说呢，今天遇见你了，就不用专门再去找你了。"

苏顺儿对郑义记者说:"俺的伤完全好了,这不,俺这是来买点画纸和颜料,您找俺有啥事情?"又说:"郑记者,您不要再采访俺了,您之前已经采访过俺了。"

郑义对苏顺儿说:"你在火灾中那见义勇为、舍己救人的事迹,俺们宣传报道后,在全县各单位、各学校引起强烈反响。有的单位民兵连、团组织和学校,前几天就对俺说,等你出院后,要邀请你去给他们作报告,让你给他们讲一讲你的故事。"又说:"桦树屯小学的师生,看到我写的《苏顺儿烈火中舍己救人》的报道后,于亮校长,也是俺姐夫,前几天就找到我说,叫我帮他联系你,到桦树屯小学给他们师生作报告。"

"听你的,郑记者。俺自己去合适吗?您今天有空吗?要不咱们一起去?"

"你给师生们作报告,也是对师生们的一种教育,咋会不合适?县上要是知道了,肯定会支持你这样做的。"说着他们就走出了商店,往桦树屯小学走去。

一路上他们边走边唠。苏顺儿问郑义:"郑记者,俺去主要是讲讲俺从失火的房子里救出两个人的事情就行是吧?"又说:"俺给学校的师生们讲完话后,可不可以顺便向他们卖俺的字画?因为这是俺的工作,今天我本是准备出来卖字画的,如果没有完成工作,回去也不好交代。"

"你去给桦树屯小学师生们作报告的时候,可以谈谈你当时到烈火中救人的感想，为啥要去救人？想没想万一自己被烧死咋办，你的报告作完后，我再采访一下学校的师生们。你刚才说，你给桦树屯小学作完报告后，再卖字画的事情，也是可以的，到时我再和于校长说一下，我相信他是会支持你的工作的。"

说话间，很快就来到了桦树屯小学。

二

于校长见郑义带着苏顺儿来桦树屯小学了，于亮对郑义说："你这记者又来我们这里采访啦？这位是……？"

郑义这时先指着于亮对苏顺儿说："他就是桦树屯小学于亮校长。"又指着苏顺儿对于亮说："姐夫，他就是你让俺联系的在烈火中舍己救人的英雄苏顺儿，也是美术服务社的画工师。"

于亮听后，马上亲切地和苏顺儿握手，说："欢迎你啊！欢迎你这位英雄来给我们学校师生作报告。"

郑义对于亮说："姐夫，你们师生现在都上着课吧？你如果好安排时间的话，下一节上课的时候，是否让苏顺儿同志给你们师生作报告？"

"能行，下一节课上课的时候，正巧也是上政治课的时间，到时候让苏顺儿同志给学校全体师生作报告。"说罢，于亮就倒上了两杯热水端给了苏顺儿和郑义说："你俩人先喝着水，一会儿就安排苏顺儿同志到教室去，给全体师生作报告。"

很快，上课时间就到了，桦树屯小学全体师生都坐在教室里。学生坐在前面，老师们都坐在教室的后面，讲台上面又放上了三张长方桌，左边坐着于亮校长，右边坐着郑义，苏顺儿坐中间的那张桌子。

于亮校长先主持报告会说："各位老师和同学们，今天咱们学校邀请了苏顺儿同志来给咱们作英雄事迹报告，希望各班级的老师和同学们认真听，认真记，现在欢迎苏顺儿同志给我们作报告。"

这时，苏顺儿站起来，给全校师生深深地鞠了一躬，又坐下来说："桦树屯小学的于校长和全校老师和同学们，你们好！于校长邀请俺来给大家作报告，俺也不会作报告，就和大家一起说说话，唠唠嗑吧！俺老家是山东沂蒙老区的，俺的大名叫苏顺儿，俺来到这几年里，建过房子，当过煤矿工人，现在是城关公社美术服务社的临时画工。现在俺就说说救人的事情，前两年，俺到江边担水，发现老陈头滑进了冰窟窿里，那时俺一两步窜上去抓住了老陈头，把他从冰窟窿里救了上来，救了他一命。这是俺干过的第一件救人的事情。俺再说说大年初一那天，去救赵二奶奶和她孙女小花的事情，那天俺正在吃饭，刚端起碗才吃了一口，就听到门外有人喊赵二奶奶家失火了，俺听到后啥也没多想，就立即放下碗，提了桶水跑出去，刚把水泼洒到失火的房门上，就听到屋里赵二奶奶和小花的哭喊声，当时情况紧急，俺也没考虑别的，就赶紧冲进失火的屋里，先把小花抱出来，把她放到远离大火的空地上，又冲进屋里背起赵二奶奶就朝门外跑，刚跑到失火的屋门口时，屋门上面烧断的木头塌了下来，把俺和赵二奶奶砸倒在了门口，俺那时已经昏了过去，啥也不知道了。后来听说，大伙儿把赵二奶奶、小花和俺都抬上了救护车，拉到了县医院。当时救人时，俺真没觉得有多危险，就想着进去救人，能救一个是一个，再说俺听到了哭喊声，就说明人暂时还没有生命危险，既然是这样，那就更要尽力去救了。"

最后，苏顺儿又说："于校长、郑记者、全校老师和同学们，俺苏顺儿现在讲完了，讲的有不对的地方，请大家批评指正。"

这时教室内响起了一片热烈地掌声。

于亮校长说："谢谢苏顺儿同志为我们全校师生作了一场感人的报告，要学习他'见义勇为、舍己救人'的精神！"

"听了苏顺儿同志的报告，我也很感动，让我又有了写两篇好新闻报道的材料。"郑义跟着大家一鼓掌，并做好了记录。

三

苏顺儿给桦树屯小学作完报告，把郑义叫到一旁对他说："郑记者，现在时间不早了，麻烦你帮俺问一下于校长，看他们买不买俺画的竹板字画？如果买的话，俺给他们画幅。不买的话，俺就走了。"

郑义走到办公室对于亮说："姐夫，有个事情想请你帮忙，苏顺儿同志还有另外一个任务，他来你们学校之前，他美术服务社领导让他去卖他的竹板字画，他刚去商店买了材料就让我把他喊到你学校作报告来了，我和他说在学校作完报告后，可以顺便卖字画，于是他就来了。如果学校需要的话，可以让苏顺儿给你们画上几幅。"

于亮对郑义说:"能行!就让苏顺儿同志给我们学校画两幅吧!"

郑义把苏顺儿叫到学校办公室,说学校要买两幅字画。苏顺儿听了很高兴,拿了画具就来到办公室,问于亮:"于校长,您看给学校画个啥内容的字画呢?"

"我看就画'尊师爱生'和'教育为先'这两幅字画吧!"于亮对苏顺儿说。

苏顺儿这很快就画好了,又拿起一叠报纸扇了扇风,画干了后,苏顺儿拿给于亮看:"于校长,您看这样行吧?"

"画得真不错这两幅字画得需要多少钱啊?"

苏顺儿对于亮说:"俺在松树煤矿等地方每幅收的都是两块钱,您这里是学校,俺就少收点吧!。俺就每幅收您一块五毛钱,两幅共收您三块钱吧!"

于亮觉得花三块钱买两幅字画有点贵了,但字画已经画好了,他又不好意思说他不要了,于是拿出三块钱交给了苏顺儿,说:"苏顺儿同志,你如果带收据了的话,还麻烦你给我们学校开个收据。"

苏顺儿收下于亮给的三块钱后,对于亮说:"于校长,俺这次来你们学校走得急,没有带收据。"

"苏顺儿同志,你回去开收据吧,然后把收据给我,我下次捎过来"郑义说。

"那麻烦你了,郑记者。时间也不早了,咱们回县城吧!"

郑义和苏顺儿离开了桦树屯小学,往县城走去。

四

第二天上午，苏顺儿来美术服务社上班时，庄晓梅见苏顺儿来了，说："苏顺儿哥，你昨天去桦树屯小学作报告了吧？我今天早上在广播里听到了你作的报告了，你的报告讲得可好啦！"

苏顺儿对庄晓梅说："俺昨天下午给桦树屯小学作完报告后，又卖给他们学校两幅竹板字画，俺收了他们总共三块钱，他们向俺要收据，俺说俺今天让你把收据开好后，俺再交给县广播站的郑义记者，让郑义记者去他们学校采访时再转交给于校长。"苏顺儿说罢，就把在桦树屯小学卖字画收的三块钱交给了庄晓梅，说："给你卖字画的这三块钱，给他们开张收据，缴款单位需要写桦树屯小学。"

不一会儿，庄晓梅就把收据开好了，又把一封信交给苏顺儿，说："给你，你山东老家来的信，昨天下午邮递员送来的。"

"今天咋没见到庄农主任，他又下去画画去了吗？"苏顺儿对庄晓梅说。

"庄农叔今天去公社了，说安民生书记有重要事情找他。"庄晓梅对苏顺儿说，"苏顺儿哥，你可打开信看一下，看看你爹还让不让你在这里找对象？"

苏顺儿正准备拆信，见庄农回来了，苏顺儿赶忙对庄农说："庄主任，您回来啦？俺过来让庄会计给开收据，昨天俺在桦树屯小学卖了三块钱的字画钱，他们学校要收据。庄主任您先忙，俺把刚开的收据去交给县广播站的郑义记者，好让他把收据转交给学校。"说着苏顺儿就要走。

"苏顺儿！你先别急着走，我有话要和你说，就是我们美术服务社自成立以来，经济收入很差，每月的收入都没办法给你们几个人发工钱，今天安民生书记和我谈了，如果实在不行就把美术服务社暂时撤消或是改行干别的，等条件成熟了再成立美术服务社。于是我就听了安书记的意见，干脆先把美术服务社撤了算了。"庄农对苏顺儿说。

苏顺儿一听，着急地说："如果把美术服务社撤了，那美术服务社的这些人员上哪里去呀？"

"安书记说了，一是自谋职业，自己改行干别的，对于你来说，可能是喜，也可能是忧。安书记还说，你虽然是个临时工，但你苏顺儿现在是县上的新闻人物，各单位还都在学习你呢！所以让你暂时在家待着，公社上说尽量帮你安排个活儿干。"庄农对苏顺儿说完，又对庄晓梅说："晓梅你这几天把账目整理一下，凑多少钱算多少钱，先把苏顺儿他们几个人的工钱给他们发了，如果钱不够时，你和我的工钱可以暂时先不发，等把账目彻底整理完了以后再说。"

庄晓梅给苏顺儿他们几个人，发了美术服务社的最后一次工钱，苏顺儿和几个工友也都离开了美术服务社。苏顺儿离开美术服务社后，一时不知道该怎么办了，于是苏顺儿先是退了那间旧草房，背上行李，提上他的长提包，来到了他二舅王继武家。

第十六章

一

王慧见苏顺儿又来到她家,说:"表哥,你又来了,这回你咋把行李也拿过来了?"

"美术服务社现在已经撤销了,俺暂时还没找着工作,所以又来你这里啦。"苏顺儿对王慧说。

"表哥,最近广播里还广播你呢!宣传你是英雄,俺这里团员青年和民兵连的基干民兵,还都在学习你的英雄事迹呢!"王慧对苏顺儿说。

王继武对苏顺儿说:"苏顺儿,先喝碗水,一会儿咱们就吃饭。"

"俺吃了些剩饭过来的,现在俺不饿,你们吃就是。"苏顺儿对王继武说。

这时,金梅走过来对苏顺儿说:"俺听你表妹说,你都成了英雄了，咋会没了工作，不可能吧？"

"二妗子，俺现在没有工作是暂时的，公社上说尽力帮俺安排个活儿干，啥时候能安排好俺还不知道，先在这里等着吧！"苏顺儿对金梅说，"俺在还没找着活儿干的这段时间里，俺就上山砍柴，只要不抓俺盲流就行。"

王继武问苏顺儿说："你爹最近给你来信没有？老家去年的收成咋样？来信说没说给你找对象的事情？"

"前几天，俺爹给俺来过一封信，没说去年的收成，只是说俺爹干一天活儿，生产队里给记十分工，有时候还给记八分工，听说去年年底生产队里一个工分才给八分钱。俺爹还是不让俺在这边找对象，让俺赶快回家定亲，说咱老家现在的姑娘都愿意嫁给闯东北的。"苏顺儿对王继武说。

第二天，苏顺儿吃过了早饭，他让王继武到邻居家借了个爬犁，苏顺儿又带上砍柴用的砍刀和捆木柴用的绳子，就要去山里砍柴去。苏顺儿临走时，王慧对他说："表哥，你一个人上山砍柴，路不熟，第一天还是俺和你一起去好些，到时俺也好帮帮你。"她又转身对金梅说："妈，今天俺在家里也没啥事情，俺想跟着俺表哥砍柴去，也顺便去山里玩玩。"

"那你就和苏顺儿去吧！到时候你俩要早点回家。家里有新做的玉米饼子，你带上两个，你们饿了的时候吃。"金梅对王慧说罢，王慧赶紧去厨屋往布袋里装了两个玉米饼子带上，高兴地拉着爬犁和苏顺儿去山里砍柴去了。他俩拉着爬犁大约走了一个多小时，就到了砍柴的山里。到山里后，苏顺儿砍柴，王慧就往爬犁上装，大约两个小时的时间，一爬犁木柴就装满了。王慧对苏顺儿说："表哥，别再砍了，爬犁已经装满了。"

"表妹，你别急，俺把这根干树枝砍下来就走。"苏顺儿对王慧说罢，继续砍那根干树枝。当他快把干树枝砍下来时，用手猛劲一扯，一下子滑倒了，那砍柴的砍刀，被树枝一弹正好碰到苏顺儿左手的第二个手指上了。瞬间，他手上鲜血直流，苏顺儿喊王慧说："表妹，俺的手被砍刀砍伤了，你快过来帮俺包一下！"王慧赶忙跑过来，掏出自己的手帕，将手帕一撕两半，急忙给苏顺儿包上了受伤的手指，埋怨道："俺说爬犁已经装满了，不让你再砍了，你不听，还要砍，这不，把手也砍伤了。"

苏顺儿对王慧说："不要紧，表妹！俺回去后，去县医院让陈护士给上点药包扎一下，过几天就好了。"

"表哥，你就没忘陈护士！你是不是故意把手砍伤了，好去见那陈护士？"王慧一听说苏顺儿要回去找陈护士，马上就不乐意了。

"表妹，俺刚才说的话，是不是又惹着你了？你想想，俺受伤了，俺不去医院找医生和护士找谁？你又不是医生。"苏顺儿对王慧说。

王慧有点生气地对苏顺儿说："表哥，俺不是医生，刚才你找俺包这砍伤的手干啥？"

"那县医院的医生和陈护士离这里这么远，俺咋能去找他们，那远水也不能解近渴呀！"

"表哥，现在时间不早了，咱们不说别的了，赶快回去吧！"

苏顺儿和王慧捆好爬犁上的木柴，每人吃了一个玉米饼子，俩人拉上爬犁就往回赶了，到家时太阳都落山了。

苏顺儿卸爬犁上的木柴时，对王慧说："表妹，你先在家吃饭，俺先去县医院把受伤的手再上点药，包扎一下。"

"表哥，一会儿就吃饭了，等吃完了饭俺和你一起去。"王慧对苏顺儿说。

"表妹，不用了，这伤又不是很重，俺上了药一会儿就马上回来。"苏顺儿对王慧说罢，出门就去了县医院。

二

苏顺儿来到县医院，找到陈晓兰，说："陈护士，你现在忙吗？俺找你有事。"

"苏顺儿你来了？有些日子没看见你了，你上哪里去啦？来找俺有啥事？"陈晓兰对苏顺儿说。

苏顺儿指着自己被砍伤的左手对陈晓兰说："俺这手被砍柴刀砍伤了，让你帮忙上点药，包扎一下。"

"你不是一直在拿竹板画笔画字画吗？咋会被砍柴刀砍伤了手？是不是又去做好事，帮谁家去劈木柴伤着啦？"陈晓兰对苏顺儿说。

"俺现在已经不画字画了，俺又成了盲流了，美术服务社现在已经不存在了，被撤消了。这是俺去山里砍柴时，被砍柴刀伤的。"苏顺儿对陈晓兰说。

"这好好的一个美术服务社咋会被撤消了呢？"陈晓兰对苏顺儿说，"你有画字画的手艺，成了盲流怕啥？当盲流还更自由，俺就喜欢你这盲流。"

苏顺儿对陈晓兰说："俺觉得撤消美术服务社是对的，因为美术服务社每月的总收入就连俺几个人发的工钱都发不出来。"又说："陈护士，咱不说别的了，请你赶紧帮俺找个大夫给俺看一下手，要不要紧。"

于是，陈晓兰领着苏顺儿来到外科陈大夫跟前，她指着苏顺儿对陈大夫说："陈大夫，他的手被砍柴刀砍伤了，你帮着给他看一下。"

陈大夫对陈晓兰说："陈护士，那边药盘子里有药水和药棉，你先给他把砍伤的地方擦洗、消下毒，我一会过来给他处理。"

于是陈晓兰就遵照陈大夫的嘱咐，先给苏顺儿解开手指上包着的手帕，当她解手帕时，发现是个女人的花手帕，陈晓兰这时就问苏顺儿说："你和哪个女人在一起啦？这是谁给你包的？"陈晓兰的话音刚落，王慧就开门走进来了，她对陈晓兰说："陈护士，咋的？是俺用花手帕给他包的手，俺这表妹救表哥不行吗？"

陈晓兰对王慧说："俺没说你救表哥不行，你可再向县广播站郑记者反映反映，弄不好那广播里还会说你王慧是见义勇为呢！"苏顺儿看到王慧和陈晓兰相互争风吃醋，就对她俩说："你俩都不要为这事争执啦，你们真是没味找醋吃！"

陈晓兰对陈大夫说："陈大夫，他这砍伤的手指俺给他擦洗好了，也消好毒了，你过来给他处理吧？"

陈大夫过来看一看，说："这手指伤得还不轻呢！还得缝上个三四针才能包扎。"说罢，就去拿了外伤缝合用的针和线，很快就给苏顺儿把砍伤的手指缝合好了。然后又告诉苏顺儿："过三四天再来换一次药，等刀口完全长好了，再来拆线。"又说："现在虽然是初冬，但也还是挺冷的，这砍伤了的手指，要戴上棉手套，千万别把受伤的手指冻着了。经常来换药，刀伤就会好得快些。"

在陈大夫给苏顺儿填写患者病历处方单时，问苏顺儿是哪个单位的，叫啥名字，苏顺儿依然说他是美术服务社的，名字叫苏顺儿。

陈大夫一听苏顺儿这个名字，说："你是不是县上号召学习的英雄苏顺儿啊？你真是个好小伙子，你救了好几个人的命了，值得大家向你学习！"

"那都是过去的事了，也是俺应该做的。那做的以前的事情不是终点，俺现在又得从零做起，走新的路。"苏顺儿对陈大夫说罢，又对陈晓兰说："陈护士，麻烦你了，过几天俺再过来换药，俺走了。"

"苏顺儿，俺现在也马上快下班了，你就跟俺到俺家吃晚饭去吧！"陈晓兰对苏顺儿说。

"不再麻烦陈护士和陈二叔了，以后俺再去你家里玩，请你帮俺陈二叔带好！"苏顺儿对陈晓兰说罢，就和王慧一起走出县医院，回了王继武家。

三

苏顺儿来他二舅王继武家已有十多天了，因为他的手指被砍伤了后不方便干活儿，就没再去山里砍柴，一直在他二舅王继武家待着。一天，金梅指桑骂槐地说王慧："你也不出去找个活儿干，天天在家吃闲饭，谁家能养得起你？"

王慧对金梅说："现在大男人家都找不着活儿，俺一个大姑娘家上哪儿找活儿干？俺就是在家吃闲饭，谁让你生了俺呢！"

金梅表面是在说王慧，实际上是在说苏顺儿，苏顺儿也听得出来，就对金梅说："二妗子，您别说表妹啦，她经常在家里帮您干家务活儿，她哪会是在吃闲饭，只是俺苏顺儿在这里吃闲饭。俺再去找找安书记，问问他给俺找着干活儿的单位没有。"

这天下午，苏顺儿就来到了城关公社找到了安民生书记。苏顺儿见到安民生书记，笑着说："安书记，您在忙吗？俺又来麻烦您了！"

"公社的事情一件接一件的忙不完，我这不刚开会回来。"安民生对苏顺儿说，"你是不是来问问我帮你找活儿干的事情怎么样了？这件事情在撤消美术服务社时，我就想着了。"苏顺儿马上对安民生说："谢谢安书记了，谢谢安书记还把俺的事情记在心上。"

安民生这时笑着对苏顺儿说："我把你苏顺儿的事情记在心上不对吗，不但是要记在心上，还得把老百姓的事情办好，如果我不能把老百姓的事情记在心上，不把它去办好，这与我这个安民生的名字也不相符。"又说："最近公社按照县上的要求，为了搞好各街道的卫生工作，决定安排三四个人，每天在各个街道打扫卫生，这项工作由清洁队负责，如果把你安排到这清洁队去干活儿你嫌不嫌脏？愿不愿意去？"

苏顺儿对安民生说："那太感谢安书记了！现在俺只要有活儿干，有碗饭吃俺就满意了，俺哪能嫌脏嫌累？俺愿意去那清洁队当清洁工。"

"好！那我就和南关街道居委会周健主任说一下，让你报到。"安民生对苏顺儿说罢，就拿起办公室的电话，打给南关街道居委会主任周健说："喂，周健吗？我是安民生呀，听说你们街道的清洁工还没确定好，现在我给你们推荐一名，他就是咱公社原美术服务社的画工，名字叫苏顺儿，他还是县上的英雄人物。美术服务社撤消后，还没有给他安排，他同意去当清洁工，如果能行的话，明天下午就可以让他去你们那里报到。"

"安书记，你说的清洁工的事情，我们街道居委会正在落实，但还没落实好，既然安书记给推荐安排了，那明天下午就让他来报到吧！"周健在电话中对安民生说。

这时，安民生对公社办公室的刘元秘书说："小刘，你给苏顺儿同志开个介绍信吧。"

刘元秘书把苏顺儿去南关街道当清洁工的介绍信开好后，交给苏顺儿说："苏顺儿同志，你明天下午就可以去南关街道居委会报到了。"

苏顺儿接过介绍信，高兴地对刘元说："谢谢刘秘书了！"

"不用谢，你明天下午去报到就是了。"刘元对苏顺儿说。

苏顺儿又过去对安民生说："安书记，俺现在就回去了。"说罢，苏顺儿走出了安民生书记的办公室。

第十七章

一

第二天下午两点钟，苏顺儿就来到城关公社南关街道居委会。他看见居委会办公室里，只有一个四十多岁的男同志正在写字，苏顺儿想，这个人肯定是居委会的周健主任，就赶紧对周健说："您就是周主任吧？俺是苏顺儿，公社上让俺来找您报到。"说罢，他赶忙把刘元秘书给开的介绍信交给周健。

周健看了苏顺儿递来的介绍信后对苏顺儿说："欢迎啊，苏顺儿同志！昨天公社上的安书记已和我说过了。当清洁工这个活儿，早出晚归，又脏又累，你可要有不怕脏不怕累的思想准备啊。"

"您放心，周主任！俺决不会嫌脏嫌累，俺一定把咱南关街道打扫得干干净净，把全街道的卫生搞好。"苏顺儿对周健说，"这扫大街的扫帚、铁锹和拉垃圾的手推车都有吧？"

"我上午就让人买好了，都在南边那间屋里搁着，到时你拿着用就是了。"周健指着南边那间屋对苏顺儿说罢，就把那间屋的钥匙拿给了苏顺儿。接着，周健又说："南边那间屋里有炕，你今天下午把那屋和炕都打扫一下，晚上可以在里面睡觉。"

苏顺儿接过钥匙对周健说："周主任，俺明天早上就可以上班了吧？您有啥活儿尽管给俺安排就是了。"

周健对苏顺儿说："我没啥安排的了，就是你吃饭的事，你如果自己做着吃，我就不给你联系食堂了。如果需要，我可以帮你联系县房屋建筑工程队的职工食堂，让你到那个大食堂去买饭吃。"

"周主任，俺暂时还是到食堂去吃吧！俺以前在县房屋建筑工程队干过活儿，那职工食堂的人俺也认识，这样会方便些。"苏顺儿对周健说，"还得麻烦您给俺开个介绍信。"

"是的，我得给你开个介绍信。"周健说罢，拿起笔给苏顺儿写好了介绍信，他把介绍信盖上居委会公章交给苏顺儿时，又说："介绍信给你开好了，你今天晚上就去那食堂吃吧。"

苏顺儿来到工程队职工食堂时，已经快到开饭时间了，食堂工作人员正忙着准备卖饭。刘小霞见苏顺儿来了，先说："啥风又把你苏顺儿吹到俺食堂来了？你有啥事情快说，俺等一会儿就得给职工卖饭了。"

"俺是又来吃你和李芳姐做的饭了。"苏顺儿对刘小霞说完，就从衣兜里掏出了介绍信，转身交给李芳说："李芳姐，这是俺南关街道居委会给俺开的介绍信。"李芳从苏顺儿手中接过介绍信，笑着对苏顺儿说："你还怕俺食堂不卖给你饭吃，还开个介绍信来。"

"俺开个介绍信来，这不就有了个正式手续嘛，您也好说话。"苏顺儿对李芳说。

"小霞，你先领着苏顺儿去李会计那里买饭票，把南关街道居委会给苏顺儿开的介绍信留在李会计那里就是了。"李芳对刘小霞说。

一会儿，苏顺儿就买好了饭票，然后在食堂里吃了下午饭。当他刚吃完饭走到食堂门口时，刘小霞喊住苏顺儿说："苏顺儿！今天晚上县里演咱山东老家的电影，说是战斗片，打孟良崮的电影，电影名字叫《红日》，咱们一起去看吧？"

"俺现在还没弄着电影票，有的是机会，以后俺多弄几张电影票，请你和张安队长还有李芳姐，到时咱们一起去看。"苏顺儿对刘小霞说。

刘小霞对苏顺儿说："电影票俺已经弄到了两张，原打算和张安一起去看的，结果他今天下午又到外地办事去了，这多余的一张票你就拿着去看吧！"她说罢，就把一张电影票塞到了苏顺儿的手里，说："别忘了，晚上八点钟准时去看，还是在那老电影放映场，俺在那里等你。"

刘小霞的一片热情，苏顺儿也不好推辞，就答应了刘小霞的邀请。他对刘小霞说："行！晚上八点钟俺一定去陪你看电影。俺先回南关街道居委会把俺住的那间屋打扫一下。"苏顺儿说罢，就急忙回了南关街道居委会他住的那间屋。他先是把屋里的卫生简单打扫了一下，随后又把那张很长时间没睡过人的火炕清扫好。苏顺儿还想往火坑的炕灶里烧一些火，但屋里只有一些柴草，他担心不亲自看着烧火的话会不安全，于是决定看完电影回来再烧火。

二

苏顺儿锁好门，就去了电影场。当苏顺儿来到电影放映场时，电影已经开始放映了，刘小霞也已经在那里等他一会儿了，苏顺儿对刘小霞说："小霞姐，不好意思，俺来晚了，让你久等了。"

刘小霞对苏顺儿说："你别说这些了，电影已经开始演了，咱们赶紧进去看吧！"说罢，刘小霞和苏顺儿就走进了电影放映场。

看电影时，当他俩听到电影中的歌曲《谁不说俺家乡好》时，都不由自主地思念起家乡来，刘小霞的脸上流下了两行热泪。苏顺儿问："小霞姐，你想家了吗？"

刘小霞赶忙用手把脸上的泪珠一抹，对苏顺儿说："俺来东北这么多年了，还没回过老家，真是想家了。"又说："苏顺儿你想家吗？"

"俺也是多年没回老家了，俺爹头年还打信来，让俺回老家定亲，到现在俺也没有回去，想想真是对不起俺爹俺娘呀！"苏顺儿对刘小霞说着，眼里也含满了泪水，接着又问："小霞姐，你打算啥时候回山东老家去呀？"

刘小霞对苏顺儿说："啥时候能回去，俺就说不准了。俺现在可不同于你，你现在是想走就可以走，但是俺已经嫁人了，俗话说'嫁鸡随鸡，嫁狗随狗'，如果张安不让俺回去，俺也回不了。"

电影结束后，苏顺儿和刘小霞一起走出了电影放映场。苏顺儿对刘小霞说："小霞姐，俺先送你回家吧。"

苏顺儿先把刘小霞送回了家，然后回住处去了。

三

这天早晨，天刚蒙蒙亮，苏顺儿就推上手推车，拿上铁锹和大竹扫帚，来到南关街道的大街上。他先把手推车和铁锹放在大街的一旁，然后拿起大竹扫帚，开始扫起了大街。一早上，他用了大约有三个小时的时间，就把南关街道的好几条街道都打扫得干干净净。苏顺儿虽然累得满头大汗，但他感到特别有成就感，心里也特别高兴。

这时，已经过了早饭时间，苏顺儿急忙回到住处，搁下手推车和铁锹、扫帚，想去工程队职工食堂买点儿饭。苏顺儿刚走出屋门口，就碰见居委会的周健主任了，苏顺儿笑着打招呼："周主任，您来的好早呀！"

"我上班来得早，可不如你起得早。我看到了，你早上把这几条大街打扫得干干净净，这是我们南关街道第一次这么干净整洁。"周健对苏顺儿说，"你昨天夜里在这里睡得还可以？没冻着吧？现在这里烧炕的柴火不多了，我准你假，你今天借个爬犁，去山里砍些柴来烧炕，夜里睡觉时就不冷了。"

苏顺儿对周健说:"谢谢周主任对俺的关心,那俺现在先去吃早饭,吃完了饭俺就去山里砍柴。"

"原来你还没吃早饭呀,赶紧去吃吧!你去山里砍柴时一定要注意安全,快去吧!"周健对苏顺儿说。

"俺去了,周主任!"苏顺儿说罢,就先去了工程队职工食堂。刘小霞见苏顺儿来吃早饭了,就对苏顺儿说:"昨天夜里是不是把你冻着啦?怎么现在才来吃早饭啊?饭基本都卖光了,你只能吃点剩饭剩菜了。"

"剩菜剩饭没事的,只要能填饱肚子就行。"苏顺儿说罢,就把饭票拿给了刘小霞,刘小霞给苏顺儿拿了一个玉米饼子,舀了一大碗没卖完的白菜炒豆腐。苏顺儿接过来,就在食堂一旁的餐桌上吃了起来。苏顺儿边吃边说:"李芳姐和小霞姐做的饭就是好吃,俺如果能一辈子都吃你们做的饭菜就好了。"

吃完饭,苏顺儿对李芳和刘小霞说:"两位大姐,俺还有个事情想麻烦你们,就是俺住的那屋里的炕没柴火烧了,俺居委会周主任今天批俺假让俺去山里砍柴。你们食堂那牛爬犁如果闲着的话,能不能借给俺用一下,俺去山里拉一爬犁柴火回来,能用个十天半个月的。"

李芳对苏顺儿说:"俺们食堂的牛和爬犁一般都不往外借,但是考虑到你刚到一个新单位人生地不熟,俺就借你用一天,别人问起时,你就说是帮俺食堂拉柴火去了。"接着又说:"你一个人到山里拉柴火会很费劲,干脆俺从食堂里给你找个帮手,遇上难走的路,也可以帮你一把。"

四

"太谢谢李芳姐了！那叫谁和俺去山里去拉柴火呢？"苏顺儿对李芳说。

"我看就叫俺食堂的美兰和你去吧！她虽然是个姑娘家，但她会赶牛爬犁，比你可能还要强。"李芳说罢，又喊李美兰说："美兰你过来！苏顺儿用咱食堂的牛爬犁拉柴火，他不太会赶牛，你去帮他个忙，有人问时，就说是给咱食堂拉的柴火，柴火拉回来后，你直接帮他送到住处去，然后再把牛爬犁拉回来。"

李美兰和苏顺儿套上牛爬犁就出门了。李美兰拿起鞭子，坐在牛爬犁的前边，她让苏顺儿坐在牛爬犁的后边。她大鞭一甩，牛便拉着爬犁跑在了去山里的路上。

苏顺儿和李美兰很快就来到了山里，苏顺儿对李美兰说："美兰妹子，你停下吧！咱就在这里砍些干树枝吧。"苏顺儿找到了一棵死树去砍树枝，李美兰就把砍好的树枝往爬犁上装。李美兰装着装着，突然拉爬犁的大公牛"哞、哞"地大声叫了起来。李美兰抬头一看，不远处来了一头大黑熊。李美兰吓得快哭了，她大声地喊苏顺儿："苏顺儿哥，你快过来！黑瞎子来了！"苏顺儿飞快地跑到李美兰身边护着她。这时，拉爬犁的大公牛挣脱了爬犁上的绳套。那只大黑熊已经快到他们跟前了，李美兰大哭起来，苏顺儿见状，背起李美兰就跑。跑着跑着，他看到了一棵弯树，于是背着李美兰就爬了上去。就这样，他俩坐在那棵弯树上等黑熊走远了才下来。虽然暂时安全了，但那可怜的大公牛却受伤了。李美兰对苏顺儿说："今天要不是你救俺,俺就被那黑瞎子吃了。"

苏顺儿对李美兰说："咱们没被黑瞎子吃了是不幸中的万幸,这是大难不死,你美兰妹子必有后福呀!咱现在也不说一些别的了,赶紧把牛套绳子系好,装上爬犁往回走吧。如果不赶快走,一会儿那黑瞎子再回来了就麻烦了。"说罢,苏顺儿和李美兰马上把爬犁上的柴火装好捆结实,离开了那个地方。他们一路飞奔,很快就回到了县城。

回到南关街道居委会苏顺儿的住处,他俩卸下柴火,李美兰对苏顺儿说："苏顺儿哥,俺先赶着这牛爬犁回工程队职工食堂去了。你要记住,以后你就是俺的恩人了。"说罢,李美兰赶上牛爬犁就要走。苏顺儿忙说："美兰妹子,俺和你一块儿去工程队食堂,你这牛让黑瞎子给抓伤了,俺得和你去跟李芳姐说一下呀!"他说罢,就和李美兰一起赶上牛爬犁去了工程队职工食堂。

五

李芳见苏顺儿和李美兰回来了,说："你们俩回来了,柴火拉够了吧?"

李美兰对李芳说："玩儿啥呀,柴火倒是拉回来一大爬犁,可遇上熊瞎子了。如果不是苏顺儿哥反应快,背着俺爬上那棵弯树,俺早就被黑瞎子给吃了。大姑,这次多亏了苏顺儿哥。"

苏顺儿这时忙对李芳说："美兰妹子帮俺拉柴火,俺救她也是应该的，如果出了问题俺咋向您交代？保护好她是俺的责任。"又说："俺还有件事得向您道歉，就是您借给俺的牛，今天在山里被黑瞎子给抓伤了。"

李芳对苏顺儿说："原来今天在山里出了这么大的事情啊！牛被抓伤了不要紧，到兽医站上些药，很快就会好的。你也不用向俺道歉，俺还得感谢你呢！是你救了俺侄女美兰的命！你和美兰都饿了吧？食堂里还有饭菜，你俩人先去吃饭吧，别想那个糟心的事了！"

吃完了饭，苏顺儿对李芳、李美兰和刘小霞说："你们都忙吧！谢谢你们了，俺回去啦！"说罢，苏顺儿转身准备往外走时，县广播站的郑义记者从外面走了进来，对苏顺儿说："我到处找你苏顺儿同志找不着，南关街道居委会周健主任说，你今天到山里拉柴火去了，可能在这食堂里吃饭，于是我就找来了，你果然在这里。"

苏顺儿问郑义："郑记者，您找俺有什么事情？"

"我听公社上的人说，你现在不在美术服务社当画工了，去街道当清洁工了。为此，我想采访一下你对换工作岗位的想法？"郑义对苏顺儿说。

"俺对换工作岗位没有啥想法，俺这当盲流出来的人，有份工作能吃上饭就已经很满足了？"苏顺儿对郑义说。

郑义又启发苏顺儿说："苏顺儿同志，你再深层次、多角度、全方位地谈一下可以吗？"

"郑记者，俺不会说啥什么深层次的，俺只是觉得不管干啥活儿，都得给人家干好，干好了活儿国家才会给俺发工钱，拿了工钱反过来就应该为人民服好务。"

"你这一次说得比开始时说的有点儿高度了，苏顺儿同志，你看你还有没有再和我说的了？"郑义对苏顺儿说。

"俺没有啥说的了。"苏顺儿对郑义说。

在一旁听着的李芳对郑义说："今天有件事情得和记者同志您说一说，苏顺儿今天在山里救了俺侄女李美兰一条命，您说该不该宣传宣传？"

郑义对李芳说："咋的？苏顺儿同志又救人了？您快给我详细地说说。"

"郑记者，俺现在就把这件事好好地和您说说，俺如果有说漏了的，您再问问苏顺儿和俺侄女。"

郑义听完李芳描述的事情经过，说："您刚才说的这件事情，是个好材料，是应该好好宣传宣传。"说罢，郑义又问苏顺儿和李美兰："你俩是当事人，还有没有要补充的？"

苏顺儿对郑义说："俺也没有啥可补充的了，整个事情的经过就是这样的。"

"郑记者，您可要在广播上好好宣传宣传苏顺儿哥，要不是他把俺背上树，俺可能早就被那个黑瞎子吃了。"郑义说："好的，我了解是怎么回事了，谢谢你们提供了这么好的新闻材料。"

第十八章

一

第二天，苏顺儿早早地打扫完大街，他推着垃圾车往回走，正巧遇上了刘建和他的秘书王志文，俩人在晨跑，一看见是苏顺儿，刘建便停下来打招呼："这不是苏顺儿同志嘛！你现在不当画工当清洁工了？当街道的美容师也不错，服务大家啊！"

苏顺儿赶忙回话说："刘矿长，您又来开会啦？"

王志文马上对苏顺儿说："苏顺儿同志，刘县长现在不在松树煤矿工作了，现在是咱县的县长了。"

苏顺儿赶紧改口说："刘县长，公社美术服务社撤消后，俺有些日子不在县城里了，这刚到这边没几天，俺不知道您是县长了，俺如果说错了话您别怪俺。"

"苏顺儿，你别这么说。不管当矿长还是当县长，都是给人民服务的嘛！"刘建对苏顺儿说，"咱们虽然很长时间没见面了，但你的情况，我还是了解一些的，今天早上县广播站又广播了你在黑瞎子沟救人的事情，你在这县上几次救人的先进事迹值得大家学习！"

"刘县长，您过奖了，俺做的这些事情，叫谁碰见了都会那样去做的，不算啥。"苏顺儿不好意思地笑着说。

"苏顺儿同志，你画字画的纸和颜料都还有吧？如果还有的话，可不可以请你也给我的办公室画两幅竹板字画啊？"刘建问苏顺儿。

"刘县长，俺以前买的纸和颜料还有一些没用完呢，甭说画两幅字画，就是画个十来幅也可以。您想画些什么内容呢？"

刘建对苏顺儿说："现在咱们国家的经济需要发展，人民的生活水平需要提高，你就帮我画'发展经济，保障供给'这两幅字画吧。"

"好的，刘县长。俺回去后马上就准备给您画，下午俺就给您送过去。"苏顺儿对刘建说，"刘县长，你们继续锻炼吧！俺先回去了。"说罢，苏顺儿推上垃圾车，回到了居委会。

苏顺儿回去搁下垃圾车、铁锹和竹扫帚，接着就去工程队的职工食堂吃饭了。他来到食堂，刘小霞见到他就说："今早上广播里广播了你在黑瞎子沟救人的新闻了，你这回又成了英雄了。"

苏顺儿开玩笑地对刘小霞说："昨天你小霞姐要是和俺去黑瞎子沟拉柴火，俺估计就得背着你上树了，幸亏你没有和俺一起去。"

苏顺儿吃完了饭，回到南关街道居委会的办公室，周健见苏顺儿回来了，就对苏顺儿说："我在广播里听到你昨天在黑瞎子沟又做了一件救人的好事情，好险啊！以后再去山里拉柴火时，就不要去黑瞎子沟了，听说那黑瞎子沟里有好几只黑瞎子，万一再碰上后果将不堪设想，苏顺儿你给咱居委会争光了。"又补充道，"你这两天在街道上打扫卫生，打扫得很好，居民们反映说你工作干得好，街道焕然一新，希望你以后要继续保持啊。"

苏顺儿对周健说："周主任，您对俺说的话俺记住了，俺以后拉柴火不去黑瞎子沟了。俺会继续保持，把街道卫生搞好！哦对了，街道死角还堆了些垃圾，俺今天上午就把它彻底地打扫出去。"

苏顺儿就又推上垃圾车，带上工具，清扫街道死角的垃圾去了。

二

上午，苏顺儿清除完街道死角的垃圾回来，午饭也没顾上吃，把给刘县长的那两幅字画画好了。下午，苏顺儿拿着画好的竹板字画，来到县政府，他先找到王志文说："王秘书，不知道刘县长在办公室吗？俺把他要的字画画好了，想让刘县长先看一下。"

"苏同志，你先稍等一会儿，我去看看刘县长在不在忙着。"

过了一会儿，王志文从刘建县长办公室出来说："苏同志，你过来吧！刘县长忙完了。"

苏顺儿来到办公室，他把竹板字画交给刘建说："刘县长，您看一看行不行，如果不行的话，俺再重新给你画。"

刘建从苏顺儿手中接过字画放在办公桌上，打开看了看，说："画得真好。"说罢，刘建拿出五块钱给苏顺儿，"苏顺儿，这钱你拿着。"

苏顺儿连忙摆手说："刘县长，这钱俺不能要，俺现在不在美术服务社了，哪能收您的钱啊，俺绝对不能要！"

刘建把五块钱收起来，又拿出两块钱交给苏顺儿，说："苏顺儿同志，那这样吧！你画字画的纸和颜料也不是你自己的，你是花钱买来的，我就给你这两块钱的材料费吧！这两块钱你必须得拿着。"

王志文对苏顺儿说："苏同志，刘县长让你收下的话，你就收下吧！"

苏顺儿推辞不掉，接过刘县长递过来的两块钱。

刘建对王志文说："小王，你和苏顺儿同志帮我把这两幅字画挂在这面墙的中央吧。"

王志文拿来钉子，和苏顺儿一起将画端端正正地挂在墙上。接着，刘建给苏顺儿倒了杯水，说："苏顺儿同志你辛苦了，来，喝杯水。"

"谢谢刘县长。"苏顺儿接过水，喝完后，跟刘建和王志文告了别，走出了县政府的大门。

第十九章

一

这天下午,李美兰对李芳说:"大姑,苏顺儿救了俺的命,广播里也都广播了,全县的人都知道了,他背着俺这大姑娘爬树,他抱了俺、背了俺,俺就是他的人了,虽然说那是为了救俺,可俺是个黄花大姑娘呀!俺咋再跟别人谈对象?干脆您就给俺俩撮合撮合吧?"

李芳对李美兰说:"我能给你当这个红娘,但能不能成我也没有把握,听说苏顺儿见过好几个姑娘都没成,主要是因为苏顺儿他爹不让他在这边找对象,所以才一直是单着的。等苏顺儿来买饭时,我把他留下,给你俩撮合撮合。"

苏顺儿在食堂吃完饭,准备要走时,李美兰对他说:"苏顺儿哥,你等一会儿,俺大姑说找你有事情。"

"你大姑找俺有啥事情?"苏顺儿问李美兰。

李美兰对苏顺儿说："这事情对你非常重要，俺大姑说她先和你说说。"

李芳从食堂里面出来对苏顺儿说："你先别走，等我一会，我一会儿忙完了跟你说。美兰，你给苏顺儿倒碗热水，让他喝着水等着我。"

李美兰赶紧去找了碗，准备拿暖瓶给苏顺儿倒水，因为心情太激动了，暖瓶没拿稳，水直接撒到了苏顺儿的右脚面上，苏顺儿"哇"地一声，右脚被开水烫伤了。

李芳见状，赶紧走过来说："美兰你别愣着了，赶紧拉上咱食堂那小爬犁，拉着苏顺儿去县医院看一下。"

李美兰听完赶紧跑去了后院，拉来一个小爬犁，把苏顺儿搀扶到爬犁上就去了医院。

苏顺儿被拉到县医院门诊急救室后，医生先是对苏顺儿烫伤的地方检查，随后开了些烫伤膏，让苏顺儿先不要穿鞋了，等烫伤的水疱起来了，把它刺破，脚面上的皮肤好了之后才能穿鞋走路。医生交代完后，让李美兰去药房拿了药，李美兰拿完药，准备把苏顺儿拉回家。俩人正往外走着，看到陈晓兰拿着一摞病历往急诊走，见苏顺儿又来住院，就问苏顺儿："你咋了？"

"俺不小心把脚烫伤了。"苏顺儿指了指自己的右脚说。

"苏顺儿哥的脚是俺给他烫的。"李美兰对陈晓兰说，"俺是苏顺儿哥的人，俺得照顾他来医院看病。"

陈晓兰听李美兰这么一说，立刻警惕起来，瞪着李美兰说："你是苏顺儿的人？你俩谈对象了？"

"苏顺儿哥还没答应和俺谈对象，但是苏顺儿哥在黑瞎子沟背了俺了，也抱了俺了，俺就是他苏顺儿哥的人了。"

陈晓兰对李美兰说："我在广播上也听到了，苏顺儿是因为怕你被黑熊吃了才背得你，你这是赖上苏顺儿了吗？"

李美兰生气地对陈晓兰说："关你陈护士啥事情？俺又没赖你。"

苏顺儿赶忙劝说："你俩都别吵了，我这脚还火辣辣地呢。美兰，你赶紧拉爬犁来，把我拉回家吧。"

苏顺儿说完，李美兰走到陈晓兰面前，故意翻了个白眼，蹭着她肩膀就走了出去。

二

回了家后，苏顺儿坐在了炕上，按照大夫的要求，又抹了点药膏。李美兰忙去给苏顺儿倒了杯水，又扫了扫屋。

"美兰，你快别忙了。你帮我个忙吧，帮我去给居委会的周健主任请个假，说我脚烫伤了，可能这两天没办法去街道上打扫卫生了，让他看看能不能找个人替我。等我脚好了，我马上就去干活儿。"苏顺儿对李美兰说。

"好的，苏顺儿哥。我这就去给你请假！"说完李美兰放下扫帚，赶紧跑了出去。

李美兰来到南关街道居委会，她找到周健说："您是周主任吧？

俺是咱县工程队职工食堂的李美兰,您街道的清洁工苏顺儿,叫俺帮他找您给他请病假,他的脚烫伤了,这两天可能没法去街道打扫卫生了。"

"烫伤了?不要紧吧?"周健问李美兰。

李美兰对周健说:"烫伤的脚不是很严重,但是大夫说这两天不能穿鞋,尽量也别下地,等水泡破了,长好了就能穿鞋干活儿了。"又说:"周主任,苏顺儿的脚是俺给他烫伤的,这街道的卫生没人打扫了,这几天俺来替苏顺儿打扫,我早起些,扫完大街,我再去食堂干活儿。"

周健对李美兰说:"行!这样也好,免得街道的居民有意见,那就辛苦你了!"说罢,周健拿出放工具的房间的另外一把钥匙,交给李美兰时说:"垃圾车、铁锹和扫帚都在里面,你拿着用就是了。"

李美兰接过钥匙打开了屋门,推出垃圾车等,来到南关街道扫起了大街。有居民看到说:"咱这街道上扫大街的,由小伙子已变成了大姑娘了,变化可真大呀!"

三

李美兰为了替苏顺儿做好整个南关街道的卫生,她早晨和中午基本上都在街道上打扫卫生,下午再回去干食堂的活儿,还要给苏顺儿打饭。

苏顺儿看着脚面上的皮肤长得快好了,就赶紧出了门,来到居委会找周健。

周健看着苏顺儿满头大汗地跑进来,便问:"苏顺儿,你咋这么着急就来了?你的脚好些了吗?"

"周主任,俺咋不着急!现在街道上的卫生没人打扫,有些地方还不知脏成啥样子了!"苏顺儿对周健说,"俺看俺的脚也好得差不多了,就赶紧过来问问这几天街道上的情况,俺准备下午就去打扫卫生。"

"找我帮你请假的李美兰没告诉你吗?现在咱南关街道的整个卫生打扫得可干净了,这几天你没来,都是李美兰替你来街道打扫的,每天坚持扫大街、拉垃圾,街道的居民们可满意了。"

苏顺儿听周健说是李美兰每天替他到街道上打扫卫生时,心情很是感动。就去食堂找到李美兰,对她说:"谢谢你美兰妹子!这些天太难为你了,让你帮俺到大街上去打扫卫生。"

李美兰对苏顺儿说:"谢俺啥呀?你是因为俺把你的脚给烫伤了才不能干活儿,俺就应该补偿你。让你这些天受了这么些的罪,俺到大街上扫大街算得了个啥?"又说,"现在只要你这脚好了,俺心里就高兴了,就是再替你扫上一年的大街,俺也愿意。"

四

李芳见苏顺儿来了,说:"苏顺儿出院啦?脚好了吧?"

"俺的脚伤基本上好了。"苏顺儿对李芳说,"俺应该好好感谢您,是您让美兰妹子给俺买饭，又帮俺到街道上打扫卫生的，让美兰妹子受累了，俺也不知咋感谢她才好。"

"你的脚是因为李美兰烫伤的，她帮你干活儿照顾你都是应该的。再说了，你还是她的恩人，这几天李美兰干得起劲儿，来吃饭的人还有人认出她是在街道上打扫卫生的那个大姑娘呢，夸她打扫的干净，她心里啊，别提多美了。"李芳笑着说。

"苏顺儿哥，那你今天来了，俺就不给你买饭回去了，你就在这儿吃吧。"李美兰对苏顺儿说。

五

当苏顺儿吃完饭要走时，李芳喊住苏顺儿说："苏顺儿，你先别急着走，你来我食堂办公室，我和你说个事情。"

苏顺儿跟着李芳来到她办公室，李芳对苏顺儿说："前些日子，我就想问你这个事情。"正说着，李美兰走了进来，苏顺儿对李芳说："有啥事情您就尽管和俺说就行，俺只要能办的，一定想办法办。"

李美兰抢过话对苏顺儿说："苏顺儿哥，你说话算数？"

"那当然了，你们对俺这么好，叫俺帮忙办的事情，俺如果不认真去办的话，那不是没良心了？"苏顺儿对李美兰说。

李芳对苏顺儿说："我听说你一直没找着对象，现在美兰也喜欢你，你俩是不是可以谈谈？"

"美兰妹子是个好姑娘，既年轻又漂亮，但是俺对于俺的婚姻问题也感到很苦恼，这些年俺在这东北，别人给俺也介绍了好几个姑娘，但是，俺爹和俺娘就是不同意俺在这东北找对象。前些天，俺爹又来信，再次催俺回老家定亲，俺到现在还没有顾上回去。俺想着如果俺不在老家找对象，要在这东北找的话，也得回一趟老家，好好地当面劝劝俺爹和俺娘，让他们俩松口。"

"我说呢，你怎么到现在还没找对象，原来是这么回事儿呀！那你就赶紧打信，给你爹娘说说，想办法让他们同意你在这东北找对象，如果他们还是不同意，你就回老家一趟，反正现在美兰的年龄也不大，她可以等你两年。"李芳对苏顺儿说。

"俺同意俺大姑说的，再等你两年。"李美兰坚定地说。

"好的，俺知道了，食堂这会儿忙，俺不在这里耽误你们的时间了，俺回去了。"苏顺儿说。

苏顺儿临走时，李美兰拿起她给苏顺儿买的棉鞋和毛袜子对苏顺儿说："苏顺儿哥，这个给你，你以后穿俺买的棉鞋和毛袜子。"

苏顺儿看着李美兰给他买的棉鞋和毛袜子，接了过来，对李美兰说："谢谢美兰妹子！"说罢，就走出了食堂的大门。

六

晚上，食堂里新做的玉米饼子烙好了，李美兰对李芳说："大姑，现在俺去给苏顺儿哥送几个玉米饼子吧？"

李芳说："你再给苏顺儿带上点菜吧。"

"菜带过去就凉了，再说也没啥好菜，俺没给他拿菜。"李美兰对李芳说。

"咱食堂里还有咸菜，你就给苏顺儿买二分钱的咸菜带过去，咸菜也坏不了，今天吃不完，明天还可以吃。"

李美兰听了李芳的话，去打了点咸菜，拿着玉米饼子，朝苏顺儿住的地方走去。

李美兰走到门口，听到屋里有女人说话，就用手"砰、砰"地敲门说："苏顺儿哥在屋里吧？俺给你送饭来了。"

苏顺儿听到是李美兰来了，就赶紧下炕去开门。李美兰进到屋里一看，原来是陈晓兰时，就对她说："你陈护士不在医院里上班，跑苏顺儿哥这里做啥？"

陈晓兰生气地对李美兰说："我还问你呢！你不在食堂里干活儿，你跑苏顺儿这里做啥？"

李美兰指着她带的玉米饼子和咸菜，对陈晓兰说："苏顺儿哥的脚走路不方便，俺是给苏顺儿哥送饭来了。"

"我到苏顺儿这里是给苏顺儿的脚换药来了，今天晚上我家包的饺子，我顺便给苏顺儿送了一盒，给他补补身子，难道我不应该来吗？"

李美兰对陈晓兰说："你陈护士应该来，应该来！但是现在时间也不早了，你该回去上班了，一会儿俺还有话要和苏顺儿哥说。"

"你怎么还想赶我走啊？你有话要和苏顺儿说，我还有话要和苏顺儿说呢！干啥也得有个先来后到吧？"陈晓兰对李美兰说，"我看出来了,你李美兰是想和我争苏顺儿,我告诉你,苏顺儿你是争不去的,我和苏顺儿认识时,你还是个小黄毛丫头呢!要走,也得是你李美兰先走,今晚上我还想在这里和苏顺儿多唠一会儿嗑呢!"

李美兰气得一屁股坐在炕上:"今晚上你陈护士在这里不走,俺也不走。"

俩人一见面就吵,吵得苏顺儿直头疼,赶紧对俩人说:"你们俩别再吵了,我都不知道该如何劝说,都怨我,行了吧!哎呀,时间不早了,明天太阳没起,俺就得起来上班了,俺得睡觉休息了,你们都回去吧!"

陈晓兰和李美兰还想掰扯两句,见苏顺儿开始铺被子了,就只好离开了。走出了苏顺儿的屋门,俩人互相翻了个白眼,哼了一声,分别转身朝两个方向走去。

第二十章

一

刘小霞和县房屋建筑工程队队长张安结婚后，一直也没有怀上个孩子，因此刘小霞经常埋怨张安那方面不行，说他下的都是坏种子，尽管张安费上九牛二虎之力，也还是不顶用。于是张安就反说是刘小霞肚子坏了，不能生育。为这事夫妻俩经常吵架，甚至还说再不行就离婚算了。

张安他妈盼孙子心切，这天下午就跑来问儿子是咋回事："张安你和刘小霞结婚都这么长时间了，咋还不要个孩子？是你不主动还是她不愿意要？我和你参都这把年纪了，可都盼望抱个孙子呀！你再看看你们那些同学，有的都有好几个孩子了。"

张安一听，委屈劲儿就上来了："我和刘小霞都想要个孩子呀！她也主动找我，我那东西咋就不争气呢！"

张安她妈白眼一翻，说道"我看不像是你不争气，弄不好是她刘小霞的身子有病。你看你以前离婚的那个女人，她才嫁到棒槌沟没几个月，就生了个姑娘，那种子是不是从你这边带过去的？"

张安急着辩解道："那女的虽说一过去就给人家生了个姑娘，可那种子绝不会是我的，还不知道是给谁怀上的，要不我咋会坚决和她离婚。"

刘小霞下班回来还没进屋，就把张安和他妈说的这些话听得一清二楚，心里憋闷，但是还是笑盈盈地进了门："妈，您来啦？您可好久不来俺这里了。"

张安他妈拉起刘小霞的手说："等你们俩快给我生个孙子，我就天天在你这里，带我的宝贝孙子。"

"俺也想马上给您生个孙子，可这不是俺一个人的事情啊。妈，您还没吃饭吧？俺给您做饭去。"

"你别忙活，我是吃了晚饭来的。"

刘小霞转头对张安说："那咱妈要是吃了晚饭来的，俺就不去做了。"

"咱妈还能说假话，不吃就不吃吧，这也不是到别人家，一家人不见外，我在外头也吃完了。"

晚上，张安他妈和刘小霞坐在屋门口唠起嗑来，俩女人越唠越热乎，从以后刘小霞怎么生孩子，到张安他妈怎么带孩子，又到孩子长大上小学、上中学等等，一直唠到晚上的十一点多钟，刘小霞一看时间，赶忙打断张安他妈，说："妈，时间不早了，咱们睡觉吧！"说罢，刘小霞指着炕的西头说："妈，您就在这炕西头挨着俺睡，俺睡中间，让张安靠炕的东头睡。"

夜里，张安主动爬到了刘小霞的身上，刘小霞贴近张安的耳朵，小声地说："别这样，妈在这里让她听见多不好，以后咱有的是时间。"

张安看了一眼炕西头，老太太翻过身仿佛睡熟了，便小声对刘小霞说："俺是故意想让妈听见，看她以后还说我对你不主动，她抱不上孙子，也就别再埋怨到我身上了。"

第二天早上，刘小霞早早地起来做好了早饭，临走时，对张安他妈说："妈，早饭俺都做好了，在锅里放着，您一会儿和张安吃吧，我去上班了。"

二

早上，刘小霞在去食堂上班的路上边走边想昨天听到得那些话，想着张安的那东西可能没有病，确实是自己身体出了问题，于是决定等食堂的活儿干完后，赶着上午去县医院妇产科检查一下。

食堂卖完早饭，刘小霞刷洗完锅盆后，对李芳说："芳姐，俺这些天身体不太舒服，俺想和您请一天假，去县医院找大夫看看。"

"你咋啦？"李芳问刘小霞"用不用我陪你？"

刘小霞对李芳说："还不是要不上孩子的事儿，俺想着去看看大夫，检查一下。你要是有急事情找俺，就去县医院的妇产科。"

刘小霞来到县医院挂号窗口挂了妇产科的号，拿上病历和挂号证来到妇产科，妇产科的张大夫问刘小霞："你身体怎么不舒服，来看什么方面的病？"

"俺结婚都快两年了，就是怀不上孩子，俺来想让您给俺检查一下，看是俺有病还是俺男人有病。"

张大夫详细问了刘小霞和张安的情况，又让刘小霞做了多项检查，之后就让刘小霞在外面坐着等结果，约有半上午的工夫，张大夫才叫刘小霞进了科室，对刘小霞说："你怀不上孩子不能怪你男人，是你现在患有输卵管阻塞，也就是不容易怀孕，但你不要着急，病症没那么严重，你到咱这个医院的中医科找刘大夫，让他开个四五服中药，你喝了就会好的。中医科的刘大夫是咱们县上的老中医，治疗不孕不育病症很有把握，中医科就在西边那栋楼，你拿着病历去找他，就说是我让你去的。"

刘小霞听后，赶忙又去窗口挂了中医科的号，拿着挂号证和张大夫给她写的病历来到中医科，找到刘大夫："刘大夫，妇产科的张大夫让俺再找您看看俺的病，她说俺的病吃你开的中药就能治好，您快看看俺的病历，快给俺开上药。"说着，刘小霞赶忙把病历递给刘大夫。

刘大夫接过刘小霞递过来的病历，说："别着急，你坐下把手伸过来，我先把下脉。"

"你这病症不重，我给你开上六服中药，你吃完就会好的。"说罢，就写了方子，让刘小霞去药房拿药。

刘小霞拿上六服中药的方子，先去中药房划了价，交了药款，又去窗口取了药。忙活完已快到下班时间，刘小霞心想着吃药的事儿还不能让张安知道，于是便拎着药回到了食堂，暂放在李芳那里保管。

白天上班，她就在食堂休息室熬药喝，刘大夫开的中药苦涩难以下咽，想着为了能怀上孩子，烫口的药刘小霞也是仰着头一饮而尽。回家后，刘小霞一切照旧，也没让张安看出端倪来。

刘小霞吃完六服中药，又去了县医院的妇产科和中医科，分别找张大夫和刘大夫又进行了一次检查，经过检查，张大夫和刘大夫都说刘小霞的不孕不育病症已经好了，月经后可以尝试要孩子了，并交代了一些注意事项。刘小霞一笔一画地记着，生怕遗忘。想着没准儿马上就能要上孩子了，情不自禁地哭了起来。

第二十一章

一

这天早上,苏顺儿从街道上清扫完卫生回来,碰上街道居委会的周健主任,周健对苏顺儿说:"苏顺儿,昨天去公社上看见你给安书记画的那幅画不错,那字画挂在他办公室里,不但能起到宣传的作用,也增加了办公室内的气氛。今天下午,公社安书记他们来咱街道居委会检查,你现在就准备准备,给咱居委会办公室里画上两幅挂上,给咱这办公室里也增添点儿新内容,也算迎接领导的检查吧!"

苏顺儿挽了挽衣袖,笑着答应着。"没问题啊,周主任,那咱画个啥内容,写点儿啥话呀?"

"我看就根据今天下午来检查卫生等主要工作的内容,画上两幅就行,这字就写'搞好卫生工作,有利人民健康'。花多少钱,街道居委会补给你,公家不会让你自己掏钱的。"周健拍了拍苏顺儿的肩膀说。

"反正也用不了多少钱，即使自己垫上这点画纸、颜料钱也没啥。周主任，我这就去拿画纸和颜料。"

说罢，苏顺儿就去把画字画的纸和颜料拿了过来，调好颜色，铺开两张纸，很快就把两幅画画好了。苏顺儿把两幅字画画好后，拿给周健看："周主任，您看一看行不？不行的话俺再重新画。"

周健接过画，上下仔细看了看："真好，真好，我是外行，我看不出啥毛病。那你就帮我把字画挂这办公室里吧！"

"咱把这字画用图钉按墙上吧！周主任您这里有图钉吧？要没有，俺到百货商店里去买一盒。"

周健翻了翻他办公桌的抽屉，在里面找出一盒图钉，对苏顺儿说："这里还有半盒，先用着，不够的话再去买。"

苏顺儿赶忙搬来一把高椅子，用图钉把两幅字画端端正正地按在了办公室的正面墙上。

周健看着挂好的字画，挑着眉毛笑着说："这办公室里有字画和没有字画就是不一样，一下子就有了新鲜的感觉，氛围立刻就不一样了，苏顺儿，你一会儿帮我再把这办公室打扫一下，把门窗玻璃也都擦一下，这办公室肯定就更漂亮了。"

苏顺儿听罢，马上动起手来，对街道居委会的办公室进行了认真清扫和擦洗，使居委会办公室内焕然一新。

下午，公社的安民生书记、秘书刘元，还有妇女主任张洁一行三人，来到南关街道居委会检查工作，周健热情地招呼一行人，并请到了居委会办公室参观。

当他们看到南关街道居委会办公室打扫得又干净又漂亮，又看到办公室的正面墙上的字画时，安民生对周健说："你们这办公室布置得不错，这画也好，字的内容写得很好。是哪位同志创作的呀？"

"这字画是苏顺儿同志画的，这办公室也是苏顺儿同志打扫、布置的。"周健对安民生他们说。

"周主任，你们这里可是有个人才呀！"安民生仔细环顾了办公室，对周健说："这样，你先把你们街道上最近一段时间的工作讲一下，一会儿我们几个人再到街道上去看看。"

二

周健对南关街道居委会主抓的几项工作向他们一行作了汇报，并补充道："现在我们南关街道的卫生工作，在苏顺儿同志来了之后，有了很大的改善，街道上的垃圾，特别是一些卫生死角的垃圾也都由苏顺儿同志主要负责，居民们对苏顺儿同志每天的清扫工作也很满意。关于我们街道的卫生工作，我就先向领导们汇报到这里，一会儿领导们到街道上检查后，要有什么做得不足的地方，也请领导们提出改进意见。关于我们街道的治安联防工作，也有了很大的改进，现在把责任都已全部落实到每位居委会委员和每个居民或者民兵了。"

下午，周健带着安民生他们到了街道上，先是走访了居民群众，深入了解居民们对街道工作的反馈意见，有居民说："自从来了个叫苏顺儿的同志后，街道上的卫生好多了，以前两不管的卫生地段，他也都清扫干净了。"

当安民生他们路过一处两不管卫生垃圾死角时，正遇上苏顺儿推着垃圾清洁车往车上装垃圾。

"苏顺儿同志在这里干活儿呀？工作得咋样？"安民生问道。

苏顺儿转过身一看，"安书记，您都下街道来啦？俺工作累点脏点没啥，看着街道居民们高兴，俺也高兴。"说着，苏顺儿又指着他清除垃圾的地方说："这地方既是乱倒垃圾的卫生死角，又是两不管的地方，今天俺主要就把这地方干利索，先把这堆垃圾运出去。"

周健指着几位领导对苏顺儿说："苏顺儿同志，公社的几位领导你都认识呀？"

"安书记和刘秘书俺都认识。"苏顺儿又看看张洁，说："这位领导俺不认识。"

周健忙对苏顺儿说："这是咱公社的妇女主任张主任，从县妇联刚调到公社时间不长，管着咱这里的卫生工作。"

苏顺儿对张洁说："张主任，俺叫苏顺儿，这街道上要有什么卫生清扫没做好的地方，请领导给俺指教，俺一定改正。"

张洁笑了笑，说："我以前虽然不认识你，但你苏顺儿这个名字我还是比较熟悉的，你也算是咱这儿的新闻人物吧！以前县上发的文件中，还有向你苏顺儿学习的文字，县广播站也广播过你，你又是从冰窟窿里救人、又是火灾中救人，今年还在黑瞎子沟救了个姑娘，你可真是大家学习的榜样啊！听说你是山东人，我祖籍也是山东的，说来咱们还是老乡呢！"

"张主任，您客气啦，您刚才说的都是俺过去的事情，俺的工作主要看现在，希望领导以后多多给俺指教。俺老家是山东沂蒙老区的，那咱们可就是老乡了！"苏顺儿笑着说，顺手又将一桶垃圾倒进垃圾车。

安民生对周健说："这次我们下街道来，收获还是不小的，亲自听到了街道居民的一些真实反映，你们的工作做得不错。时间也不早了，我们三个人就回公社了。"说罢，又对苏顺儿说："苏顺儿同志，你要好好干，要保持荣誉、发扬成绩。"

临走时，张洁对苏顺儿顺便说了句："苏顺儿老乡，你的画画得真好，字也写得好，等过几天你有空时，也来我这里给我画两幅字画，行吗？"

苏顺儿赶忙答应张洁说："能行！张主任，俺一有空就去找您。"

三

第二天下午，苏顺儿清扫完街道上的垃圾，才不到四点钟，他想着时间还早，去张洁主任那里给她画字画还来得及，于是他就赶紧回到住处，拿上纸和颜料，赶去了公社。

苏顺儿来到公社办公处，先找到秘书刘元，他对刘元说："刘秘书您忙吗？张主任昨天和俺说，让俺抽空给她画两幅字画，她现在在吗？"

刘元见苏顺儿拎着纸笔和颜料，赶忙说："张主任开会回来有一会儿了，现在她在办公室，走，我领你过去。"说罢，刘元把苏顺儿领到东头第三间办公室，刘元敲了敲门说："张主任，南关街道的苏顺儿同志，来给您画字画来了。"

张洁打开门，热情地对苏顺儿说："苏顺儿老乡，快进屋坐。"说着又拿茶杯倒上一杯水："你先喝杯水休息一下，一会儿再给我画字画。"

苏顺儿双手接过水，对张洁说："张主任您工作这么忙，趁您在办公室，俺就先给您画吧！"

张洁对苏顺儿说："那也好！麻烦你了，苏顺儿。"

"张主任，得画个啥内容合适呢？"苏顺儿问张洁。

张洁想了想，拿出一张信笺，在上面写了"全民动手"和"搞好卫生"，拿给苏顺儿看，苏顺儿看后对张洁说："张主任，您想的这两幅字的内容真好，对咱们搞好卫生工作能起到号召的作用，谁要是在您这里看到这两句话，都会想要动手搞好卫生工作的。"说罢，苏顺儿拿出纸笔和颜料，开始准备了起来。

苏顺儿先调好绘制用的颜色，在张洁的办公桌上铺开画纸，拿出写字用的竹板，在竹板上蘸上墨，仔细地写上"全民动手"和"搞好卫生"的两幅字，又分别铺上颜色，苏顺儿完成后，轻轻地把纸抻平，转头给张洁说："张主任，俺画完了，您看看行不？"

张洁走过来仔细看了看，对苏顺儿说："我虽然不懂美术，也不懂书法，但这两幅画给我一种美的感觉，苏顺儿，你太厉害了。"说罢，她拿出四块钱递给苏顺儿："你画字画用的纸和颜料都是花钱买的，我给你这四块钱就当作画纸和颜料的钱。"说着，张洁就把四块钱往苏顺儿手里塞。苏顺儿赶忙拒绝，说："张主任，这钱俺绝对不能要，俺又不是为了要钱才来画画的，俺坚决不能收。"苏顺儿把钱推给张洁，"再说了，俺给您画的'全民动手''搞好卫生'，算是俺对卫生工作的支持吧！也是对俺自己做好清扫工作的鼓励。"

张洁笑着对苏顺儿说："苏顺儿同志既然你都这么说了，那就谢谢你对我工作的支持了。"

"俺现在回去打饭了，以后您张主任有啥让俺帮忙干的活儿尽管对俺说。"苏顺儿拿着他的长提包就要走。

"你先别急着走，我还有话对你说，今天我回家包饺子，你就别去买饭了，就跟着我到我家吃饺子去，现在也到了下班时间了，老乡，你就别客气了！"

苏顺儿赶忙摆手说："俺一个清洁工身份的人，可不好意思去您家。俺要是去了您家，您家里人会说您咋把一个清洁工领回家了，这让您家人看见了多不好。"

"不要紧，你今天帮我这大忙，你又不要钱。你去我家，没有一个人会说你的。"张洁接过苏顺儿的长提包，就往办公室外走，苏顺儿也不好再推辞，就跟着张洁去了她家。

到了张洁家，张洁先是倒了杯热水端给苏顺儿，说："老乡，你先喝水，我去和面。"

四

苏顺儿低头喝着水，张洁忙着和面、擀饺子皮，饺子馅是中午剁好的，她端着饺子馅就开始包起饺子，苏顺儿赶忙放下手里的茶杯，走过去给张洁说："俺也会包饺子，俺先去洗洗手，和您一起包吧！"

张洁推辞说："不用你帮忙，你就在这踏实等着，我很快就包好了。"俩人说着唠着，没一会儿饺子就包好了，张洁拍了拍身上的面粉，端着饺子就去厨屋里烧水去了。

张洁把煮好的四碗饺子端上炕桌，对苏顺儿说："快坐下，尝尝味道怎么样。"又去厨屋里拿了瓶醋过来，"这里还有醋，你吃醋就自己倒。"

苏顺儿对张洁说："张主任，俺不吃醋，您这饺子看着就好吃"

"那快吃吧，别让饺子凉了，不吃醋就光吃饺子。"张洁把饺子往苏顺儿跟前推了推，招呼他快吃。

苏顺儿对张洁说："张主任，就咱俩人吃饺子，不等一下您家的那位大哥一块儿吃吗？"

"等谁？等不来了，我和原来那男人年前就离婚了，现在我也是个女光棍了。"张洁对苏顺儿说，"在我家里，你别喊我主任，我也才比你大几岁，你就喊我姐吧！"

俩人边吃饺子边唠嗑，苏顺儿夸赞着张洁的手艺，狼吞虎咽地吃了两大碗。

张洁见状，又对苏顺儿说："苏顺儿兄弟，饺子还剩这一碗，你快再吃些？"

"张姐，俺吃饱了，剩这碗您吃了吧。"苏顺儿对张洁说。

"我吃一碗饺子也饱了，我也不吃啦！"

苏顺儿忙起身想要帮着收拾，被张洁拦住了，从苏顺儿手里拿过碗筷和剩的饺子端到厨屋去了。

吃过饭，天已经黑了，苏顺儿对张洁说："张姐，现在时间不早了，俺也吃好了，也喝好了，谢谢您请俺吃饭，俺该回去了。"

张洁端出一盘瓜子放到炕桌上，说："苏顺儿兄弟，你别急着走，吃完了嗑会儿瓜子，咱们唠会儿嗑。"

苏顺儿跟张洁讲起他从山东老家来东北发生的一系列故事，又讲到现在的生活。张洁唠她从参加工作，到和与她男人结婚、生活、闹矛盾、离婚，又讲到在公社上当妇女主任的情况，这一男一女，俩人话越说越多，越唠越热乎，苏顺儿眉飞色舞的神情逗得张洁哈哈大笑，张洁的故事让苏顺儿听得着迷，倒聊出点儿相见恨晚的情愫来。

眼看着晚上十点半多了，在苏顺儿正准备下炕要走时，公社上的刘元秘书在外敲门，说："张主任，请您马上到公社会议室去，要开个紧急会议，让您快点儿去。"张洁听到刘元的喊声，对刘元回话说："好的，刘秘书，我马上来。"

苏顺儿见张洁下炕要走，说："张姐，您现在去开会，俺也走了。"

"公社上在晚上开紧急会议，主要是布置任务，一般时间不长，你就在这里等着我，我一会儿就回来了，咱们接着说。"张洁对苏顺儿说。

"张姐，俺不在这里等您了，时间太晚了，俺就回去了。"苏顺儿说罢，提起他装纸笔和颜料的长提包就要走，张洁拦住苏顺儿低声地说道："那等我一会儿回来你再走，你要是现在走，万一让门外的刘元秘书看见了不太好。"张洁说完，就关闭了电灯，拿起她家门上的锁，赶忙把门一锁就跟着刘元去开会去了。

苏顺儿被张洁锁在屋里，他坐在炕上哪能坐得住，想方便解小手也出不去，急得他头上直冒汗。没过多长时间，张洁终于开会回来了。当张洁刚掏出钥匙打开门，苏顺儿便急忙从屋里跑出去，到厕所里解小手。他解完小手回屋对坐在炕上的张洁说："张姐，俺现在真的要回去了。俺今晚上吃撑了，一直胃痛，俺得快回去吃胃药去。"苏顺儿拿上他的长提包，急忙打开门，跑出张洁的家，回到了南关街道。

第二十二章

刘小霞的病症，被县医院中医科的刘大夫治好后大概两三个月，有段时间她吃饭时常感觉恶心反胃，还光想吃口味重的东西，干活儿时身体也困乏无力，一躺下就不想起来。这天，刘小霞就把她身体出现的症状对李芳说，李芳听后笑着握住刘小霞的手，说："小霞，你身体出现的这些现象，八成是有喜了，怀上了呀！今天我批准你假，你现在快去医院妇产科检查一下，问问大夫，看看是不是怀上了。"

刘小霞听李芳这么一说，好像听人说过，怀孕就是会有这些症状，赶忙请了假，来到县医院妇产科，正巧又碰到张大夫值班，见到张大夫，刘小霞赶快坐下说："张大夫，俺这些天身体有些不舒服，请您给俺再检查一下，看看俺是不是怀上了呀？"

妇产科的张大夫，先是询问了刘小霞最近身体出现的情况，随后她又开了些单子让刘小霞去检查，看了检查结果后，对刘小霞说："你是怀孕了，所以身子不舒服，前几个月有这些状况很正常，不要担心。"又补充道："这怀孕阶段，你可不要干重活儿，要穿平底的鞋，注意别累着更别摔着，多吃一些营养食品，好好吃饭，好好休息，这样对你的胎儿发育有好处。"

刘小霞从妇产科检查完出来，想着再去中医科找刘大夫把一下脉，看刘大夫咋说，毕竟自己的病也是刘大夫给看好的，要刘大夫也说是怀上了，就更放心了，正好也感谢一下刘大夫。

于是刘小霞又来中医科，让刘大夫给把一下脉，刘大夫把完脉，笑着对刘小霞说："你真是怀上孩子了，要注意休息、适当锻炼，不要劳累，增加一些营养，喝点母鸡汤什么的，但增加营养要适度，也不能营养过剩，免得到时候不好生。"

刘小霞听刘大夫这么一说，这下是真的高兴了，赶忙感谢刘大夫让她怀上了孩子。

刘小霞从医院出来，她没有急着回工程队职工食堂，先是回了家，她想第一时间把这个喜讯告诉张安，再让张安告诉他妈。

刘小霞回到家时，张安还没有回来，她小心翼翼地坐到炕上，又怕累着自己的身体和肚子里的孩子，就静静地躺在炕上休息了一会儿，过了好一会儿，也不见张安回来，刘小霞起身喝了一杯温水后，就回工程队职工食堂上班去了。

刘小霞回到食堂，李芳见她从医院回来，赶忙问："小霞，检查的结果怎么样？是怀上孩子了吧？"

"俺在县医院的妇产科和中医科都问过了，都说俺是怀孕了。"刘小霞对李芳说,"大夫们都交代俺别干重活儿,要增加营养,还说是为了肚子里孩子的成长发育。"

"看我说准了吧,你一开始和我说,我就说是有八成是怀孕了,果然是真怀上了孩子了。"李芳对刘小霞说,"你这怀着孩子,干活儿也会越来越不方便,以后一般活儿你就都别干了,就在每到开饭时,帮着卖个饭菜、收个饭菜票就行了,千万不能累着,感觉累了你就给我说,该休息就去休息。"

刘小霞听李芳这么说,十分感动,拉着李芳的手说:"那,俺和张安得谢谢芳姐对俺的照顾。"

"你不用谢我,我也是女人,我知道咱当女人的怀孕、生孩子都不容易,你是这食堂的职工,又是我的好妹子,我不照顾你谁来照顾你?这都是应该的。"李芳攥了攥刘小霞的手,接着去忙了。

下午,刘小霞回到家时,张安还没回来,当刘小霞给张安把玉米饼子热好后,张安才回到家。刘小霞笑着对张安说:"俺给你热了玉米饼子,你先洗洗手先吃饭,吃了玉米饼子俺告诉你个好事。"

张安问刘小霞说:"啥好事?看你这么高兴,快跟我说了我再吃饭。"

"看把你急得,一会儿都等不了啦?"刘小霞对张安说。

"就是,有好事我一会儿也等不了,你快说呀!"张安急得搓着手。

"最近俺不是身子不舒服,今天上午俺就去县医院检查去啦,张大夫和刘大夫都说,俺现在给你怀上儿子了,这是真的。"刘小霞边说边往屋里走。

张安一听刘小霞怀上了，就赶紧跟着刘小霞进了屋，扶着刘小霞慢慢坐到炕上，先擦了擦手，轻轻抚摸刘小霞的肚子，说："快让我听一听我儿子在里面动弹了吗。"

刘小霞对张安说："还不到时间，再过几个月，你儿子在俺肚子里的本事可能就大了，到时候估计会在肚子里打滚儿。"

张安知道刘小霞给他怀上儿子后，他高兴得饭也不吃了，对刘小霞说："我现在就去告诉我爸妈去，让他们知道，再有几个月他们就能抱孙子了！"说罢，张安就跑出了门。

第二十三章

在火灾中被烧伤的赵二奶奶出院已有好几天了。

赵二奶奶、小花还有苏顺儿,他们三人住医院治疗时,因赵二奶奶伤势重,她是最后一个出院的。

这天,苏顺儿知道赵二奶奶出院后,他想着怎么也得去看看赵二奶奶和她孙女。于是第二天早上,苏顺儿便早早地打扫完街道,去食堂吃了早饭后,到卖水果的地方挑了些水果提上,来到了赵二奶奶的家。

赵二奶奶见苏顺儿提着水果来,疑惑地问:"你是……?"

小花见到苏顺儿,急忙对赵二奶奶说:"奶奶,他就是在大火中救咱们的大英雄,苏顺儿叔叔。"

赵二奶奶忙对苏顺儿说:"哎呀,是我们的救命恩人呀,你快坐!"接着,又转身对小花说:"小花,你快去拿个碗,给你叔叔倒点水喝。"

小花正准备去拿碗时，被苏顺儿拦住，说："小花，不用了，叔叔在食堂吃饭时喝过水了，现在还不渴呢。"他又对赵二奶奶说："赵大妈，俺听说您出院好几天了，也没顾上来看您，到今天俺才来看您，您的烧伤都好了吧？身体不要紧了吧？"

赵二奶奶对苏顺儿说："你救了我和小花的命，我们家的人都还没去感谢你，你反倒来看我们来了！你还能想着我们，你真是个大好人呀！"又说："我的烧伤虽重了一些，可经过这些日子的治疗，现在完全好了，身体也恢复得不错，现在什么都能干了。"

"赵大妈，只要您的伤完全好了就好啊，看您身子没事儿，我就放心了。"又补充道，"俺现在就在这南关街道工作，负责打扫咱这街道上的卫生，离您家也不很远，以后要是有啥事儿需要俺帮忙的，你就让人来找俺就行，我准来。"

赵二奶奶起身给苏顺儿倒了碗水，对苏顺儿说："我听你有山东口音，你是山东人吧？结婚了吗？家在这里有几口人呀？"

"赵大妈，俺就是山东人，在这东北就俺自己，俺还没结婚呢。"苏顺儿接过水，对赵二奶奶说，"老家俺爹一直催俺回去订婚，俺一直没顾上回去呢，反正俺现在年龄也不很大，不着急。"

"苏顺儿啊，像你这个年龄，也该结婚了，在这东北谈对象了吗？要是不想回去，在这东北找对象也一样，只要有合适的人，你就可以谈谈，要是碰到合适的你不想谈，那就'过了这个村，没有这个店'了，到时你会后悔的。"又说："我倒是想起一个人来，你要是愿意的话，我可以帮你介绍一下，这姑娘长得漂亮，也会过日子，你看了保证会满意。"

苏顺儿笑着说："赵大妈费心了，俺在东北这些年，也碰到几个好姑娘，对俺也没意见，俺也是想谈谈的，只是俺爹一直不同意俺在东北这找对象，怕是长不了，俺就没敢在这东北找。"

"你爹也是个老糊涂，现在都啥年代了，还是那老旧思想，比我这老太婆的思想还老。"赵二奶奶说，"你爹娘是不是怕你在外面找了对象，取了媳妇忘了爹娘，不回老家管他们了呀？"

"赵大妈，您说得对，俺爹俺娘就是怕俺在外面找了老婆，不回去给他们二老养老送终，所以才一直不让俺在这里找对象。"苏顺儿看了下时间："赵大妈，俺该回去了，俺再去街道上看看。"说罢，苏顺儿从衣兜里掏出了五块钱，放到赵二奶奶的手里："赵大妈，您家失了火，房子被烧，您又被烧伤住医院这么多天，俺给您这五块钱，您拿着买些吃的。"

赵二奶奶赶忙推托："你挣钱也不容易，山东的爹娘也需要钱，这钱我可不能要，你救了我和小花的命，应该是我们感谢你，你还看我们，我们感激你，咋还能再要你的钱！"说着，就往苏顺儿手里塞，苏顺儿不要，想赶紧离开。

这时，正巧赵二奶奶的儿媳张凤琴从外面回来了，赵二奶奶赶紧把苏顺儿给的五块钱递给张凤琴："小花她妈，这是救我和小花命的大英雄苏顺儿，他来看我们，还给我们拿了东西，这又给了钱就要走，咱还没感谢他呢，咋能再要他的钱！你快把钱退给他。"

张凤琴从赵二奶奶手中接过那五块钱，又忙着往苏顺儿兜儿里塞："苏同志，这钱您还是再拿回去吧，我妈她从来都不让我们要别人的东西，更别说钱了，坚决不能要。"苏顺儿拗不过，接过钱来，临走时赶紧放到了赵二奶奶家的炕琴上，放下扭身就往外跑，边跑边说："赵大妈，俺回去了，您以后如遇着啥困难记得来找俺！"

第二十四章

一

这天晚上，苏顺儿在工程队职工食堂吃完晚饭，刚回到南关街道住处，在门口遇上庄满仓的二女儿庄晓洁，俩人迎面碰上。苏顺儿热情地对庄晓洁说："晓洁妹子，你这要上哪里去呀？吃过饭了吗？"

庄晓洁对苏顺儿说："是苏顺儿哥呀，我这吃完饭没事儿出来溜达溜达呢，这不巧了，碰着你啦！"又说："你做啥去呢？咋这么晚才回来？"

"俺这不去工程队食堂吃完饭才回来，还没有进屋呢。"苏顺儿对庄晓洁说着话，从兜里掏出钥匙打开门："晓洁妹子，你也没事儿，外头怪冷的，来我屋里坐会儿。"

庄晓洁跟着苏顺儿进了屋，环顾着屋里简单的摆设："苏顺儿哥，你晚上就睡这呀？肯定很冷吧？"

"哪有，妹子。晚上俺都把这炕烧得热乎乎的，一点儿也不冷。但也有时火烧得可能少了点儿，半夜也会冻醒。"苏顺儿把炕扫了扫说："晓洁妹子你坐，你现在在哪里干活儿呀？还可以吧？"

庄晓洁坐到了炕上，低着头说："可以啥呀！我还不如你呢，你还当个清洁工，孬好还有个活儿干，我到现在也还没找着合适的活儿，我同学他们都找着事儿干了，就我一直还在家里待着，没啥事儿干，真是烦人。一想到这事儿，我就心里憋闷。"

"妹子你也别难受，好歹你们女人比男人强，不行就嫁个男人算了，到时候再生个孩子，怀孕、生娃、带孩子，这不就有事儿干了。也没必要非得找个活儿干。"苏顺儿边说边点火烧水，又说："你觉得哥说得对不？怎么样，碰到合适的人了吗？"

庄晓洁撇撇嘴说："苏顺儿哥，你这说话也太轻松了，你觉得嫁人就那么容易，说嫁就能嫁吗？去年我想嫁的人就是你，可晓梅姐和我争，她说她是你们美术服务社的会计，她有主动权，还说什么'近水楼台先得月'，说只要你山东老家的爹娘同意你在这东北找对象，她就找你谈，和你结婚。现在她看你当清洁工了，她不稀罕了，才不提要和你结婚的事儿了。"

苏顺儿无奈地笑了笑，伸着手在炉子跟前儿搓手取暖："庄晓梅现在看不上俺也是对的，要真是俺去年同意和她结婚了，如今俺又变成扫大街的清洁工了，即使结了婚，她也得跟我离婚。"

庄晓洁一听，下炕站到苏顺儿跟前，抓着苏顺儿的衣袖说："苏顺儿哥，现在晓梅姐不和我争你了，其实我真的一直都很喜欢你的，打心里敬着你，也一直没碰到合适谈对象的人。你看，你未娶，我未嫁，咱俩凑一块儿，到时给你生个大胖小子，天天给你做饭吃，你在外头干活儿，我就在家带孩子，可好？"

苏顺儿对庄晓洁说："晓洁妹子，你要嫁给俺，俺真的没意见。你就不怕你爹妈还有你晓梅姐不同意，嫌你嫁个扫大街的？"

"苏顺儿哥，我只要想嫁给你，就绝不嫌弃你是扫大街的清洁工，就算我嫁给你后，你再去当掏大粪的掏粪工，我照样爱你，绝不和你离婚！"庄晓洁眼神坚定地看着苏顺儿说。

苏顺儿一听，心里涌起一股暖流，激动地说："晓洁妹子，你真是个好女人，俺苏顺儿能有这样的福气和你在一块儿！既然你都这么说了，俺一定得对得起你！这样，俺明天上午就再给俺爹娘打信，让他们知道俺要在这东北结婚，和你庄晓洁结婚。"

庄晓洁用力扯了扯苏顺儿的胳膊，使劲儿摇了摇："苏顺儿哥，你说话可要算话，不能欺骗我。明天上午我就来看看你打信的内容，我看到了我才能放心。"

"能行！晓洁妹子，你明天上午来看信的内容就是，俺不骗你，俺就在这屋里等着你。"苏顺儿对庄晓洁说。又说："现在时间不早了，你赶快回家去吧，再晚了天要黑透了。"

庄晓洁转身又坐回到炕上："我庄晓洁马上就要嫁给你了，我今晚上就不想走了，我就在这里睡了，以后这里也就是我家啦！我得表示表示对你的真心，大不了生米做成熟饭了，我给你怀上孩子了，你爹娘知道后，不同意也得同意了。"

苏顺儿一听，赶忙摆手说"晓洁妹子，你别着急啊，你放心，我在信里一定好好说你，表明要和你结婚的决心，我不骗你。好妹子，你快回家吧，免得你家里人知道了，到时候俺爹娘同意，你爹娘再不愿意了。再说，这传出去，对你也不好，你是好女人，你知道这个道理。明天一早你再来，我一准儿等你。"

庄晓洁不情愿地离开了苏顺儿的屋，她临走时对苏顺儿翻了个白眼，笑着说："胆小鬼，成不了大事儿。"

二

第二天一早，苏顺儿就把给山东老家的信写好了，为了让庄晓洁看见信的内容，他把写好的信平平整整地放在桌上，就在屋里等庄晓洁。

没一会儿，庄晓洁就跑来了，进门就问："苏顺儿哥，你给山东老家的信写好了吗？快拿给我看看。"

苏顺儿指了指桌上的信说："俺一大早就写好了，答应你要等你来看，俺说到做到。等你看完了，俺再去邮局邮寄。"

庄晓洁赶忙坐在炕上，拿起苏顺儿写得信仔细看起来："苏顺儿哥，你果然没有骗我，我从昨天回去就没有睡着觉，就盼着赶紧到天亮，赶快来看信。"又说："我看你能不能把信的内容再添上两句，给老家人介绍介绍我,写我叫庄晓洁,二十岁,未婚,一直爱着你苏顺儿。"

"信里不用写你庄晓洁的名字,写上俺爹娘也不知道你长啥样,你看俺添上一句,俺谈的对象是个二十岁的大姑娘。你觉得怎么样?"苏顺儿又拿起笔,把信拿了过来,铺在桌上。

"那行,听你的。"

苏顺儿加上这句话,又将信递给庄晓洁,庄晓洁看后满意了,站起来说:"走,苏顺儿哥,我和你一块儿去邮局打信去。"

去邮局的路上,庄晓洁就和苏顺儿并肩走着,俩人步伐轻盈、面带笑意。仿佛春天已经来了。

三

这天中午,苏顺儿他爹苏福祥收到了从东北寄来的信,当他爹从乡邮递员手中接过信,又看向邮递员说:"光有信呀,没有汇钱吗?"

"这次只寄来了信,没有汇钱来。"邮递员对苏福祥说完,骑上自行车走了。

苏福祥拿着信,望着邮递员的背影,又一次感到失望,走回屋对苏顺儿他娘说:"苏顺儿这孩子,光寄信有啥用,难道他不知道家里缺钱吗?也不给咱家里汇点钱来。"

"你看你说的是什么话,你认为咱儿子在外边挣钱很容易吗?他得挣来钱才能往家里寄钱,挣不着他凭啥给你寄钱?你真是老财迷,就是钱上紧，就知道想钱，都快钻到钱眼儿里去了。"苏顺儿他娘大声骂着。

中午头，生产队的会计苏有元来苏福祥家，通知他生产队下午要公布各家这月挣得工分的事情，让他去一趟。正要走时，苏福祥喊住苏有元说："有元，你先别走，俺家苏顺儿来信了，你快帮俺念一下这信上写的啥，有没有写啥时候给俺汇钱的事儿。"

苏有元接过苏福祥给他的信，拆开信看后对苏福祥说："叔，你家苏顺儿在信里没有说给你汇钱的事情，只是说他现在谈了一个对象，是个二十岁的大姑娘，还要问问你，只要你和他娘同意，他们俩就在东北结婚。"

苏福祥一听信里没说往家里汇钱，愤懑地对苏顺儿他娘说："这个混蛋小子，这还没结婚呢，就娶了媳妇忘了爹娘，绝对不能同意让他在东北找媳妇，这要是在东北找了媳妇，就更不给咱家里汇钱了，得忙着养媳妇去了。"说罢，把信揉成一团，又对苏有元说："有元，你下晚有空时，帮俺给苏顺儿再写封信，让他抓紧回家来订婚。在东北结婚的事儿，没商量！"

"好的叔，俺晚上吃完饭就过来，你在家里等着俺就是。"苏有元对苏福祥说。

吃了晚饭，苏有元拿上钢笔和信纸，来到苏福祥家。

见苏有元来了，苏福祥端过一杯热水给苏有元说："你先喝水，再帮俺写信。"

"叔，俺在家里喝过水了，您赶紧和俺说一下这信写啥？俺赶紧给您写了信，一会儿俺还得赶到生产队里开队委会会议。"苏有元对苏福祥说。

"有元，你在信上就说俺说的，让苏顺儿赶快回家来订婚，咱家乡有两个可好的闺女都同意跟他订婚，也都同意跟他下东北，这两个闺女都是咱庄户人家，让他回来看看，挑选一个。"

苏有元思考了一下，没有下笔，抬头说："叔，你让俺这样写，俺觉得你考虑得不周到，你只考虑了自己，没有考虑苏顺儿在东北那边的情况，要是苏顺儿一直工作忙，又或者他正在努力干活儿，有好的发展，这一时半刻回不来，也有可能好几年都回不来，那不就耽误了苏顺儿的终身大事了？如果东北那边有好的姑娘，俩人都产生感情了，决定结婚了，你再拆散俩人吗？人家现在是自由恋爱，你在山东离东北这么远，你也决定不了人家的感情发展啊。"又补充说："倒还不如在信里这样说，你苏顺儿首先要把工作干好，要是有时间，能请下假来时，尽量回山东老家订婚，你要实在没空回来，或者在东北已经谈了对象，你俩都满意，老家的人对你也没办法，你尽管自己做决定。另有结余的话，你给老家汇点钱来补贴一下，家里缺钱用，你在外做工辛苦，也万不能忘了老家人。叔，你看这么写行不行？"

"有元，还是你考虑得周全，你就按照你刚才说的写。"苏福祥又长叹一口气说："哎，你说的也对，咱这里离东北这么远，他苏顺儿如果下定决心，不听我的，咱真还没办法。随他去吧！"

很快，苏有元就帮苏福祥写好了信，又给苏顺儿他爹妈念了一遍。他把信叠好递给苏福祥就去队里开会了。

第二天早上，苏福祥起来完早饭，就赶去了乡邮局，把给苏顺儿的信寄了出去。

四

信寄出去后，庄晓洁天天跑来苏顺儿家，问苏顺儿有没有收到回信。有时候，一天要跑好几趟。

这天下午，苏顺儿就收到了山东老家寄来的信，他边走边拆，忙不迭地打开信看，当看到信里他爹的语气有所缓和，又觉得和庄晓洁结婚的事儿，应该可以定下来了。苏顺儿这几天都拧紧的眉头终于舒展开了。

傍晚，庄晓洁又跑到苏顺儿家问他，说："苏顺儿哥，都十多天了，你收到山东老家的信了吗？"

苏顺儿赶忙掏出信，对庄晓洁说："下午刚收到，想拿给你看呢，怕和你走岔了，这次回信和前几次来信说法不一样了，就说要是俺有时间，就让俺回山东订婚，要是在这东北也已经谈了对象的话，他们也认可同意，听我的决定。"又说："晓洁妹子，这下俺家的问题解决了，你要想嫁给俺，你跟家里的人都谈过了没有？他们都是个啥意见？"

庄晓洁逐字逐句看完信说:"我这不是想着一直也没看到回信,也不知道你家人是个啥态度,所以我就一直没有和我们家的任何人说咱俩人谈对象的事情。不过现在好了,我知道你老家的态度了,今晚上我就和我妈、我爹,还有晓梅姐说,向他们公开,告诉他们我和你谈对象,我要嫁给你。"说罢,庄晓洁跳跃着跑出了屋。

晚上,庄晓洁和家里人刚吃过晚饭,趁全家人都在,她就把和苏顺儿谈对象的事儿和要嫁给苏顺儿的想法向家人说了。庄晓洁话音刚落,就遭到她妈妈吕文英的反对,吕文英怒气冲冲地说:"庄晓洁,你是大姑娘,婚姻大事该由父母给你做主,你不能想嫁给谁就嫁给谁!"又说:"我不同意你嫁给苏顺儿,你要知道,他苏顺儿现在不是画字画的画工了,现在他是扫大街的清洁工,咱们家能同意吗?"

庄满仓也迎合吕文英说:"就是,我家的姑娘绝对不能嫁给一个扫大街的,这要让外人知道了都会笑话我们,认为是我们家的姑娘嫁不出去了,才下嫁给一个清洁工。可能有人还会说,你庄晓洁是一朵鲜花没插在牛粪上,倒是插到垃圾堆上去了,多丢人呀!"

"晓洁,现在苏顺儿可不是在美术服务社时的苏顺儿了,他现在工作也不好,挣得也不多,你嫁给他,就不怕你那些同学笑话你?"庄晓梅也劝道。

庄晓洁反驳庄晓梅说:"你咋去年还和我争他,咋还想要嫁他呢?人现在还是苏顺儿,你怎么反倒劝起我来了。"

"苏顺儿确实还是苏顺儿,但是不是曾经那个风光的苏顺儿,他现在是个扫大街的，你跟着他，怕是要过苦日子的，晓洁你好好想想。"庄晓梅对庄晓洁说。

庄晓洁听到这儿，拔高嗓音说："那人家北京掏大粪的掏粪工时传祥，国家主席都还接见他呢！咱这大街上如没有苏顺儿每天来清扫，还不知脏成个啥样子！"

吕文英气得站起来又坐下，捂着心口说："不管咋说，我们全家人坚决不同意你和苏顺儿在一起，更不要想结婚的事儿，你要是再和苏顺儿谈对象，我就不认你这个女儿。你要再提这事儿，你就从这个家里滚出去，别再进我家的门！"

庄晓洁生气地对吕文英说："你们让我滚出去，不进这家的门正好，我就进苏顺儿家的门，到苏顺儿的炕上去睡去。"

"你敢！你看我和你爹打不死你！"吕文英指着庄晓洁说，"这二十年来，我和你爹的养育，就换来你这些话，庄晓洁你太让我失望了！"吕文英说着，脸上已经挂满了眼泪。庄晓洁从来没见过吕文英哭，也不敢再继续顶撞了。

庄晓洁和苏顺儿谈对象的事情遭到庄晓洁全家人的强烈反对，这使庄晓洁对这桩婚事陷入了苦闷的思考中，连着几天她也没有去苏顺儿那里。

苏顺儿几天不见庄晓洁来，心里也打着鼓。想着庄晓洁家人多半是不同意俩人在一起，又想自己现在是个清洁工，真耽误了个大姑娘也于心不忍。思虑许久，他决定找庄晓洁谈谈。

这天早上，苏顺儿在大街上打扫完卫生，推着垃圾清洁车往回走，正巧路上碰见了庄晓洁，苏顺儿赶忙叫住庄晓洁："晓洁妹子，我有事找你！"

庄晓洁对苏顺儿说："我也正想找你呢，但是这几天都没出门，没心情。"

"你这是大早上搞晨练，强身健体呀！"看着庄晓洁愁容满面，苏顺儿打趣道："是咱俩谈对象的事儿不？我猜出个八九不离十了，你就直说吧。你苏顺儿哥心大得很！"

庄晓洁泪眼婆娑地对苏顺儿说："我爹妈都反对咱俩谈对象，连我晓梅姐也劝我不能嫁给你。我爹说，我这一朵鲜花没插到牛粪上，倒是插到垃圾堆上去了。我妈还说，我要是和你谈对象，就不认我这个女儿，让我滚出家门，还要打死我。"又说："苏顺儿哥，你看我们家的人对咱俩这桩婚事这么反对，你说这事该咋办呀？"

苏顺儿感到很失落，但还是笑着对庄晓洁说："晓洁妹子，你是个好姑娘，家里这么反对，说明你能找到比俺更合适的，咱俩也没开始处对象，这外人也不知道，不会影响你。咱俩人无缘分，但是你可别沮丧，有更好的缘分在后面等着你呢。"

"苏顺儿哥，你再没有别的办法，我们俩就这样吹了吗？"庄晓洁不舍得看着苏顺儿说。

"咱俩的婚事这样吹了也好，咱俩也不是仇人，以后你还是我的好妹子。这不正好俺爹娘也不太同意俺在这东北找对象，想让俺回老家找，保不齐咱俩在一起过日子的话，还不如现在这样呢，对不？"苏顺儿安慰庄晓洁说："快回家吧，睡一觉，明天这事儿就翻篇儿了，咱谁也不提。"

说罢，两个人就道了别，回自己的家去了。

第二十五章

一

这天下午，苏顺儿在食堂刚吃过饭准备走，在食堂干活儿的李美兰走过来对苏顺儿说："苏顺儿哥，你这是刚来还是准备走啊？"

"这不刚吃完，正准备要回去。"苏顺儿对李美兰说。

李美兰对苏顺儿说："你先别走，我再问你个事情，俺听说前段时间你山东老家来信了，是不是让你回老家订婚去的啊？"

"是的，俺爹给俺来信了，这次来信和前几次的来信说得不一样，俺爹娘也没再坚持让俺回去订婚，说是听我的决定。"苏顺儿对李美兰说。

李美兰听苏顺儿这么一说，脸上笑开了花："真的假的？信中真这么说，他们不反对你在东北谈对象了？"

"我还能骗你不成，真是俺爹娘说的。"

"苏顺儿哥，要真是这样，你跟俺谈对象可好？您救过俺，是俺的救命恩人，俺感激你，咱俩也算是有缘分的，对不？"李美兰越说越高兴，脸上红扑扑的。

"话是这么讲，但是……"苏顺儿欲言又止。

"苏顺儿哥，你把信拿来给俺，俺拿去给俺大姑看看，让她撮合撮合咱俩。"说着，就把苏顺儿往食堂外头推，边推着苏顺儿边说："你可快点儿啊，俺就在这儿等你！"

苏顺儿回了家，拿上他爹给他寄来的信，很快就又返回到职工食堂。李美兰就在食堂门口张望着，看到苏顺儿如约回来了，就拿过苏顺儿的信去到了李芳的办公室。

"大姑，你过来，来看看苏顺儿哥他老家的来信，现在他爹让他在这里找对象了。"李芳接过信打开看，笑着对李美兰说："美兰，你不就仰慕你苏顺儿哥嘛，你要想和他谈对象，你得先问问人家的意见。要是你俩谈成了，说不准在今年年底前就可以登记结婚呢。"又说："但是你想和苏顺儿谈对象的事儿，你得先和你爹妈打个招呼，得让他们同意才行。"

李美兰拿回信，对李芳说："大姑，您放心，我一定先征求我爹妈的意见。要是他们不同意，还得麻烦大姑帮我说几句好话。"

"没问题，我一定帮你做你爹妈的思想工作。"

李美兰从李芳办公室出来，把信还给在食堂门外等着的苏顺儿。

"美兰妹子，和俺谈对象的事情你不要着急，你要回去先给你爹妈商量一下。"

"我早就想好了，在黑瞎子沟你背我上弯弯树救我时，我就想好了要嫁给你，我一直以为你要回山东老家结婚，也一直没提这件事，这下看到了你家来的信，我这才对你说的。"李美兰对苏顺儿说。

"那，你要先和您爹妈谈好了再和俺说吧，俺等着你。"苏顺儿和李美兰告了别，往家里走去。

苏顺儿自打听了庄晓洁父母的话后，在谈对象方面尤为谨慎，怕又因为自己的工作辜负了对方，让人家家里不愉快。

第二天早上，李美兰在食堂卖完了早饭后，找到了李芳："大姑，您一会儿和我一块儿去我家，把我和苏顺儿哥要谈对象的事情，向我爹妈说一下，看他们是个啥意见，看同不同意让我和苏顺儿哥谈对象。"

"好！现在食堂里的活儿也干得差不多了，我和你就去你们家，把你和苏顺儿谈对象的事情说了，我们快去快回。"说罢，李芳带上办公室的门，和李美兰一起去了李美兰家。

美兰她妈姜大凤在院里干着活儿，看到李美兰挽着李芳走来，笑着说："她美兰大姑来啦？你可很长时间没回来了，啥风又把你给吹来了？"

李芳对姜大凤说："是家里的东北风把我吹回来了。"她们俩热乎地唠着，李美兰忙打断说："妈，你别跟我大姑说些没用的事情了，我这次和我大姑回来，是和你还有我爹说个我个人的大事情，我们和你说过了，你们同意了，我和我大姑还得赶回食堂上班呢。"

二

"啥大事情？这么着急说？"姜大凤放下手上的活儿，看着李美兰。

"妈，是这么个大事情，就是我个人的婚姻大事。我要谈得这对象，为人憨厚老实、能干，在黑瞎子沟还救过我的命，从那时起，我就想要嫁给他。"李美兰清了清嗓子，对姜大凤说。

"我们家早就知道，这人在黑瞎子沟为救你，背着你爬上了弯弯树，广播上还广播过他，他的名字不就叫苏顺儿吗？"

"对！他就叫苏顺儿，是个山东人，现在在城关公社南关街居委会做卫生工作，他还会画字画，还乐于助人，是个好人，所以我想要嫁给他，我怕你们不同意，就把我大姑一块儿喊来了，和你们说说这件事儿。"李美兰对姜大凤说。

姜大凤皱起了眉头，说"他苏顺儿是在黑瞎子沟救了你，但你也不能非得嫁给他才算报恩。"又说："他在南关街道居委会不就是扫扫大街，清理清理垃圾嘛！是不是就是这个工作？"姜大凤看向李芳，等着她的回答。

"嫂子，你说的对，苏顺儿的工作就是在南关街道上每天扫大街，用清洁车拉垃圾。"李芳听着嫂子的口气不对，小声回应着。

李美兰她爹李中庆在屋里听到她们三个的对话，赶忙走出来说："李美兰，这件事儿我不同意，我不同意把一个大姑娘嫁给一个扫大街的清洁工，你是找不着对象，没人要了吗？你不怕人家笑话？"

"我也不同意这桩婚事，你美兰绝对不能和扫大街的谈对象。"姜大凤气得拿起扫帚，使劲儿在地上扫着。

李美兰吓得大气不敢出，求助似的看着李芳，李芳赶紧补充道："嫂子，苏顺儿清洁工的工作有啥不好的？如果这县城的大街上没人天天打扫，这大街上还不知有多脏！能干得了这份工作，说明他勤快能吃苦。"

李中庆在生气地指着李芳说："你咋把你亲侄女往垃圾堆里推？我看这垃圾堆跟火坑也差不了多少，李芳你安的啥心？他扫大街的工作好，我咋也没看你嫁给个扫大街的？倒是跑过来劝起我和你嫂子来了，你这是要气死我俩？"

李芳一听大哥生气了，赶紧好声好气地说："哥，你不同意这桩婚事也不要生气嘛！何必说一些难听的话？美兰的婚事我以后不插手管就是了！你们说得也对，这件事情我考虑的不周全，你俩可千万别生气。"说罢，她赶紧拉着李美兰说："走！咱们得回食堂上班去了，还有好多活儿要干呢。"

李美兰眼看着事情没有回旋的余地了，垂头丧气地跟在李芳身后回了食堂。

三

第二天下午，苏顺儿在食堂里吃完饭要走时，李芳把苏顺儿叫到了她办公室。

"苏顺儿，来坐下说。"李芳给苏顺儿倒了杯水，说："我昨天和美兰去找她爹妈，想问问他们关于你俩谈对象的事情，结果美兰她爹妈都不同意你俩在一起，事情我没帮你办成，我也被我大哥骂了一顿。美兰也很难过，又怕碰到你不知道怎么和你开口，我想着我这个当长辈的还是和你把话说清楚。好在你对美兰有救命之恩，即使谈不成对象，你也始终是她的恩人。"

"俩人的事情肯定要听父母的意见，我理解。您劝劝美兰，就说我还是她苏顺儿哥，有啥事儿我还实心帮她。"说罢，苏顺儿谢过李芳，离开了她办公室。

第二十六章

中午，苏顺儿来食堂吃饭，他刚走到食堂门口，就看到食堂门口围了一群人，都在看门口墙上贴的一张"献血通知"，献血通知上写着：各位职工、各位好心人，我们食堂职工刘小霞同志因在县医院生孩子出现大出血情况，十分危险，急需输血，因医院血库AB型血浆不足，为此，我食堂求助广大职工是AB型血的人，自愿为刘小霞同志献血。特此通知。

苏顺儿看到是刘小霞生孩子遇到了危险，赶忙跑进食堂想找李芳问问情况，刚进门正巧碰到李美兰往外走，苏顺儿问李美兰："美兰妹子，你大姑在不？俺想问问她刘小霞的情况。"

李美兰对苏顺儿说："我大姑早上就去县医院住院部了，到现在还没回来，我是听说刘小霞生孩子大出血，快不行了。我不是AB型血，我也帮不上啥忙，就留在食堂了。"

苏顺儿听李美兰这么一说，饭也没顾上吃，转身就走出了食堂门，去了县医院住院部。

苏顺儿慌慌张张地跑到了县医院，正巧碰上陈晓兰在护士站忙着分药，陈晓兰正要拿着药去病房，就见到苏顺儿气喘吁吁地跑进来，陈晓兰看着苏顺儿，顿时脸上露出了笑容。

苏顺儿见到陈晓兰就问："陈护士，工程队职工食堂的刘小霞是在这里生孩子吗？她是不是大出血，急需AB型血？"

"对啊！医院血库AB型血浆本来就都不多，遇到这种紧急情况，都给刘小霞输上了，还是不大够。"陈晓兰忽然想起来什么，说："苏顺儿，我记得你是AB型血啊，我之前给你抽过，你也是过来献血的吗？"

苏顺儿边笨拙的挽起棉袄，边说："是的是的，我就是AB型血啊，陈护士，你快带我去抽血，快给刘小霞输上。"

陈晓兰从护士站走出来说："你先别着急，这可是自愿献血，你可想好了？"

"我想好了，快抽吧！救人要紧，俺如不是自愿的，俺来这医院做啥？难不成是添乱吗？"

苏顺儿跟着陈晓兰到了抽血室，为了再次确认血型，陈晓兰先是抽了苏顺儿的一点血，拿去化验室，化验是否是AB型血。

苏顺儿看到陈晓兰只抽了一点，着急地对陈晓兰说："俺的血不用再化验了，俺以前为工程队的人献血时，早就化验过了，你是知道的呀！"

陈晓兰把血样收好,说:"血型该化验还得化验,这是医疗程序,前面来献血的有些人,他们已经在抽血室抽过了,这会儿应该已经给刘小霞输上了,但是情况还是很危急,你就在这儿等着,你放心很快就出结果。"说罢,陈晓兰拿着血样就走了出去。

苏顺儿也坐不住,到医院走廊上来回踱步,正巧碰上李芳拿着药单走来。看到李芳急匆匆地走来,苏顺儿赶紧上前问:"李芳大姐,刘小霞咋样啦?俺来要给刘小霞献血,刚抽了俺一点血,拿去化验了,结果出来了就能抽俺的血了。"

"刚才咱食堂的人有来给献血的,都给刘小霞输上了,情况虽稳住了,暂时没有生命危险了。但由于输血量不够,身体还是不行,还得需要一些。苏顺儿同志,要是你的血型合适,希望你能帮一下小霞,我代小霞和她的家人感谢你。"说罢,李芳就往手术室走去。

陈晓兰拿去化验室化验的血样结果出来了,苏顺儿的血型的确是AB型。于是把苏顺儿叫回抽血室,拿出针管和血袋给抽血做准备工作。

"苏顺儿,为了你的安全,我先给你抽300cc。"陈晓兰说道。

"陈护士,之前献血抽过俺500cc,这次你还抽俺500cc就行。"苏顺儿握紧拳头,眼神坚定地说。

"抽多了,怕你的身体受不了啊!"

"你放心,俺身强力壮,能挺得住!"

"上次你就抽了500cc,这才没过多久,不能再抽这么多了,你既然这么说就抽400cc吧，县医院已经号召院职工了，一会儿还会有同志来的。你放心。"

"那行，那快给俺抽吧，救人要紧。"

血抽了后，陈晓兰边收东西边对苏顺儿说："你先在这儿坐着观察一会儿，回去后要注意休息，不要劳累，多吃点饭。"说罢，就把血拿了出去，送到抢救室。

苏顺儿在抽血室坐了会儿，准备起身离开。路过手术室又看到李芳坐在门口，苏顺儿上前问李芳"李芳大姐，俺抽完了，血送进去了吗？"

"血送进去了，大夫说刘小霞病情稳住了。真是辛苦你了。"

"俺没事，俺有抽血经验，小霞姐没有生命危险就好。俺再顺便问一下，小霞姐她生的是男孩儿还是女孩儿呀？"

李芳对苏顺儿说："她生的是个姑娘，说是白着呢。不管怎么样，母女平安就好。哎，对了，苏顺儿你是不是到了食堂就跑来了，还没吃饭吧？"

"还没有，俺刚到食堂，就看见外面乌泱泱围了一群人，俺挤进去看到墙上贴的通知，正好碰上美兰，她把情况给俺说了，俺就赶紧跑来了。"

"苏顺儿，你真是个热心肠。那你别在这儿等着了，情况也稳定了，你快回去吃饭吧，献完血你可得多吃点。"

"好的，俺这忙完才感觉到肚子饿了，那俺就先走了。"

二人告了别，苏顺儿就又赶回食堂吃饭去了。

苏顺儿的那400cc血浆，在王大夫的安排下，很快输进了刘小霞的体内。过了几天，刘小霞的身体就恢复了健康，没到一个月时间，她就出院回了家。

第二十七章

一

原县房屋建筑工程队的王吉升，从部队当兵退伍回来好几个月了，他退伍回来后，本应安排到县房屋建筑工程队上班，但他没有回原单位。通过县医院住院部他二叔王大夫的关系，让民政部门安置到县医院工作，因医院暂时没有他合适的工作，就被安排到医院锅炉房烧锅炉，成了一名锅炉工，还兼任县医院民兵连连长。

王吉升工作安定后，他爹妈就开始操心他的婚姻大事。这天，王吉升他爹王德良来医院拿药，顺便到王大夫办公室，找到王大夫说："二弟，你在这县医院认识的人多，你得为你侄子的婚姻大事上点心，要是有合适的姑娘，给他牵个线，帮他介绍一下，吉升他也到结婚的年龄了，我和你嫂子都着急了。"

王大夫对王德良说："大哥，你放心，我侄子的事情我一直挂在心上呢，我一定帮吉升找上个好姑娘。"又说："我们住院部有个护士叫陈晓兰，长得漂亮性格也好，她到现在还没找对象，抽空我问她一下，看她愿不愿意，要是人家同意。我就给他俩人说和说和，让他俩认识一下，唠一唠。"

下午，陈晓兰值完班正准备要走，王大夫就喊住她："小陈，你晚走一会儿，到我办公室来，我跟你说个事儿。"

陈晓兰来到王大夫的办公室，她问："王大夫，您找我有啥事情？"

王大夫有点不好意思地开口："小陈，我问你你可不要不高兴啊，你现在谈对象了没有？要是你还没有谈对象，我给你介绍一个，你听听看，可好？"

"王大夫，我现在没有谈对象，但是我父母也过问过我的事情，也让我抓紧找个对象，说我到了谈婚论嫁的年龄了。您可以先给我说说，我回家也和我爹商量一下，婚姻大事我自己还决定不了，得问问我家人的意思。"

"我要给你介绍的这个人是我侄子王吉升。他今年退伍回来后，安排在咱医院锅炉房烧锅炉，现在他还是咱县医院民兵连连长，人长得高大，又孝顺。你要是同意，我让王吉升找个你有空的时间，你俩人找地方谈一谈。"

"我先回家给我爹商量一下吧，要是我爹同意，我再给您说。"

"那行，到时候我等你回话，下班了，你快回家吧！"

回家路上，陈晓兰边走边想着她本不该这么犹豫，因为她考虑到苏顺儿这边一直还没表态，但见着苏顺儿每天忙忙活活，似乎也没有进展。陈晓兰感到既沮丧，同时还抱有期待。

当陈晓兰回家吃过饭，就准备去苏顺儿那里找苏顺儿。她爹陈光友问陈晓兰说："兰子，你这晚上急急忙忙做啥去？"

"爹，我出去一会儿就回来，回来后再给你说。"陈晓兰说完，就出门去了南关街道居委会苏顺儿住的那里。

陈晓兰敲开苏顺儿的门，进屋看见苏顺儿炕上扣着本儿书，书名叫《红日》，苏顺儿问陈晓兰："陈护士，这么晚你来找我有啥事儿？"

"苏顺儿，我问你，你还有没有打算在东北找对象了？之前你说你爹妈不愿意，你是不是还是准备回山东老家结婚？"

听到是这事儿，苏顺儿想着他爹在信中写得话，对陈晓兰说："前些天，俺爹给俺打信来，这次来信和前几次来信态度不一样了，也没说非不让俺在东北找。"

"我这次上你这里来，就是问你一个态度，你要对我没有心思，我就不等着你了。我也到了该结婚的年龄，今天我们医院住院部的王大夫对我说，他要给我当红娘，给我介绍个对象，我答应他近日给他回话。前两天我爹还问过咱俩人的事情，我爹说，咱俩人谈成了马上就结婚，但是你苏顺儿得当上门女婿。我想来想去，还是要把这件事告诉你。"

"陈护士，您家陈二叔要让俺当上门女婿，这事情要是让俺爹知道了，他不会同意，他是想让俺找了对象领回老家呢。"苏顺儿看着陈晓兰满脸不高兴，又说："陈护士，要真是王大夫给您当介绍人，介绍个好人家。那总比跟着俺要好。你看俺现在……"

"行了，你这么说我就明白了。"陈晓兰打断了苏顺儿，转身走了出去。

陈晓兰回到家，陈光友问："兰子，你回来了？你刚才要给我说啥事儿？"

"爹，我们医院的王大夫要给我介绍个对象，是他侄子王吉升，退伍回来的，现在在我们医院烧锅炉，还是我们医院民兵连连长。我就想问问你同意不同意。"

陈光友说："这条件是挺好的，爹没啥意见，你要是觉得合适，你就去见见，见到了真人，你就知道自己的想法了。不过，你跟苏顺儿的事儿，你是不考虑了吗？"

"爹，我刚才就是去找苏顺儿了，他说他爹不会同意他做上门女婿的，要是嫁给他，我得跟他回山东老家呢。我俩是谈不成了。我都跟他说清楚了。"

陈光友安慰道："兰子你和苏顺儿既然说清楚了，那就不要再想了，你现在也不小了，碰到合适的也该定下来了，王大夫给你当介绍人，那我自然是放心的。你要是不放心，你就先在医院打听一下他王吉升的人品咋样。爹就一个要求，还是希望你能找个上门女婿，到时候你问问他王吉升能不能同意。"

二

第二天陈晓兰到医院上班，先是处理完各病房的工作，抽空来到王大夫的办公室，王大夫见陈晓兰来，急忙问："小陈，我说的给你介绍对象的事情，你和你爹商量了没有？你爹是个啥意见？"

"我爹同意我俩先唠一唠，王大夫，就按您昨天说得，抽个时间我俩见一面吧。"陈晓兰对王大夫说。

"太好了，我一会儿就去锅炉房找王吉升，告诉他这个好消息，说有个长得漂亮人又好的姑娘同意和他谈对象了！这样，今晚你们就在我办公室先碰个面，互相认识一下。"

吃过晚饭，王吉升就来到王大夫的办公室等着，王大夫见陈晓兰在忙，就让她忙完到自己办公室，说王吉升在等着她。

陈晓兰和王吉升见了面，互相都觉得对方不错。见俩人聊得热乎，王大夫就跟俩人说"明天晚上县电影放映场有电影《红日》的放映，你们俩明天没事儿的话，可以一起去看个电影。"

第二天，王吉升和陈晓兰在路口约着见面，又一起往电影放映场走去，俩人谈着唠着，不一会儿就来到了放映场，俩人找了个位置坐下，电影一开始，王吉升就被影片内容吸引了，看着解放军正在集中火力攻打孟良崮，王吉升越看越高兴，也顾不上和陈晓兰说话，看着电影，只是喊"解放军攻上孟良崮了"。陈晓兰可没忘记是来和王吉升谈对象，她不是专门来看电影的，看王吉升也不搭理自己，就对王吉升说："我不想看电影了，我想回去了，你自己在这里看电影吧！"说完起身就要走，王吉升眼睛像是长在了屏幕上似的，头都没转，对陈晓兰说："再看一会儿，等一下我们再走。你看张灵甫快被我军击毙了。"

陈晓兰生气地走出人群，王吉升这才想起和陈晓兰谈对象的事情，于是他赶紧追上陈晓兰，不好意思地说："对不起，晓兰，我光顾着看电影，还差点忘了我们俩人谈对象的事情。"又说："你是不是生气了？还同不同意和我谈对象？"

陈晓兰翻了个白眼说："我陈晓兰要是不同意和你谈对象，我就不到这里来了，你认为我是专门来和你看电影的啊？"

王吉升笑着挠了挠头："是我的错，晓兰，那这么说，你是同意和俺谈对象了？"

"我先得告诉你个事情，我俩谈对象，有一个重要的条件，我爹的腿有病，生活不方便，咱俩谈成结婚后，你得到我家里来住，也就是当上门女婿，就这一条你能不能做到？"

"我能做到，我家兄弟好几个，家里住得也紧张。但是我们不一定非得提'上门女婿'这个词，结了婚，我在你家里住，帮你照顾你爹，这也不叫上门女婿，这是孝顺父母。"王吉升对陈晓兰说。

陈晓兰对王吉升说："那，你同意得话说明你诚心待我，那我就给你说一件谁也不知道的事情，这件事我得和你说清楚，我不能欺骗你这退伍军人，我如欺骗了你王连长，即使以后我们结了婚，你知道了，还得和我离婚，我把这件事情说清楚了，你谅解了，我们就能好好过日子了。"

"咋的？陈护士，你快和我说清楚。"王吉升着急地问陈晓兰。

陈晓兰把王吉升拉到了一处安静的空地，含着泪说："我陈晓兰已经不是黄花大姑娘了，这就是在前些年，我被一个人暴力强奸过，为此，那个人还被判了三年有期徒刑。这件事我一直埋在心里，谁也没有告诉，我不想欺骗你这个好人，所以只告诉了你。你王连长如能心胸宽广，谅解了我那次遭遇的不幸，我们俩人的婚姻就谈成了。你如果心里头不舒服，那你只当我没有说过这件事，行不？"

"晓兰，刚才你把这件事情和我说清楚了，这说明你是真心与我谈对象，没有欺骗我，所以我对你提到的这件事情能谅解，因为那不是你的过错。错的是那个流氓混蛋！以后咱俩结婚，这件事儿咱俩谁都不提，我保证！"王吉升拍着胸脯对陈晓兰说。

陈晓兰听王吉升这么一说，心里也暖洋洋的，"那，有你这句话，我们俩人的婚事就算成了。"

"那还不成？我都给我爹妈说过了，说我今天和我对象看电影呢，还给他们说咱今年年底前就可以登记结婚呢。"王吉升凑上前看了看陈晓兰哭红的双眼，笑着对陈晓兰说。

陈晓兰红着脸，不好意思地说："那咱俩回去继续看电影吧。"说着又和王吉升回到放映场。

第二十八章

这天下午,苏福祥吃过晚饭,来到生产队会计苏有元家,苏福祥未进门槛就喊:"有元在家吗?你吃过饭了吧?"

"叔,俺在家,这不刚吃了晚饭,您找俺有事儿吗?"苏有元问苏福祥。

"是呢!俺今天又来麻烦你了,想让你再帮俺给苏顺儿写封信,让苏顺儿在年底前回家定亲结婚。"

"叔,你让苏顺儿在年底前回来定亲结婚,可是咱家里给苏顺儿找好对象了?上次你不是说他要是在东北找好对象,你也同意吗?咋现在又让苏顺儿回来了?万一他在东北都已经订好了对象咋办?"

"那就再写上,要是他在东北订了婚,就带着对象一起回来,也带儿媳妇回来给他爹娘看看。"

苏有元按照苏福祥的意思,给苏顺儿写了封信,信中说,家里都给你准备好了,你在今年年底前回家定亲结婚,如果你在东北已经订好了对象，也不能在东北结婚，要把那姑娘领回来办婚事。

第二天一早，苏福祥吃过早饭，他拿上苏有元帮忙写的信就去乡邮局寄给了苏顺儿。

一个多星期后，苏顺儿在东北收到了他爹苏福祥给他写来的信。看着父母一把年纪还在为自己的婚姻大事操心，苏顺儿心里很不是滋味，眼看就到年底了，自己的对象也是左右碰不到个合适的，想着回老家定亲还能让父母放心，于是苏顺儿拿上信，来到南关街道居委会办公室，见到周健说："周主任，俺来和您请假回山东老家定亲结婚。"说着，苏顺儿把他爹给他寄来的信拿出来递给周健："现在也快过年了，俺也想回老家看看。"

"苏顺儿，回家定亲是好事儿啊，只不过你这一走，我都不知道去哪里再找到像你这么能吃苦、能干活儿的人了，想想还真是舍不得。但是结婚是大事，路上那么远，还得准备东西，今天你就回去收拾收拾，不用再去街道上打扫了。"

苏顺儿对周健说："周主任，俺明天早上也走不了，明天早晨俺早起来，在回山东老家前，再给街道上打扫一次卫生，也算是过年前给咱街道上干最后一件事。"

"你临走前还想着咱街道的卫生工作，你走后，这街道上的广大居民会想着你的。"周健拍了拍苏顺儿的肩膀说。

第二天清晨，天刚蒙蒙亮，苏顺儿就推上垃圾清洁车，带上铁锹，拿上大竹扫帚，来到南关街道的大街小巷，又扫起了大街，清理起了街道各地方的垃圾。他扫了大街，又扫小巷，扫了路面，又扫角落。垃圾拉了一车又一车，虽然累得满头大汗，但是心里乐滋滋的，他想，这也可能是最后一次给南关街道打扫卫生了，决不能留下垃圾死角，一定要彻底打扫干净，让南关街道的广大居民一起来就能看到干净的街道。

苏顺儿扫完大街，清除完垃圾，拿着收拾好的东西，就来到南关街道居委会办公室找周健主任。

周健见苏顺儿来了，站起身说："你请假回山东结婚的事情，昨天下午我到公社上开会时，顺便对安书记和张洁主任说了，两位领导同意你请假回山东结婚，并托我给你说声恭喜！"

苏顺儿笑着说："感谢领导们的关心，俺今晚上就去沿江屯的二舅家去住，明天早晨去火车站。"又说："周主任麻烦您得给俺开张证明信带着，要不，万一路上再把俺抓了盲流，可就麻烦了。"

周健对苏顺儿说："能行！我现在马上就给你写。"说罢，周健坐到桌前拿起纸笔给苏顺儿写证明，周健把写好的证明信交给苏顺儿，又嘱咐苏顺儿："路上要注意安全，一定要把证明信和车票保管好。"

"谢谢周主任了，俺现在就准备走了。"苏顺儿从兜里掏出个钥匙，交给周健："周主任，这是俺住的那屋里的钥匙，还有那打扫卫生的铁锹、大扫帚和清洁车，都在屋里放着，您过去的时候再检查一下。"

周健接过苏顺儿交给的钥匙，说："走吧，苏顺儿，祝你一路平安！"

苏顺儿背上行李，提上他那个长提包，同周健握了握手："那俺就走了，周主任！"

苏顺儿走出居委会的院子有四五十米远了，他又转回身来，看见周健就在门口望着他，苏顺儿摆摆手说："再见了！"

走过街道，苏顺儿又下意识地看了看他打扫过的卫生死角，看着街道仍然干净有序，阳光洒在身上，暖洋洋的。苏顺儿紧了紧肩上的背包，抬起头，朝沿江屯大步走去。

后　记

2013年《苏顺儿》初稿完成后，我邀请马丽华老师作为第一位读者，请她通读了作品。马老师对我的作品给予了如下评价：

《苏顺儿》是一部很有特色的长篇小说，反映了特定时期底层民生的一个侧面。那个年代，山东人有"闯关东"传统，那个群体是为逃荒谋生；改革开放以来，大量农村青壮年外出打工是被鼓励的好事情，成为新时期一大盛景。但在这两者之间，1960年代前后的二三十年间，由于社会条件所限，凡是未经允许走出乡村、外出谋生者则被划为一个特定群体——"盲流"。想必从那一时期过来的人对此都会有较深记忆，但少有反映这一群体命运的文学作品，而《苏顺儿》这部作品刚好补充了这个时期文学作品的短缺，尤其是通过反观那一时代，能使当今读者体会到中国在短短几十年里，竟可以发生如此重大的进步和改观。

其次，主人公苏顺儿的形象塑造得比较立体，真实可信。作为一个乡村青年，他既有山东人淳朴厚道、正直善良、乐于助人的一面，又有不甘于现状、勇敢追求美好生活的一面。为实现追求，他宁可背负"盲流"之名，背井离乡，外出闯荡。在小说所布设的一系列场景、描述的一系列底层人物中，包括对整个社会的描绘，既无粉饰，亦无丑化，而是真实再现了那个艰苦又不乏温馨美好的时代。

  小说内容与叙事主题相辅相成，整体叙事风格是朴素的、扎实的，平铺直叙，娓娓道来。用作者的满口乡音，为作品营造了厚重的北方式的乡土气息。从内容到语言的融合，构成小说的鲜明特色，成就了一部完整的作品。

  我的第一部长篇小说《苏顺儿》，从创作之初的踌躇满志到付诸笔端后的倍感艰辛，再到如今的出版发行，这一路走来，犹如一场充满挑战与惊喜的奇妙旅程。能够让这部作品呈现在读者面前，首先要衷心感谢马丽华老师。马老师的工作极为繁忙，却仍认真阅读了我的作品，并提出了极为宝贵的修改意见。

  我依照这些意见，用近两年的时间，精心修改与加工，即便生病也未曾放弃，最终完成定稿。最后，感谢山东友谊出版社的各位编辑，为本书的质量提升和内容呈现付出了辛苦的努力。

  呈现在大家面前的这本书也会存在着许多不足，敬请各位读者批评指正。

祖发厚

2024 年 7 月